KB268333

무상검

無常劍

무상검 1

일묘 新무협 판타지 소설

초판 1쇄 찍은 날 § 2002년 6월 27일
초판 1쇄 펴낸 날 § 2002년 7월 5일

지은이 § 일묘
펴낸이 § 서경석

편집장 § 문혜영
편집책임 § 장상수
편집 § 박영주 · 김희정 · 권민정 · 이종민
마케팅 § 정필 · 강양원 · 김규진 · 안진원

펴낸곳 § 도서출판 청어람
등록번호 § 제1081-1-89호
등록일자 § 1999. 5. 31
어람번호 § 제2-0106호

주소 § 경기도 부천시 원미구 심곡1동 350-1 남성B/D 3F (우) 420-011
전화 § 032-656-4452   팩스 § 032-656-4453
E-mail § eoram99@chollian.net

ⓒ일묘, 2002

값 7,500원

ISBN 89-5505-395-9 (SET)
ISBN 89-5505-396-7 04810

무사귀

일묘 新무협 판타지

FANTASTIC ORIENTAL HEROES

無常劍

1

◆내가 전하는 것은 문장(文章)이다

도서출판 처여람

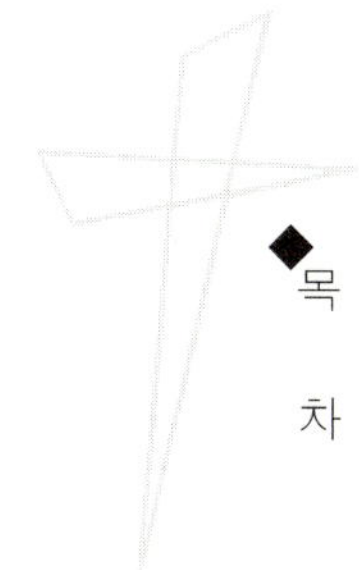

목

차

하늘하늘 피어 오르는 서릿발 같은 검기(劍氣). 해원(解怨)의 춤사위 같은 검무(劍舞) 속에 검은 내가 되고 나는 검이 되고…….
나와 검 사이에 내가 없고 검이 흐르는 길 속에 내가 있다.
무한히 이어져 가는 검로(劍路)를 따라 마음은 절로 흐르고 무언가 모자란 듯 완전하다. 텅 비어버린 충만함. 굽어서야 곧게 되고 서투르지만 가장 뛰어난 기교를 발한다.
돌연 벼락처럼 들려오는 소리.

내가 전하는 것은 문장(文章)이다.

도가도비상도(道可道非常道)라 할진대 어찌 문장을 전하는가?
예(藝)와 도(道)를 따라 하나되어 술(術)이 되고,

모든 검로 끊을 듯 하나로 이으니,

검이 흐르는 물소리 이 내 몸을 적시고 이 내 몸은 바람 부네, 이 내 몸은 파도치네, 그 흐름 소리에 이 내 몸은 춤을 추네.

하늘도! 땅도!

"울컥―!"

검무가 끝나고 난 직후 유검(柳劍)은 바로 피를 토하고 쓰러졌다. 지켜보던 무당파(武當派) 장문인(掌門人) 현진(玄眞)을 비롯 모든 제자들이 앞 다투어 그를 향해 달려간다.

한순간 맛본 신천지의 달콤함, 끝난 후의 허탈함…….

한평생 쌓아온 내공(內功)은 모두 허무(虛無)로 귀일(歸一)하다.

모두들 주화입마(走火入魔)라 하였다.

이때 유검의 나이 스물다섯.

초여름으로 성큼 들어선 어느 날의 오후 절친한 친우(親友) 사마평(司馬平)의 '장문제자(掌門弟子)가 되기 위한 관건(冠巾)의 예(藝)'를 축하하기 위해 검무(劍舞)를 추다 일어난 일이었다.

검을 묻다

붉은 노을이 지고 있었다.

대개의 사람들은 지는 해를 바라보며 무엇을 생각할까?

저 멀리 먼동이 터오는 모습을 바라볼 때면 사람들은 '희망'이란 단어를 생각한다. 새벽이란 새로운 하루가 펼쳐진다는 의미가 있으니까.

그렇다면 먼 하늘 위로 붉은 노을이 펼쳐질 때면 어떤 단어가 생각나는 걸까?

'배가 고프군.'

유검은 꽤나 오래 앉아 있었다는 생각에 천천히 가부좌를 풀고 자리에서 일어났다.

그가 앉아 있던 커다란 바위는 가운데가 옴폭 파여 있었다. 다섯 살 때부터 시작된, 그리하여 이십 년 가까운 세월 동안 거의 하루도 빠지지 않고 이어온 묘유시(卯酉時:아침 5시~7시, 오후 5시~7시)의 운기행공

(運氣行功) 때문이었다. 검의 수련 전후 습관처럼 행했던······.

어차피 풍랑에 노출되어 있는 한 변화되지 않을 리 없는 법이겠지만 분명 초년기의 인생에 있어 이십 년이라는 긴 세월 동안 함께 자리했다는 관념과 추억의 무게도 함께 더해져 있었다. 인생을 오직 한 길만 바라보고 달려온 청춘의 열정도······.

지나온 세월 동안 어떤 일들이 있었는가?

붉은 노을을 멍하니 바라보던 그의 시선이 노송(老松) 아래 조그만 무덤으로 향했다.

시뻘건 흙으로 금방 급조해 만들어진 듯한 조그만 무덤이었다. 그 무덤을 만든 장본인인 유검의 두 손은 흙투성이였다.

무덤 속에는 한 자루 목검(木劍)이 묻혀 있다. 그 목검의 표면에는 진천검(震天劍)이라는 세 글자가 조잡하게 음각(陰刻)되어 있는데 그가 다섯 살 때 무당산으로 들어와 현재의 현풍(玄風) 사부에게 처음 하사받아 직접 새긴 것이었다.

물론 그 나이 때 의미를 제대로 알고 새길 리는 만무했다. 단지 사형들이나 사백들이 들고 다니는 검에 제각기 이름이 있는 것을 보고 멋있어 보여 흉내 내어 본 것에 불과했다.

그리고 이십 년의 세월이 지났다.

그동안 검은 그에게 있어 무엇이었는가?

"잘 있거라······."

망연함을 담은 그의 음성이 나지막하게 깔렸다.

"나의······."

뒷말을 끝맺지 못하는데 저 멀리서 저녁 식사 시간을 알리는 타종 소리가 울려 퍼졌다.

"아!"

유검은 머리를 긁적거렸다.

"이거 밥 먹을 시간이 지나 버리겠는걸."

이곳은 사시사철 안개에 싸여진 무당산 칠십이 봉(峯) 중 가장 높은 천주봉(天柱峯) 정상. 저 아래 흰 구름 사이로 보이는 현천옥허궁(玄天玉虛宮)을 향해 유검은 서둘러 걸음을 옮겼다.

검(劍)은 나에게 있어 어떤 의미였는가.

세상이 모두 뿌연 막으로 둘러싸여져 아무도 알 수 없는 외로움 속에 홀로 내버려져 있을 때 그는 나에게 말을 걸어주었다.

나는 그를 통해 드디어 흐릿하기만 했던 바깥 세상과 대화를 나눌 수 있게 되었고 또 기쁘게 나를 드러낼 수 있었다.

그렇게 검은 나의 마음 깊은 곳 친구가 되어주었다.

마음을 바로 가지지 못할 때면 나를 꾸짖어주는 부모이기도 했고 외로울 때면 나의 마음을 뭉클하게 감동시켜 주는 애인이기도 했지만 무엇보다도 항상 나와 대화를 나누던 친구였다.

그런 그가 지금 슬퍼하고 있다.

나를 보고 변했다 한다.

더 이상 나와 친구가 될 수 없다 한다.

친구여!

나 이제 그대를 묻고 여행을 떠나려 하니,

기다려 다오.

나 그대에게 다시 오리다.

그때면 알게 되리라.

난 예전에도 이후에도 변하지 않는다.

너의 오해는 단지 지금뿐이었음을 그때면 분명 알게 되리라.

"이게 무슨 소리냐?"

"저의 고상한 시를 이해하지 못하시다니 사부님답지 않으시군요."

네 개의 황촛불이 환하게 밝혀진 방 안.

온통 문방사우(文房四友)로 어지럽혀져 있는 팔선(八仙) 탁자를 마주하고 청수한 용모의 중년 도인과 먹물투성이가 된 옷과 얼굴로 진지한 표정을 짓고 있는 유검이 자리하고 있었다.

유검의 사부 현풍 도장은 한 폭의 흰 비단에 쓰여져 있는 내용을 들여다보며 곤혹스러운 표정을 짓고 있었다.

그는 한숨을 쉬며 말했다.

"휴… 아무리 봐도 이건 시가 아니라 푸념이로군. 그리고 넌 주화입마당한 것을 꽤나 미화(美化)시켜서 너를 멋지게 보이고 싶어하는 모양이다만, 후세의 후학들이 이 글을 본다면 비웃기만 할 것이다. 그전에 다른 사형제들이 먼저 코웃음을 치겠지만."

"검의 경지를 어느 정도 가본 사람만이 이 시를 이해할 수가 있는 법이다, 그렇게 우기세요."

"음, 아무리 그럴싸하게 이야기한다 해도 이런 걸 가져다 주면 내 체면이……."

"현무전(玄武殿)에서 제가 산을 내려가기 전에 뭔가 흔적을 남길 만한 것을 써달라니 어떡합니까? 천도봉 위에 제가 직접 무덤도 만들어뒀으니까 이 시와 함께라면 분명 전설적인 명소가 될 것이 분명해요. 어쩌면 해검지(解劍池)보다 더 유명해질지도……."

그래도 사부의 미간에 찌푸려진 주름살이 펴질 줄을 모르자 묘검은 머리를 긁적거리다 한 가지 제안을 했다.

"그럼 이런 것은 어떻겠습니까? 엄하고 무서운 사부 밑에서 나는 아주 고된 수련을 쌓았다. 밥 한 끼를 먹기 위해서는 검을 만 번 이상 휘둘러야만 했고 사부와의 비무는 항상 생사를 건 혈투나 다름없었다. 그렇게 항상 검 위를 걷듯이 살아온 인생……."

"네가?"

"…그랬을 수도 있다고 생각하지 않을까요?"

황촛불이 다 타 들어갈 때까지 결정하지 못하다가 동이 틀 무렵 결국 처음 것으로 그냥 밀고 나가자며 사제 간에 의견 일치를 보았다.

현풍 도장은 방을 나서기 전 당부의 말을 잊지 않았다.

"그나저나 검무를 추다 주화입마당했다면 강호의 친구들이 웃을 게 뻔하니, 뭔가 그럴듯한 변명거리 하나는 만들어두거라."

"예."

*　　　*　　　*

하남성(河南省) 등봉현(登封縣) 숭산(嵩山) 소실봉(小室峰)의 계곡 중턱에 자리한 소림사(少林寺).

세월의 깊이와 같은 깊은 고요함이 흐르는 이곳. 새벽 공양을 알리는 은은한 종소리와 함께 삼보(三寶)에 귀의한 승려들의 염불 소리가 나지막하게 흐르기 시작한다.

경내 깊숙한 곳에 자리한 역대 고승들의 석탑(石塔)이 숲의 나무들처럼 서 있는 탑림(塔林)을 지나면 다시 선대 고승들의 유골(遺骨)과 유품(遺品)을 모아놓은 조사동(祖師洞)이 나온다. 그 사이에 계율을 어긴 승려들을 가두어 벌을 내리는 참회동(懺悔洞)이 있다. 역대 조사들 전에 스스로를 비추어보고 참회하라는 뜻일까.

참회동 내(內).

조그만 황축불만이 썰렁한 동굴 안을 비춰줄 뿐인데 다 헤어진 흑포를 걸친 이십 대 중반으로 보이는 젊은 청년이 꼿꼿한 가부좌 자세를 유지한 채 사발에 담긴 밥과 소찬을 묵묵히 먹고 있었다. 조그만 움직임 중에도 정지해 있는 듯한 고요함을 보이는 그의 발목에는 쇠사슬로 연결된 커다란 쇠구슬이 매달려 있었다.

그 흑포승 앞에 사십 대 중반 정도 되어 보이는 중년승이 공손히 무릎을 꿇고 합장한 채 청년이 식사가 끝나기를 기다리고 있었다.

흑포승은 식사가 끝나자 사발에 물을 부어 손가락으로 깨끗이 닦아 마지막까지 마시고 나서 합장하며 배례(拜禮)했다.

중년승이 마주 절을 하고 나서 식기를 가져가려 할 때 흑포승이 조용히 말을 꺼내었다.

"지객당(知客堂)에 손님이 오셨다는 이야기를 들었다."

중년승은 깜짝 놀라 주위를 두리번거렸다. 참회동에 들어선 자 절대 입을 열어서는 안 되는 것이 규율이었기 때문이다. 그것이 벌의 일부였으니까.

"무당산에서 오셨다지?"

중년승은 감추고 있었던 것을 들켜 버린 어린아이처럼 크게 당혹해했다. 어디서 그런 이야기를 들었을까 하는 의문도 생각지 못했다.

그 모습을 흑포승은 냉랭한 시선으로 지켜보았다.

식은땀을 연신 흘리던 중년인은 곧 자신의 추태를 깨닫고 마음을 가라앉혔다.

그는 조용히 합장, 배례하며 고개를 숙여 보였다.

참회동 안이라 여기에서는 말을 할 수 없다는 것인지, 아니면 흑포승이 궁금해하는 내용에 대해 모른다는 것인지 어쨌든 입을 열 수 없다는 뜻인 것 같다.

여태껏 고요하고 침착해 보이던 흑포승의 면모가 일순 변해 버렸다.

부리부리한 호목(虎目)에서 바늘로 찌르는 듯한 정광(精光)이 뿜어져 나오고 전신에서는 태산처럼 장중하면서도 엄정한 기도가 일었다. 사람을 저절로 무릎 꿇게 만드는 무형의 압력이 쏟아져 나왔다.

"말하라!"

하지만 중년인은 심리적으로 천근만근의 압력을 받으면서도 끝내 입을 열지 않았다. 눈빛이 고요한 것이 이미 마음을 굳게 잡은 모양이었다.

그 점을 깨달았는지 흑포승은 기도를 거두었다. 그는 조금은 허탈해 보이는 시선을 조용히 위로 두며 입을 열었다.

"며칠 전 꿈을 꾸었다."

"……."

"한 마리 용(龍)이 저 멀리 구름 위로 사라져 버리는 꿈이었지. 말해 다오. 이상하게도 그때부터 지금껏 불안해 견딜 수가 없었다."

"……."

"굉덕(宏德) 사제!"

흑포승이 애원하는 듯한 시선을 보내자 중년승의 눈빛이 오히려 크게 흔들렸다.

늦은 나이에 소림사로 들어와 모든 것이 낯설 때 각별히 자신에게

다가와 정을 보이던 나이 어린 사형이기에 항상 저러한 시선에는 약할 수밖에 없었다.

그의 이마 위로 흘러내리는 식은땀은 점차 많아져 갔다.

펑!

참회동을 막고 있던 한 자 두께의 철문이 종잇장처럼 찢겨지며 하늘로 퉁겨 나갔다. 철문이 박혀 있던 주위 암석들도 더불어 조각나 사방으로 비산했다.

"유검, 이놈!"

천지를 진동하는 사자후(獅子吼)와 함께 흑포승이 동굴에서 걸어나왔다. 그의 발목에 매달린 쇠사슬 쩔렁이는 소리와 그것에 연결된 커다란 쇠구슬들이 굴러오며 벽에 부딪치는 소리가 요란하게 귀를 울렸다.

흑포승의 뒤를 이어 중년승이 허겁지겁 뒤따라 나오며 크게 외쳤다.

"사형, 이러시면 안 됩니다! 삼 년 면벽(面壁)을 명받으시고 이제 겨우 두 달이 채 남지 않았는데……!"

참회동을 순회하며 지키던 무승(武僧)들도 놀라 달려오고 있었다.

"이놈!"

흑포승은 서쪽 하늘을 바라보며 또다시 사자후를 터뜨렸다.

다가온 두 명의 무승이 다짜고짜 흑포승을 봉으로 후려치며 외쳤다.

"돌아가시오!"

위이잉!

바람을 가르며 한 대의 봉은 그의 오금을 향해 후려치고 한 대의 봉은 인후에 있는 결후(結喉)를 향해 찔러왔다. 인정사정없었다. 맞으면 그대로 뼈가 부러지고 목숨까지 위험할 듯싶었다.

하지만 흑포승이 왼발을 굴리고 오른손을 뻗치자 오금을 노리던 봉은 그의 발 아래 밟혀 꼼짝 못하게 되고 결후를 노리던 봉은 오른손에 단단히 결박되어 버렸다.

흑포승의 시선은 여전히 서쪽 하늘을 향해 있었다.

"어찌 나를 두고 강호를 떠난다는 말인가! 일 년 후 나와의 비무(比武) 약속을 정녕 잊었단 말인가!"

쿵!

힘 주어 발을 구르니 대지가 우르릉 하고 비명을 지른다. 동시에 양손을 좌우로 펼치니 봉을 빼앗지 못해 권각술(拳脚術)로 반격하려던 두 무승은 맥없이 제압당해 땅으로 쓰러져 버렸다.

"사형!"

중년승의 놀란 외침을 뒤로하고 흑포승은 지체없이 바라보던 서쪽 하늘을 향해 일직선으로 달려갔다. 무당산을 향해.

흑포승의 소란이 알려졌는지 사내(寺內)의 타종(打鐘) 소리가 요란해져 갔다. 이에 상관없이 나무가 길을 막으면 넘어뜨리고 바위가 길을 막으면 부숴 버렸다. 무승(武僧)들이 길을 막으면 그들을 쓰러뜨렸다.

하지만 가로막은 담벼락을 넘기 전에 부딪친 한 백미(白眉) 승려 앞에서는 멈출 수밖에 없었다.

"사부님!"

흑포승은 황급히 무릎을 꿇었다.

장문방장(掌門方丈)이 어떻게 여기 나타날 수 있는지 감히 생각해 볼 엄두도 내지 못했다. 엄지손가락으로 염주를 굴리며 담담히 서 있는 모습이 이미 자신의 행동을 예측하고 있었다고 볼 수밖에.

"아미타불! 어인 연고더냐?"

정말로 궁금해서 묻는 것인지 의심이 들 정도로 백미노승의 물음은 지나가다 안부를 묻듯 한가로웠다.

허겁지겁 뒤따라 달려온 중년승이 합장하며 앞서 답했다.

"장문(掌門)께 아뢰옵니다. 소승 계율을 어겨 참회동에서 입을 열고 말았습니다. 부디 마음 정양(靜養)하라 말하며 무당파의 유검 시주에 대해……."

중년승의 말이 끝나기도 전에 흑포승이 외쳤다.

"사부님, 돌아와서 십 년이든 백 년이든 하라시는 대로 면벽에 들어가겠사오니……!"

휘리릭!

승포 자락 펄럭이는 소리와 함께 십팔나한(十八羅漢)이 달려와 흑포승의 주위를 순식간에 에워쌌다.

소림사 전통의 십팔나한진(十八羅漢陣)이었다.

삼엄한 기세가 흘러나왔으나 더 이상 이어지는 행동은 없었다. 비록 나한진의 수장(首長)이 있었으나 장문방장 앞이라 명을 기다리는 듯했다.

백미노승의 승포 자락이 펄럭였다.

째쟁!

무형의 지력이 뿜어 나와 흑포승의 두 다리에 묶여 있는 쇠사슬을 동시에 잘라 버렸다. 소림(少林) 칠십이절기 중 상승 정화(精華) 중의 하나인 일지선(一指禪)이었다.

"아미타불! 다녀와 계율원(戒律院)에서 청죄(請罪)하라. 원각(圓覺) 대사께는 내가 말씀드리겠노라."

"사, 사부님……!"

"제자의 마음 하나 헤아리지 못하고서야 어찌 사부 노릇을 할까. 마음이 이미 떠났는데 이까짓 쇳덩어리가 어찌 발걸음을 잡겠느냐. 다녀오너라."

그리고 십팔나한을 향해 외쳤다.

"길을 열라!"

십팔나한들의 석상 같은 얼굴에 의아함이 떠올랐지만 감히 명을 거역지 못하고 진세(陣勢)를 풀고 뒤로 물러섰다.

흑포승의 어깨가 부르르 떨렸다.

비록 소림 장문인 신분이라 하나 면벽 중인 제자를 옹호해 죄를 감싸준 죄 적지 않을 것이니 계율원에서의 추궁이 칼날 같을 것이다. 그것은 전혀 염두에 두지 않는 듯한 태도에 흑포승은 감격을 금치 못했다.

어깨의 떨림이 급격하게 커졌다.

사부를 놓아두고 자리를 벗어나려니 심중의 갈등이 큰 것이다.

백미노승은 먼 하늘을 바라보며 중얼거렸다.

"선사 이르길, 한 생각을 일으킨즉 죄가 되니라 하니 이에 동자는 물었다. 한 생각을 일으키기 이전은 어떠하냐고."

시선이 다시 흑포승에게로 흐르며 추상 같은 외침이 터져 나왔다.

"선사(禪師) 말하되 그 죄는 수미산과 같노라!"

부르르―

흑포승의 어깨가 다시 급격하게 떨렸다.

오래전 이미 통과한 화두를 다시 내림은 아니었다.

수미산 공안은 오래전 사부의 문하로 들 때 처음 받았던 화두였다.

그리고 사부께서 유검을 처음 만나 물어본 첫마디이기도 했다.

유검은 머리를 긁적거리다 얼떨결에 자기의 검을 들어 보였다. 아마도 어떤 화두를 내어놓았어도 유검의 답은 마찬가지였을 것이고 은은한 미소를 짓는 사부의 태도 역시 여일(如一)했을 것이다.

흑포승은 마음이 맑아져 갔다. 청정명료함으로 넓게 보니 모든 이치가 절로 밝혀졌다.

유검에게 검이란 무엇이던가?

주화입마로 피를 토하고 쓰러졌든 아니든, 아니, 설사 목숨을 잃었다 하더라도 검을 찾아 구천을 떠돌 녀석이다.

그에게 있어 검이란 자신에게 있어서의 화두와도 같은 것, 화두를 버림 그 자체도 화두이거늘 유검에게 있어 검도 마찬가지라는 것을 깨달을 수 있었다.

떨리던 그의 어깨가 가라앉았다.

"소승, 그 죄를 알겠나이다."

그리고 일어나 합장 후 뛰쳐나왔던 동굴로 다시 천천히 걸어 들어갔다.

"아미타불."

백미노승의 측은한 시선이 그 뒤를 쫓았다.

"어리석은지고, 어리석은 지고… 본래무일물(本來無一物)이어늘 어찌 없는 인연을 찾아 헤매는고……. 그놈 참으로 무겁기도 하여라."

계율을 지키는 십팔나한들의 석상 같은 얼굴에 한줄기 안도의 빛이 노골적으로 드러났다. 그들이 상대할 뻔했던 흑포승은 소림 역사상 가장 으뜸 가는 자질로 공인받은 장문제자요, 또한 단시간 내에 가장 많은 사건과 말썽을 일으킨 존재이기도 했으니까.

초여름의 초록 내음이 물씬 풍기는 산사(山寺)의 아침에 일어난 일
이었다.

*   *   *

무림의 영원한 검의 명가(名家)로 불리우는 남궁세가(南宮世家).

산서(山西)와 섬서(陝西)의 경계에 자리한 용문산(龍門山) 중턱에 자
리한 남궁세가는 무림의 중추인 오대세가의 맏형 격인 곳이기도 하다.

남궁세가에는 유명한 대연검법(大衍劍法)이 있다.

누구나 익힐 수 있지만 누구도 쉽게 익히지 못하는 것으로 유명한
이 검법은 등용검법(騰龍劍法)이라고도 불리운다.

옛 용문산의 전설 중에 이런 것이 있다.

이어동(鯉魚洞)이라고 하는 계곡이 있는데 이곳에는 잉어가 많이 살
았다고 한다. 매년 이들은 동굴에서 빠져나와 삼 개월 동안 역류해 용
문(龍門)의 상류로 가게 되는데 용문을 넘으면 용이 될 수 있지만 넘지
못하면 그냥 되돌아갈 수밖에 없다고 한다.

이를 본떠 누구든지 입문을 원하면 남궁세가는 명문세가답지 않게
일단 받아들인다. 그리하여 삼 개월 동안 대연검법을 익히게 된다. 그
리고 관문은 오직 하나, 대연검법을 통과해야만이 정식으로 남궁세가
에 들어갈 수가 있었다.

이런 연유로 광오하게도 등용검법이라고도 불리우는 대연검법이었
다.

무림인들치고 이 대연검법을 모르는 자 많지 않고, 또한 그 오의(奧
義)를 깨달은 이 또한 적었다.

　그래서 대연검법은 남궁세가의 대표 격인 검법이요, 실제로 가장 기초 검법이기도 하며 이를 세상에 드러내 놓음은 그들만의 또 다른 자신감의 표현이기도 했다.

　우르릉!
　우거진 초록 사이로 폭포수는 물보라를 일으키며 떨어지고 유리알처럼 맑은 수면 위로 칠색(七色) 무지개가 걸린다.
　불쑥 수면 위로 청색 인영이 솟아오르며 은빛 검의 궤적이 폭포수를 갈랐다.
　수없이 반복되어지는 검날에 폭포수는 비산(飛散)되어 사방으로 흩어졌다. 검은 폭포수에 숨겨진 벽면의 돌출을 때리고 그 힘을 받아 청색 인영은 몸을 회전시킬 여력을 얻는다. 그 반동에 또다시 이어지는 검의 회전.
　청색 인영의 신형은 검광과 물보라에 뒤덮인 채 절벽 위로 비상(飛上)하고 있었다. 마치 잉어가 폭포수를 박차고 용이 되기 위해 헤엄쳐 오르는 것 같았다.
　마침내 절벽 위에 오른 순간 한 호흡 돌릴 사이도 없이 다시 아래로 뛰어내린다.
　그런 행동을 계속해서 반복하고 또 반복하고 있었다.
　호면가 풀밭에는 한 백의소녀가 지루한 듯 눈을 반쯤 감은 채 그 모습을 지켜보고 있었다. 나이는 대략 열여섯 정도 되어 보였는데 여인으로서 성숙한 느낌보다는 오히려 귀여워 보이는 소녀였다.
　해가 중천에 이를 무렵 청색 인영이 호면가로 헤엄쳐 오는 것을 보고 소녀는 주섬주섬 준비해 온 것을 꺼냈다.

먼저 비단으로 잉어를 수놓은 보자기를 풀밭 위에 펼쳐 놓았다. 그 위에 몇 개의 찬합을 이리저리 배치하여 뚜껑을 열자 여러 가지 먹음 직스러운 요리가 펼쳐졌다.

처어억!

흠뻑 물에 젖은 모습의 청색 인영이 물가 위로 그 모습을 드러냈다. 이십 대 초반 정도로 보이는 이 청의청년의 숨은 거칠었고 전신 내력 을 마지막 한 방울까지 짜낸 듯 완전 탈진 상태로 보였다.

그는 소녀를 향해 비틀거리며 힘겹게 걸어오다 털썩 쓰러지듯 엎어 졌다.

소녀는 그런 모습에 짧게 한숨을 쉬며 말했다.

"밥부터 먼저 먹어, 오빠."

오빠 남궁무룡(南宮武龍)으로부터 아무런 반응이 없자 남궁혜(南宮 慧)는 어쩔 수 없다는 듯 조그만 어깨를 으쓱이며 입을 삐죽 내밀었다.

한참을 기다려도 남궁무룡이 깨어나지 않자 무료해졌는지 남궁혜는 일어나 등 뒤의 보검(寶劍)을 뽑아 들었다.

천천히 좌로 일검, 우로 일검을 휘둘러 예의를 표한 후 성큼 한 걸음 크게 내디디며 검을 찔러갔다. 상대의 어떤 요혈을 노릴까라는 듯 뱀 의 혀처럼 민활하게 검끝이 파르르 떨린다. 그리곤 마치 누군가에게 반격이라도 받은 듯 검을 휘둘러 막고 다시 몸을 눕히며 검을 휘두르 기도 하며 하늘하늘 춤을 추듯 검법을 펼쳐 갔다.

"보기 좋은 검법이구나."

남궁무룡이 어기적어기적 몸을 일으키며 입을 열었다.

"보기 좋아?"

드디어 깨어났나 싶어 기뻐하다 보기 좋다는 그 말에 남궁혜는 아미를 찌푸렸다. 그다지 칭찬으로 들리지 않아서였다.

"쳇, 밥이나 먹어."

남궁무룡은 고개를 저으며 품속에서 조그만 주머니를 꺼냈다. 주머니를 풀어 물에 젖은 건량을 꺼내 천천히 씹어 먹기 시작했다.

남궁혜는 자신이 가져온 요리를 먹지 않는다고 투정 부리지는 않았지만 내심 불만인 듯 입을 삐죽였다.

예전의 오빠는 이렇지 않았다.

남궁무룡은 그녀의 우상이었고 동경의 대상이었다.

의복에 대한 감각이 뛰어나 같은 옷을 입더라도 아주 세련되어 보였으며 화려한 옷을 입어도 절대 과해 보이지 않았다. 그때는 이런 허름한 청삼 따윈 거들떠보지도 않았었다. 그리고 미각도 아주 세심하여 아무리 배가 고파도 재료가 약간이라도 싱싱하지 않거나 간이 맞지 않으면 입에 대지도 않았다.

그런 멋쟁이이자 미식가요 고귀한 기품이 어우러져 있던 단순한 무인 이상의 귀공자였었다.

그런 오빠가 항상 저런 청삼무복만 걸치고 수련 중에는 기름진 음식을 피하여 저렇게 건량만으로 요기를 때우게 된 것은 몇 년 전에 한 사람을 만난 후부터였다.

그리고 그때부터 어떤 열정에 들뜬 어린아이처럼 밤낮을 가리지 않고 열심히 수련을 하기 시작했다. 아니, 정말로 목숨을 내놓은 것처럼 검을 익혀 나갔다.

남궁혜는 내심 그것이 불만이었다.

오빠는 어디까지나 우아한 강호 명문정파의 귀공자이지 흔히 볼 수 있는 강호의 거친 무부(武夫)가 아닌 것이다.

"어쩐 일이냐?"

남궁무룡이 묻자 남궁혜는 속으로 하얀 미소를 지었다. 오늘 예전의 오빠로 되돌릴 만한 이야기를 준비해 온 것이다.

"오빠, 들었어?"

남궁혜는 별것 아니라는 투로 지나가듯 그렇게 입을 열었다.

"무당파의 유검이라는 사람 말야, 주화입마당했대. 그래서 일상생활에는 큰 지장 없지만 더 이상 내가(內家) 무공은 펼칠 수 없나 봐. 참 안됐다. 그치?"

건량을 씹던 남궁무룡은 그 이야기에 피식 웃었다.

"정말이야. 벌써 강호에 소문이 파다한걸!"

남궁혜는 자신의 말을 믿지 않는 듯한 오빠의 태도에 울상을 지었다.

"내 말을 안 믿는 거야?"

남궁무룡은 그녀의 머리를 쓰다듬어 주며 미소 지었다.

"나도 이미 알고 있다."

그는 폭포수로 시선을 옮기며 계속 입을 열었다.

"너도 알고 있겠지? 나는 여섯 살 때 이 대연검법을 익혔다. 최연소의 나이에 가장 최단 기간인 보름 만에 대연검법으로 절벽을 오르는 관문을 통과하고서 나는 오만에 빠졌었지."

그 일은 남궁혜도 익히 알고 있는 바였다. 당연히 그 일은 자랑스런 오빠를 더욱 빛나게 하는 일들 중 하나였으니까.

남궁무룡은 조금 씁쓸한 어조로 말을 이어나갔다.

"그 후로 본 가의 상승 무공을 하나하나 익혀 나갔다. 내 연령에서는 적수를 찾기 힘들었고 그래서 나의 오만은 더욱 커져 갔다. 웬만한

자질과 재능이 있다면, 나와 같은 환경에 처했다면 누구나 그 정도의
성취는 당연한 것을… 그때는 깨닫지 못하고 있었지.”

남궁혜는 그렇지 않다고 반박하려다 그만두었다. 남궁무룡의 시선
은 어느새 먼 과거로 떠나 있었던 것이다.

“그러다 ‘그’를 보게 되었다.”

남궁무룡의 시선이 아련해졌다.

“그는 본 가로 찾아와 자신을 무당파의 유검이라 밝히며 대연검법을
익혀도 되겠냐며 정중히 묻더구나. 생각해 보렴. 무당파라는 본 가 못
지 않는 대명문의 제자가 왜 하필 그런 소리를 했을까? 대연검법에 아
무리 대단한 점이 있다 하더라도 본 가의 기초 검법에 불과하다. 무당
에는 내가 알기로도 너무 현오(玄奧)해서 아무도 익히지 못한 무공들이
수없이 산재해 있다고 한다. 그런데 왜 하필……. 참으로 의아했었지.
그리고 지금도 잊혀지지 않는 것이 그의 눈빛이었어. 정말로 간절하게
바라는 듯한…….”

“…….”

“본 가의 가주이신 아버님께서는 가법(家法)에 따라 당연히 허락하
셨고 그는 꼬박 대연검법만 수련하다 기일이 다 차자 모자란 듯 아쉬
운 표정을 하고서 떠났다. 정확히 삼 개월째 되는 날 밤 자시(子時)에.
나는 호기심에 그의 뒤를 쫓았어. 그리고 비무를 신청했지만 그는 마
치 어린아이처럼 다만 대연검법에 대해 마구 칭찬만 늘어놓더구나. 듣
는 내가 오히려 낯이 붉어질 정도였지. 그리고 그가 이번에 느낀 것이
라며 흥에 겨워 검무(劍舞)를 추는데 내가 알고 있던, 너무나 익숙해서
눈 감고도 펼칠 수 있다고 믿고 있던 그 대연검법이 아니었다.”

나지막한 한숨이 새어 나왔다.

“마치… 마치 산골 처녀가 절세미녀로 둔갑한 것 같았어.”

남궁혜는 그때 남해 보타암(普陀庵)에 가 있었기에 유검을 보지 못했다. 그래서인지 오빠가 무슨 소리를 하든 별로 실감나지 않았다.

폭포수를 바라보는 남궁무룡의 눈빛이 다시 열정에 들뜨기 시작했다.

“그가 주화입마당했든 아니든 상관할 바 아니다. 그때 그의 눈빛을 생각하면 그가 검을 버린다는 것은 상상할 수도 없다. 나는… 음…….”

남궁무룡은 뒷말을 잇지 못하고 머뭇거렸다.

어처구니없게도 같은 남자에게 반해 버린 자신…….

생각해 보면 그가 가진 검에 대한 열정에 자신도 모르게 전염되어 버린 셈인데 그러한 점을 여동생에게 이야기하려니 쑥스러웠던 것이다.

게다가 주화입마라……. 그것만은 왠지 믿기 힘들었다.

“어쨌든 나는 그에게 빚이 있다. 그날 달빛 아래 그가 보여주었던 검무에 대한 보답을 해야만 한다. 대성(大成)에 이른 나만의 대연검법으로!”

남궁무룡이 다시 비장한 표정으로 폭포수를 향해 가는 모습에 남궁혜는 자신의 의도가 실패했음을 깨달았다.

한숨이 나왔다.

‘유검? 쳇, 이름이 뭐 그래?’

하지만 오빠를 저렇게까지 만든 유검이란 사람이 어떤 인간인지 낯짝이나 한번 보고 싶다는 호기심이 이는 것은 어쩔 수 없었다.

*　　　*　　　*

날은 점점 더워져 갔다.

여름 때의 풀은 하루만 지나도 한 뼘은 자란다. 그래서 매일 아침마다 잡초를 베는 것도 큰일이었다.

진무관(眞武館) 아래 위치한 연무장(鍊武場)도 마찬가지. 광활한 그 면적만큼이나 베어도 베어도 끝이 없었다.

듬성듬성한 나뭇가지 사이로 진무관이 바로 올려다보이는 연무장 왼쪽 가장자리. 유검과 현풍 도장이 한가로이 낫질을 하고 있었다. 깔짝깔짝거리는 모습이 별로 정성을 들이는 모습은 아니었다.

“날이 꽤나 더워졌구나. 이런 날 갑갑한 진무전(眞武殿) 안에서 도복을 입고 있자면 곤역일 게다. 내공도 없이 견디자면 말이다.”

“이미 각오하고 있습니다, 사부님.”

“흠… 그나저나 이번 하산식과 함께 굳이 강호로 나서게 되면 많은 구설수에 오를 텐데… 꼭 나가보아야겠느냐?”

“사람들의 입이 무서워 제 결심을 바꾸지는 않습니다.”

“흐음… 그래, 그래야지.”

대강 낫질을 하다가 문득 생각난 듯 현풍은 넌지시 물었다.

“그런데 너무 쉽게 포기하는 것 아니냐? 검에 일생(一生)을 걸었다면 주화입마든 뭐든 무시하고 끝까지 나가봐야 하는 것 아닐까?”

“그건…….”

시원한 한줄기 바람이 불어오자 유검은 힐끔 나뭇가지 사이를 뚫고 위쪽을 올려다보느라 뒷말을 잇지 못했다. 사부의 눈길 역시 자연스레 같은 방향을 향했다.

산 아래에서 불어오는 짓궂은 바람이 의식(儀式) 주관이 이루어지고

있는 진무관으로 왕래하는 여제자들의 치마를 한바탕 걷어 올리고는
슬쩍 모른 척 스쳐 지나간다.

하얀 종아리가 다시 치마에 감춰지자 둘의 눈길은 다시 잡초로 향했
다.

"사부님답지 않으신 질문이군요. 겨우 검 하나에 목숨과 인생을 건
바보가 되란 말씀이십니까?"

"뭐, 꼭 그렇게 하라는 이야기는 아니고 한 일 년 정도는 한껏 괴로
워하는 모습을 보여주다가 사람들 기억이 가물가물해질 즈음 슬며시
나가도 될 듯해서 말이다."

"사부님의 체면을 위해서 제 귀중한 인생을 일 년이나 소비할 수는
없습니다. 게다가 괴로워하는 모습을 연기한다는 게 얼마나 어려운지
는 알지 않습니까? 사람들이 믿어줄 것 같지도 않고."

"누가 본 파 사람들 때문에 그러는 게냐? 이래 봬도 내게는 강호에
친구들이 많이 있단 말이다. 네 자랑을 실컷 해놓았는데……."

한줄기 반가운 바람이 다시 불어오자 두 사내의 눈길이 위로 향하느
라 대화가 끊어졌다. 하지만 이번에는 지나가는 여제자가 없어 허탕이
었다.

유검은 입맛을 다시며 한 움큼의 잡초를 베어내었다.

현풍 역시 입맛을 다시며 투덜거렸다.

"그런데 하필 왜 의원이 되겠다고 하느냐?"

"의원이 어때서 말입니까?"

"남들이 보면 본 파에 사람이 없어 네 주화입마를 치료해 주지 못하
니까 네가 고쳐 보려고 발악을 하는 것이라 볼 것 아니냐?"

"아무렇게나 생각하라고 하세요. 그리고 본래 검이란 궁극적으로 사

람을 상하게 하는 흉물, 요즘같이 평화스러운 세상에 그런 것을 마구
휘두르며 다니는 무림인(武林人)과 활인지도(活人之道)를 걷는 의원을
비교해 보면 누가 더 세상에 도움되는지는 자명합니다. 보람된 직업이
지요."

"하긴 은자도 제법 짭짤하게 벌 수가 있지."

"은자를 벌기 위해서는 아닙니다. 오직 질병에 고통받는 중생들을
위해……."

다시 바람이 불어와 힐끔 눈길을 위로 향하는데 불쑥 튀어나온 목검
이 시선을 가로막았다. 무심결에 목검을 위로 들어 올려 훔쳐보려는데
표면에 쓰여 있는 글씨가 눈에 들어왔다.

"이건……!"

진천검. 이 세 글자가 조잡스러운 글씨체로 음각되어 있었다. 천주
봉 정상에 묻어놓고 온 바로 그 목검이었다.

목검으로 시선을 가로막은 이는 대략 십팔 세 정도 되어 보이는 소
녀였다.

건강해 보이는 옅은 갈색 피부에 시원한 눈매를 지닌 것이 마치 미
소년(美少年)처럼 보였지만 하늘색 제의(祭衣) 속에 감춰진 가슴의 굴
곡으로 보아 여자임에는 틀림없었다. 머리카락은 어떤 사연이 있는지
목선에서 짧게 잘려져 있었다.

유검은 두 눈을 동그랗게 떴다.

"여 사매(麗師妹), 그 머리카락……."

"신경 쓰지 마세요. 그보다 여기서 뭐 하시는 거예요? 다들 유 사형
을 찾느라 야단이던데……."

"보면 모르겠냐? 음, 너도 알다시피 이 연무장에서 내 인생의 대부

분을 보냈다. 그러니 마지막이라는 아쉬움을 금치 못해 작별 인사를 하고 있던 참이다. 즉, 여운이란 것을 즐기려는……."

유검은 입에서 나오는 대로 중얼거리며 맞장구쳐 줄 사부를 찾았으나 이미 자리에 없었다.

'……!'

유검은 황급히 화제를 바꿔 손가락으로 목검을 가리키며 물었다.

"그런데 그것은 어찌 된 거냐? 내가 분명……."

여문은 슬며시 시선을 먼 하늘로 두며 말했다.

"현무전에서 유 사형이 보낸 그 시는 없던 걸로 하겠대요."

"그, 그럴 리가……!"

"하여간 의식이 시작되었어요. 빨리 올라가세요."

"말했다시피 조금만 더 여운을……."

"더 이상 지나다니는 여제자들은 없어요. 모두 자리에 좌정(坐定)했으니까요."

"올라가마."

머리를 긁적거리다 손을 씻고 제복(祭服)으로 갈아입기 위해 계단을 뛰어가는 유검의 뒷모습을 지켜보던 여문(麗雯)의 시선이 아래로 향했다.

낫에 베어진 잡초들이 이리저리 널려 있었다.

그녀는 몸을 굽히고 한 움큼씩 잘려진 잡초의 단면을 살펴보았다. 제멋대로 자라 서로 얽혀져 있는 데도 불구하고 마치 보검으로 잘라낸 듯 아주 예리하게 베어져 있었다.

그 옆에 내팽개쳐진 낫을 들어 올려 살펴보았다. 낫은 제대로 손질

되지 않아 습기에 여기저기 녹슬어 있어 종이 한 장 베기 힘들 정도로 날이 뭉툭했다.

"휴……."

여문은 짧게 한숨을 내쉬었다.

"잘도 이런 낫으로……."

그녀의 시선이 저 멀리 뛰어가고 있는 유검의 뒤를 쫓았다.

"도대체 누구더러 믿으라는 걸까……."

유검은 허둥거리며 진무관 옆 옷 갈아입는 곳에서 나오고 있었다. 비뚤어진 관모(冠帽), 팔다리를 대충 제복(祭服) 여기저기 쑤셔 넣었다는 표현이 어울리게 제멋대로 입은 모습에 그녀는 어깨를 으쓱거렸다.

검 다루는 것 말고는 옷 하나 제대로 입을 줄 모르는 나이 든 철부지가 도대체 무엇을 할 수 있을까?

"눈 가리고 아웅하기지."

씁쓸한 눈빛으로 목검을 바라보다 어쨌든 유검을 도와주기 위해 서둘러 계단을 오르는 여문이었다. 그녀는 절대 놓치지 않겠다는 듯 쥐고 있던 목검에 힘을 주고 있었다.

날은 점점 더워져만 가고 초록빛 물결을 이루는 잡초 또한 무성해지는 본격적인 여름이 시작되고 있었다.

第二章

지키지 못한 약속

지키지 못한 약속

옥청원시천존(玉淸元始天尊), 상청영보천존(上淸靈寶天尊), 태청도덕천존(太淸道德天尊), 이렇게 세 분의 도가 최고 신(神)을 모시고 태상노군(太上老君)과 장삼봉(張三峰) 태시조(太始祖)의 모습을 담은 화폭 앞에 무당산의 수백여 제자들이 각기 자리 잡고 정좌하고 있었다.

엄밀하고 고요한 분위기 속에 제자들은 옥황경(玉皇經)과 상청정경(常淸靜經)을 반복해서 염송(念誦)하고 있었다.

장문인은 제단 앞 상좌에 앉아 엄숙한 태도로 제자들을 굽어보고 있었고 유검과 그 양 옆으로는 오늘 특별히 도관(道冠)과 도복(道服)으로 갈아입은 속가제자들이 좌우로 네 명씩 무릎 꿇고 앉아 있었다.

이들의 나이는 이십 대에서 오십 대까지 다양했다.

오늘의 의식은 유검과 바로 이들 여덟 명의 하산식(下山式)이었다.

하산식이란 무당의 속가제자로서 부끄럽지 않은 무공과 인품이 갖

쳐졌다고 인정될 때 치러지는 일종의 의식으로써 말하자면 졸업식과 같은 것이다. 이 하산식을 거쳐야 강호에서 무당의 제자라고 떳떳이 밝힐 수가 있게 되며 그 이전까지는 무기명(無記名) 제자에 불과할 뿐이었다.

다만 유검은 조금 경우가 달랐다.

아무리 본인이 원했다고는 하나 본 파의 정식 제자나 다름없던 처지에 이러한 하산식이라는 것은 오히려 한 단계 낮춰지는 바나 다를 바 없으니까. 다만 그 격은 인정하여 속가제자의 수위에 놓아 하산식을 베풀어주고 있었다. 아끼던 인재를 잃어버렸다는 아쉬운 마음으로 유검을 떠나 보내는 무당파의 조그만 배려였다.

장문인의 좌우로 장로들이 도열해 있었는데 집행장로(執行長老)인 현학(玄鶴) 도장의 시퍼런 눈길이 '혹시나 졸지는 않는가?' 유검의 행동을 하나도 빠짐없이 살피고 있었다. 평소라면 항상 구석진 자리에 은밀하게 앉아 슬그머니 아무도 눈치 못 채게 눈 뜨고 졸다가 제식(祭式)이 끝나면 일어나곤 했던 그였으니까.

하지만 오늘 의식의 주인공이 자신임을 자각한 듯 나름대로 엄정한 자세를 유지하고 있는 모습에 현학은 내심 안도의 한숨을 쉬었다. 다른 제자들을 따라 단지 경을 암송하는 척 입만 벙긋거리고 있다는 사실은 알고 있었지만 그 정도는 봐줄 수 있었다.

한여름 뜨거운 태양의 열기에 진무전 안은 후텁지근했다. 간간이 창문을 통해 불어오는 바람만이 복잡한 도복 안의 땀을 식혀주었다.

여느 날과 다를 바 없는 평범한 한여름날의 오후다.

유검은 현청 장로의 외침에 따라 절을 하면서 이상하게도 나른할 정도로 익숙한 가운데 왠지 낯선 세계에 들어선 듯 생소함이 느껴졌다.

청수한 용모와 어울리지 않게 열정에 찬 도가(道家)의 도리(道理)를 설법하고 무훈(武訓)을 교시하는 장문인(掌門人)의 모습도 익숙한 것이었고 냉엄한 눈길로 엄격한 법도를 세우는 현학 장로의 모습도 밤낮 보던 그대로였다.

태상노군과 장삼봉 시조의 모습을 담은 화폭 역시 워낙 눈에 익어 눈을 감아도 보일 지경이고 뒤에서 엄격한 얼굴을 하고 염송하는 사형제들이 속으로 무슨 생각을 하고 있을지 훤히 보일 정도였다.

다섯 살 때부터 여기 무당산에서 살아왔고 이런 의식이야 한 달에 크고 작은 것을 합치면 대여섯 번씩은 있어왔으니 익숙한 것이 당연하다.

그런데 왜 낯설고 생소한 느낌이 이는 걸까?

혹시 자기를 위해 영약(靈藥)을 구해 오겠노라며 본가인 대금산장(大金山莊)으로 돌아간 서문평 녀석의 모습이 보이지 않아서일까?

차기 장문인이 될 녀석이 그 따위 사사롭고도 어리석은 생각에 함부로 산을 내려가다니 괘씸한 녀석이다. 주화입마가 영약 같은 걸로 치료될 리가 만무하지 않은가. 평소 정리(正理), 정론(正論)만을 내세우던 녀석인데, 그래서 지겨워하면서도 그런 모습에 이상하게 익숙해져 버렸는데 그런 어리석은 행동을 하다니 참으로 의외였다.

무위이화(無爲而化)하는 도사가 되겠다는 녀석이 무상(無常)의 도리조차 모르다니…….

어쨌든 생소하고 낯선 느낌이 드는 것은 그 녀석 때문은 아닌 것 같았다.

'어쩌면 마지막이기 때문일까?

지금 보는 이 모습, 이 광경들이 마지막일지 모른다는, 그래서 조금은 특별한 시선으로 바라보기 때문일까?

사형제들의 정다운 얼굴도, 항상 사사건건 부딪치곤 했던 현학 장로님의 제자들도 마지막으로 보는 얼굴일지 모른다는 그런 생경한 생각 때문인 걸까?

좋든 싫든 정말로 마지막인 걸까?

재차 현청 장로의 외침에 절을 하면서 뒤를 슬쩍 돌아보니 한쪽 구석 자리에 목검을 꽉 쥐고 앉아 있는 여문의 모습이 보였다.

'여문……'

유검이 운송(雲松) 태사조(太師祖)의 손에 이끌려 이곳 무당산으로 온 것은 그의 나이 다섯 살 때였다.

보통 흔히 있는 이야기였다. 무슨 사정에서인지 길에서 부모를 잃어버려 멍하니 사탕만 빨고 있는 꼬마 아이를 인자한 노도사가 불쌍히 여겨 거둔다는 이야기는. 다섯 살이나 되면서도 자기 부모의 이름조차 제대로 기억 못하는 멍청한 아이라면 더욱더 동정의 여지가 있으리라.

어쨌든 이런 평범한 이유로 무당산으로 오게 된 유검은 울지 않는 아이였다. 처음에는 매일같이 부모를 찾아 울었지만 지금의 사부가 된 당시의 현풍(玄風)이 장난 삼아 건네준 목검을 받은 순간부터는 전혀 울지 않게 된 것이다.

그리고 그때부터 무당산은 하루도 잘 날 없이 시끄러워졌다.

당시 스무 살이었던 현풍과 함께 이인조 악당으로서 그 악명(惡名)을 온누리에 떨치기 시작한 것이다.

당연히 사문의 어른으로부터 호된 꾸중이 잇달았으나 그때마다 무당을 빛낼 아이라며 태사조의 비호가 있어 유야무야 넘어가곤 했다.

그러던 유검이 철이 든 것은 아마도 열두 살 무렵이었을 것이다.

그날도 오늘처럼 무더운 여름날의 오후였었다.

호북성(湖北省)에서 가장 큰 대신표국(大信鏢局)을 운영하고 있는 철면판관(鐵面判官) 여강(麗綱)이 직접 손녀딸을 데리고 무당파로 왔다.

여강은 관운장 수염에 철면이라는 말이 딱 어울리는 무섭게 생긴 할아버지였다. 그 할아버지의 손을 꼭 잡고 있던 조그만 계집아이는 대략 다섯 살 정도 되어 보였는데 크고 동그란 두 눈을 어디다 둘지 몰라 이리저리 헤매는 모습이 꽤나 귀여웠었다.

하지만 할아버지의 손을 꼭 잡고 있는 모습에 유검은 질투가 났었다. 왠지 부럽기도 하고.

그래서 악당 유검은 당연히 환영식을 베풀어주었다.

장문인과 여강이 담소를 나누는 동안 홀로 청빈관(淸貧館)에 앉아 기다리고 있던 그 계집아이에게 다가가 조그만 선물을 건네주었다.

항상 연마하던 횡소천군(橫掃千軍) 일식이었다.

그렇게 항상 들고 다니던 그 목검으로 계집아이가 품에 꼭 껴안고 있던 인형의 목을 단숨에 잘라 버렸다.

그렇게 처음으로 여자 아이를 울리고 말았다.

그때 유검은 태사조에게 처음으로 커다랗게 꾸중을 들었다.

검이란 자신의 악한 마음을 베고 지켜야 할 소중한 이를 위해 들어야 함을…….

나중에 어떤 일 때문이었는지 자세히 알 수는 없었지만 그녀의 부모님이 대화(大禍)를 당해 모두 돌아가셨다는 이야기를 들었다. 품에 꼭 껴안고 있던 인형은 그녀의 부모님이 남긴 유일한 유품(遺品)이란 사실도.

무서운 할아버지 여강은 가고 여문은 그때까지 사문이 결정되지 않고 있던 유검과 함께 현풍의 문하로 들었다. 그 이후로 유검은 미안한 마음 때문인지 항상 여문을 챙기고 보살펴 주었다.

가족도 없었던 유검에게 그녀는 여동생이나 마찬가지가 되었다. 누가 여문을 괴롭히거나 울리면 반드시 쫓아가 보복을 해주었다.

하지만 크게 칭찬할 거리는 되지 못했다. 사실 여문이 괴롭힘을 당한 그 근본 이유가 유검이 저질렀던 악행에 대한 보복이었으니까.

그 사실을 깨닫고 난 후부터 유검의 장난도 줄어들었다.

그리고…

언제부터였을까?

그녀에게 태중(胎中) 약혼자가 있다는 사실을 알게 된 것이…….

지루하기도 하고 한편으론 특별한 감상에 젖어버렸던 기나긴 의식이 끝났다. 자리에서 채 일어서기도 전에 낯익은 얼굴들이 저마다 엉겨붙는다.

마지막… 왜 떠나려 하느냐… 같이 입도(入道)를 하면 좋을 텐데… 잊을 수 없을 거다… 자주 놀러 와라…….

어떤 이는 외경에 찬 눈길, 어떤 이는 동정심, 혹은 안타까움, 또 어떤 이는 슬픔과 아쉬움…….

고개를 끄덕이고 미소를 지어 보였지만 어색했다. 사실 그들 중 열에 아홉은 이름조차 기억나지 않았으니까.

혹시나 장문인이나 다른 사백들도 부를까 봐 유검은 얼른 진무관을 벗어났다.

"이봐, 유검!"

급히 불러 세운 것은 현학 사백의 문하에 있는 옥진(玉塵)이었다.

"도망치는 건가?"

양손을 소매 속으로 감추고 팔짱을 끼고 묻는 모습이 꽤나 거만을 떠는 모습이었다.

"도망?"

옥진의 사제 옥허가 뒤따라와 빈정거렸다.

"흥! 도망이지, 도망! 네 녀석이 하산하는 게 도망치는 것과 뭐가 다르지? 앞으로 우리에게 괴롭힘을 당할까 봐 미리 선수 쳐서 도망치는 것 아니냐!"

"괴롭힘?"

유검은 무슨 소리인지 이해할 수 없어 두 눈만 말똥거리다 머리를 긁적이곤 몸을 돌렸다. 이런 데서 얼쩡거리다가 다시 포위되면 귀찮아지는 것이다.

"이… 기다려!"

무시당했다는 느낌에 옥진은 와락 달려들 듯 뒷덜미를 낚아채 갔다.

하지만 유검이 빙글 몸을 돌리는 순간 옥진은 화들짝 놀라 뒤로 물러섰다. 갑자기 수천 개의 검이 자기에게 쏟아지는 듯한 환상 때문이었다.

"급해서 이만."

그렇게 대꾸하고는 다시 몸을 돌려 어디론가 급히 사라지는 유검을 바라보는 옥진의 하얀 얼굴이 시뻘겋게 물들어갔다.

"왜들 그러는지 원……."

유검은 시원한 표정으로 측간에서 나와 도복을 갈아입고는 개울로 갔다. 수풀 사이에 은밀하게 감춰진 이곳은 얼마 전 우연히 발견한 곳으로 한여름에 수련하다 와서 멱을 감기에 참 좋았다.

옷을 벗는 것도 귀찮아 텀벙 물에 뛰어든 순간.

덥석!

누군가 멱살을 홱 잡아당겼다. 본능적으로 그 흐름에 순응하며 적의 목젖을 향해 손칼을 날리다 상대가 누군지 깨닫고는 멈췄다.

'사부?'

현풍 사부는 조용히 하라는 듯 손가락을 입가로 가져다 대며 잘 다듬어진 갈대 대롱을 입속에 물려주었다. 한쪽 끝을 바깥으로 내놓아 숨을 쉴 수 있었다.

안 그래도 덥던 차에 흐르는 산속의 개울물 속은 시원하다 못해 소름이 끼칠 정도도 차가웠다.

현풍 사부는 빙긋 웃으며 전음을 보내어왔다.

─사부의 마지막 선물이다.

그리고는 커다란 바윗덩어리 뒤로 끌고 갔다.

무슨 이야기인가 싶은데 재잘거리는 소리들이 들려왔다.

수면 위로 비친 모습을 보니 여제자들이 더위를 참지 못해 몰려온 모양이었다. 그들을 가만히 살펴보니 무당파 내에서 그래도 가장 예쁜 축에 드는 여제자들이었다.

"우와! 이런 곳도 있었네!"

"누군지는 몰라도 참 고마워. 세세한 약도까지 그려놓았네. 이거 아니었으면 절대 여길 못 찾을 거야."

"정말 잘됐다. 저쪽 계곡은 사람들이 너무 많아서 참 난감했는데 말야."

유검은 의심스러운 눈초리로 현풍 사부를 힐끔 바라보니 흐르는 물 때문인지 흐물흐물한 모습으로 빙긋 웃고 있었다. 의문의 친절한 편지를 보낸 당사자가 누군지는 충분히 짐작할 수 있었다.

—어떠냐? 사부의 선물이 마음에 드느냐?

'……'

시큰둥했지만 어쨌든 현재 벌떡 일어나는 짓 따위는 하지 않았다. 일어서게 될 경우 어떤 오해를 받게 될지는 뻔하니까.

—뭐 그렇게까지 감격을 하지 않아도 된다. 마지막으로 떠나 보내는 제자에게 이 사부가…….

현풍 사부의 말끝은 점차 흐려져 갔다. 여제자들이 주위에 사람이 없는지 살핀 연후에 본격적으로 멱이라도 감으려는 듯 옷을 벗으려 하고 있었으니까.

두 사내가 두 쌍의 눈을 동그랗게 뜨고 있는데 한 소녀가 목검으로 부시럭거리며 수풀을 뚫고 나타났다.

여문이었다.

'설마… 바보 사부가 여매에게도 편지를 보낸 건가?'

여문이라면 이 정도 장난 정도야 충분히 파악하고도 남는다. 그런 여문에게 편지를 보내다니.

그녀가 주위를 훑어보다 이쪽을 향하는 모습에 벌써 들켜 버렸나 싶어 섬뜩해졌다.

하지만 고개 돌리는 모습을 보니 발견 못한 모양이었다.

내심 안도의 한숨을 쉬고 있는데 여문이 여제자들에게 말했다.

"여기는 본래 출입 금지 구역이었대요. 뱀들이 우글우글거리는 곳이라 선대 때부터 출입을 엄금했다고 하더군요. 지금쯤 아마도 두 마리 정도는 여길 훔쳐보고 있을걸요?"

여자들은 무공의 고하 여부에 상관없이 뱀을 질색했다. 그 한마디에 여제자들은 황급히 자리를 떠났다.

'뱀? 우리가 뱀이란 말이지?'

처음 이곳을 발견했을 때 뱀이야 물론 많았다. 이곳에 올 때마다 배도 고프고 해서 잡아 구워 먹다 보니 지금은 씨가 말라 버렸지만.

여문은 여제자들의 모습이 사라지자 치마를 걷어 올려 개울물에 발을 담갔다.

개울물 속에서 두 눈을 동그랗게 뜨고 그녀의 하얀 발을 구경하던 유검은 돌연 입속으로 물이 들어오자 캑캑거리며 벌떡 일어날 수밖에 없었다.

여문이 목검으로 자신의 입에 물려 있던 갈대 대롱을 중간에서 잘라 버린 것이다.

"잠깐! 오해하지 마라! 난 단지 더위를 식히기 위해… 아니지, 여기 사부에 의해 어쩔 수 없이……."

벌떡 일어나 자초지종을 이야기해 주려 사부를 찾았으나 이미 어디로 사라졌는지 그 모습이 보이지 않았다.

'이런…… 사부!'

"괜찮았나요?"

먼 하늘을 바라보며 혼자 중얼거리는 듯한 그녀의 질문에 유검은 머리만 긁적거렸다.

"응? 아… 음……."

좀 전의 구경거리가 괜찮았다고 말하기도 그렇고, 그렇다고 뭐 전혀 볼 것 없었다고 말하자니 거짓말 같고… 꽤나 대답하기 고민스러웠다. 그러니 어정쩡하게 대답할 수밖에.

"뭐, 그럭저럭 볼 만……."

"괜찮은 파수무문(破水無紋) 일초였냐구요."

"응? 아……."

그제야 여문이 묻는 것이 좀 전에 목검으로 펼친 일초였다는 것을 눈치 챘다.

"물론! 상당히 괜찮은 파수무문 일초였어. 갈대가 잘린 줄 난 전혀 몰랐거든."

"그래요? 고마워요."

퉁명스런 그 말을 끝으로 여문은 먼 하늘만 바라보고 있었다.

유검은 머쓱해져 머리만 긁다가 개울물을 벗어났다. 물이 뚝뚝 떨어지는 모습이 마치 비 맞은 강아지 꼴이었다.

그녀의 옆 자리에 앉아 같이 개울물에 발을 담갔다.

새들은 저마다 뽐내듯 소리 높여 지저귀고 개울물은 사이좋은 형제들처럼 끝없이 재잘거리며 흘러갔다.

문득 흔들리는 수면에 파란 하늘이 보이고 그 위로 떠가는 흰 구름도 보인다. 그리고 여문의 모습도 비춰지고 있었다.

그녀 역시 개울물을 바라보고 있었다. 시선이 마주치는 것 같았지만 끝없이 흔들리는 수면이 그 사실을 감춰주는 듯해서 그냥 그대로 바라볼 수 있었다.

'왜 슬퍼 보이는 걸까?'

요즘 들어 이상하게도 여문의 얼굴을 정면으로 보지 못한다.

이 세상에서 오직 하나뿐인 가족 같은, 그래서 그 누구보다도 소중하고 사랑스러운 여문의 얼굴을 제대로 보지 못하다니.

유검은 지나가는 말투로 물었다.

"그… 약혼자는 갔니?"

"예."

수면에 파문이 일었다.

여문은 목검으로 물을 휘젓고 있었다.

유검은 그녀의 짤막한 대답에 더 이상 화젯거리가 떠오르지 않아 묵묵히 있었다.

'바보처럼…….'

여문과 둘만 있게 되면 이렇게 어색해져 버린 것은 역시 그날 이후였다.

역시 그날이었다.

하얀 달빛 아래 여문이 품속으로 뛰어 들어온 것은…

그리고 처음으로 그녀와 입을 맞추어 버린 것은…….

바로 서문평의 장문제자 입도식 전날, 바로 그날이었다.

그날 밤 내일 있을 검무에 어떤 검식을 쓸까 고민하며 산책을 나왔다가 우연히 바위에 홀로 앉아 울고 있는 여문을 보았다.

왜 울고 있는지 다정하게 물었다.

아무것도 아니라는 대답. 하지만 아무것도 아닌 일에 눈물을 흘릴 까닭은 없지 않은가.

몇 번 계속해서 묻자 여문은 고개를 푹 숙이며 울고만 있다가 돌연 품속으로 뛰어 들어왔다.

그녀의 등을 토닥여 주며 진정시켰다.

무슨 일인지는 몰라도 여문을 슬프게 하는 일은 없어야 했다.

처음 여문이 꼭 품에 안고 있던 인형의 목을 날려 버리면서 그렇게 커다란 두 눈에 슬픔을 보이게 한 이후로 두 번 다시 그녀의 그 큰 두 눈에서 눈물은 보이지 않게 하겠노라고 어린 가슴에 맹세하지 않았던가.

그런데……

여문이 얼굴을 들었을 때 달빛에 비친 그녀의 물기 젖은 배꽃 같은 모습에 유검은 자기도 모르게 얼굴을 가까이 가져가고 말았다.

여문은 흠칫했지만 곧 발끝을 세우고 조용히 눈을 감았다.

처음 가진 입맞춤은 오랜 시간이 지나도록 끝나지 않았다.

그제야 유검은 깨달았다, 오래전부터 여문을 한 가족 같은 여동생으로서 뿐만 아니라 이미 여인으로서도 사랑하고 있었다는 사실을.

그리고 무슨 일로 울고 있었는지 듣지도 못하고 허둥거리며 숙소로 돌아와 버렸다.

그날 밤은 하얗게 새워 버리고 말았다.

이후로도 그날 그녀가 왜 울었는지는 결국 묻기 힘들어져 버렸다.

'왜 그랬을까… 바보처럼…….'
그날의 일을 유검은 후회했다.

여문에게 태중(胎中)에서부터 이미 정혼을 약속한 약혼자가 있다는 사실은 예전부터 알고 있었다. 여문의 아버지가 살아 있을 때 의형제였던 사해표국(四海鏢局)의 곡철무(曲鐵武)와 이미 태중에서부터 혼례를 약속했다던가?

현재 중원 오 개 성을 주름잡는 사해표국 국주 곡철무의 셋째 아들 곡부운(曲浮雲)이 바로 현재 그 약혼자였다.

사해표국은 무너진 여문의 집안을 일으키는 데 막대한 도움을 주었다. 게다가 아직도 의문스런 사건으로 남겨져 있는 여문 부모님의 사건을 조사하기 위해 해마다 막대한 황금을 쏟아 붓고 있다고 한다.

참으로 대단하다는 생각이 들 정도로 사해표국에서 여문의 집안에 쏟는 정성은 대단했다.

의형제의 의리를 지키기 위해서라지만 요즘 세상에 그 정도의 협의(俠義)를 지키는 자 과연 몇이나 되더란 말인가. 이는 강호에 소문이 자자한 바였고 곡철무의 의리를 칭찬하는 목소리가 높았다.

곡부운은 그런 사해표국의 셋째 아들인 것이다.

그리고 여문은 그 곡부운의 정식 약혼녀다.

곡부운은 마침 서문평의 장문제자 입도식을 축하해 주기 위해 사해표국을 대표해서 와 있었다.

그런데 그날 밤 그런 짓을 저지르다니…….

검무를 추다 주화입마당해도 전혀 이상할 게 없는 것이 당연했다.

'그런데 여문이 그때 울고 있었던 것은… 그와 다퉈서였을까?'

그 이상을 추측한다는 것은 유검에게 무리였다.

어쨌든 곡부운 그라면 여문을 맡겨도 충분하다고 생각했다. 여문을 행복하게 해줄 것 같았다. 강호의 한낱 무부(武夫)에 불과한 자신에 비할 바가 아니다. 가문을 보나 사람을 보나……. 게다가 그의 집안은 여문에게 커다란 은혜를 베풀었다.

그러니 다시는 그날 밤과 같은 일이 있어서는 안 된다.

그녀의 행복을 깨뜨리는 일 따위를 자신이 저질러서야.

그날 밤의 일은 한 번의 우연한 실수 정도로 서로 모른 척 그냥 넘어가는 편이 좋다.

흘러가는 개울물을 멍하니 바라보며 생각에 잠겨 있는데 불쑥 눈앞에 목검이 놓여졌다.

진천검이다.

여문의 목소리가 들려왔다.

"내일 새벽 청수림(淸修林)……."

목검을 받아 들고 고개 돌려보니 여문은 일어나 천천히 걸어가고 있었다.

유검은 무슨 의미인지 몰라 머리만 긁적거렸다.

'마지막으로 검무라도 보여달라는 걸까…….'

풀밭에 드러누워 멍하니 흘러가는 구름을 바라보다 그 기세와 품새에 문득 유운검법(流雲劍法)의 구결이 떠올랐다.

곰곰이 구결을 생각하다가 문득 주화입마될 때 자신이 펼쳤던 검무를 떠올렸다. 그때 자신이 검무(劍舞)를 행한 건 확실하건만 어떻게 펼쳤는지 도무지 기억 나지 않았다.

애써 떠올려 보아도 기억이 나지 않자 곧 포기하고 말았다.

멀리서 그를 찾는 소리가 들려왔지만 햇살의 나른함에 유검은 곧 코를 골며 잠이 들고 말았다.

"그럼 속가제자들 문제는 그리하기로 하고……."

넓은 대전 안. 장문인 현진(玄眞)을 비롯한 현 자 배 장로(長老)들이 커다란 이화팔선탁(梨花八仙卓)을 중심으로 둘러앉아 회의를 하고 있었다. 모두들 차를 음미하며 느긋한 표정들이었다.

"다음은 유 사질에 관해서입니다만… 어찌들 생각하십니까?"

장문인이 꺼내놓은 말에 좌중은 별다른 말이 없었다. 다들 한가로운 태도였고 뻔한 것을 왜 묻느냐는 표정들이었다. 그래도 회의 중이니 뭔가 한두 마디 정도는 해야겠다고 느꼈는지 허연 수염의 현기(玄機) 도장이 입을 열었다.

"태사부님께서 모든 것은 절로 이루어질 것이라 말씀하신 바처럼 그냥 관망하며 지켜봄이 옳을 듯합니다."

느긋한 어조라 어디선가 하품 소리라도 들려올 만도 한데…

꽝!

붉은 동안의 현양(玄陽) 도장이 돌연 불끈하여 탁자를 내려치며 일어섰다. 키가 작은지라 일어섰다 하더라도 앉은키와 별다를 바 없었다.

"저로서는 도저히 이해할 수가 없습니다. 다들 유 사질과 같은 인재를 왜 그리 소홀히 취급하시는 겁니까?"

현양 도장은 주위를 돌아보며 더욱 열을 내어 주장했다.

"게다가 태사부님께서는 왜 그런 말씀을 하시는 겁니까? 누구보다도 유 사질을 아끼시더니 이제 와서 그냥 내버려 두면 된다니! 본 파의 최고 어르신으로서 그런 무책임한 말을 할 수 있는 겁니까?"

"말이 아니라 말씀이오."

무뚝뚝하고 마른 얼굴의 현학 도장이 슬쩍 끼어들었다.

"그리고 행여나 이 자리를 지켜보고 계실지 모르니 말을 함부로 하지 않는 게 좋을 것이오."

현양 도장의 얼굴이 시뻘겋게 달아올랐다.

"태사부님의 말, 아니, 말씀이야 어떻든 이대로 아까운 인재를 잃을 수는 없습니다. 무슨 방도든 취해보아야지요!"

"어떻게요?"

꽝!

차가운 어조로 되묻는 현학 도장의 말에 현양 도장은 흥분한 듯 탁자를 재차 내려치며 소리쳤다.

"어떻게든요!"

사람들의 얼굴에는 어떻게 설명해 줘야 할지 모르겠다는 듯 곤혹스러움이 떠올랐다.

천기 도장이 슬며시 끼어들어 말리는 투로 나무랐다.

"현양 사제는 대막(大漠)에서 오랜만에 본 파로 와서 그간의 사정을 잘 몰라 그런 말을 하는 게야."

현양 도장은 미간을 찌푸리다 소리쳤다.

"다른 것은 몰라도 주화입마된 상태의 유 사질을 이대로 강호로 내보낼 수는 없습니다! 마치 어린아이를 강가에 내보내는 것이나 다를 바 무엇이겠습니까? 본 파에 머무르게 만들어 뭔가 대책을 세워보든지 그것도 정 안 된다면!"

말을 잇다 말고 현양 도장은 돌연 현진 장문인을 향해 포권하며 말했다.

"장문 사형께 허락을 구하고자 합니다. 제가 유 사질과 함께 강호로 나가겠습니다. 제가 설득시켜 다시……."

갑자기 현양 도장은 말하는 중에 자리에 털썩 주저앉더니 탁자에 엎드린 채 코를 골며 잠에 빠져들었다.

"……."

잠시 대전 안은 침묵이 감돌았다.

"험험……."

장문인 현진 도장이 어색한 헛기침으로 침묵을 깨며 결론부터 지었다.

"그럼 유 사질에 관해서는 결론 지어진 것으로 하고… 다음 안건으로 넘어가십시다. 자소궁(紫宵宮) 개축에 관한 문제인데……."

대전 안은 현양 도장의 코 고는 소리와 함께 다시 평화스러운 회의가 계속 이어져 갔다.

노송(老松) 사이로 새벽 안개가 유유히 흘러가고 있었다.

바위에 앉아 있는 여문의 유심(幽深)한 눈길은 안개 사이로 목검을 들고 있는 유검에게로 향해 있었다.

마치 입정(入靜)에 든 듯 전혀 미동조차 없는 유검의 시선은 목검에 향해 있는지, 아니면 그 너머 가상의 적수를 향해서인지, 그도 아니면 허공 중에 두는지 알 수 없을 정도로 무심(無心)했다. 하지만 잔잔한 호수의 깊은 밑바닥 어둠 속에서 반짝이는 무언가처럼 알 수 없는 차가운 열정(熱情)이 은은히 내비치고 있었다. 평소 유순하면서도 조금은 멍해 보이던 유검의 모습이 아니었다.

여문은 생각했다.

역시 검을 들고 있을 때의 유 사형은 무척이나 진지하다.

검을 들고 있을 때의 유 사형은…….

먼 예전 한 소년의 모습이 떠올랐다.

언제였던가.

부모님의 참화를 미처 인식조차 하지 못했던 어린 나이, 할아버지의 손을 잡고 낯선 이곳 무당산으로 왔었다.

낯선 곳에 홀로 남겨졌을 때 한 소년이 나타나 품에 꼭 품고 있던 인형을 목검으로 단숨에 잘라 버렸다.

얼마나 울었을까.

놀랍기도 하고 두렵기도 했다. 그리고 슬펐다.

울다 지쳐 잠이 들었고 다시 낯선 침상에서 깨어났을 때 또다시 놀랐다.

인형의 목을 날려 버린 소년이 침상 앞에 서 있었다.

두려움에 질려 울지도 못하고 있는데 소년은 품고 있던 목검을 조심스럽게 내밀어 보이며 말했다.

"미안, 앞으로는 절대 울리지 않을게."

목검에는 조악한 글씨로 진천검이라 음각되어 있었다.

그때 소년의 눈빛은 어린 가슴에도 아련할 정도로 진지하기 그지없었다.

나중에야 알았다, 항상 검을 들 때면 그런 눈빛이 되곤 한다는 것을……. 그리고 검에 대고 한 약속은 어떤 경우에라도 지킨다는 사실을.

하지만 그 당시는 두려움에 질려 단순히 고개를 끄덕일 수밖에 없었다. 그 후 소년이 보여줬던 천진한 웃음을 보고서야 여문은 겨우 안심할 수 있을 뿐이었다.

지금 이 순간 왜 그때의 눈빛이 떠오른 것일까.

유검은 슬쩍 목검을 곧추세웠다.

순간, 검을 든 삼엄한 기세가 마치 태산이라도 자를 듯 날카롭게 변했다. 흐르던 안개조차 베일 듯한 긴장감에 멈춰 버린 것 같았다.

만물이 정지된 듯한 싸늘한 정적이 흐르다 유검은 돌연 한숨 쉬며 검을 떨구었다.

"후… 그만두자. 이런 건 너무 멋쩍어."

유검은 머리를 긁적거리며 쓴웃음을 지었다.

"미안하구나. 마지막 부탁을 못 들어줘서……."

유검은 그녀에게 천천히 다가가 목검을 내밀었다.

"내가 무당산(武當山)에 와서 처음 쥐게 된 검이지. 마지막이기도 한 건가?"

쓸쓸한 시선이 목검을 향했다.

여문은 내미는 목검을 묵묵히 받아 들었다.

둘은 잠시 건네주고 건네받은 목검에 시선을 둔 채 아무런 말이 없었다.

"휴……."

한숨 쉬며 유검이 돌아서려 하자 여문이 목검에 눈길을 고정시킨 채 말했다.

"유 사형, 가시는 건가요?"

"응, 그래야겠지."

"잘 가세요."

"음, 사람을 불러 세웠으면 뭔가 말해야 될 것 아니냐? 뭐, 예를 들면 '행복하게 잘사세요' 같은 거 말이다."

"행복하지 않게 사실 생각이세요?"

"아니."

"그럼 제가 말할 필요 없잖아요."

“…….”

“좋아요. 말해 드릴게요. 아주아주 행복하게 잘사세요. 됐나요?”

무심하고 퉁명스런 대꾸에 유검은 뭐라고 대꾸할지 몰라 머리만 긁적거리다 말했다.

“응, 그래. 행복하게 잘 살아주마. 문매, 너도 행복하게 잘살거라. 나중에 네가 결혼할 때는 반드시 국수 먹으러 가마. 하하.”

멋대가리없는 그 말을 끝으로 몸을 돌리는데 여문이 불러 세웠다.

“아, 잠깐만요!”

조금 낡아 보이는 한 권의 책자를 휙 던지며 말했다.

“잊어버릴 뻔했네요. 이것 가져가세요.”

“응?”

유검은 책을 받아 들고 훑어보다 자기도 모르게 책장에 얼굴을 가까이 가져갔다.

“이, 이건!”

“유 사형 짐을 정리하다 침상 아래서 찾아낸 거예요.”

“아! 역시 침상 아래에…….”

희희낙락하다 말고 유검은 곧 얼굴을 정색하고 여문에게 말했다.

“이게 왜 내 것이라고 단정하는 거냐?”

“아니라면 돌려주세요.”

“이건 장차 강호의 요녀(妖女)들을 상대할 때를 대비해서 보았던 것뿐이다. 그러니까 오해하면 안 돼!”

“뭐, 그렇다고 해두죠. 어쨌든 이것들도 가져가세요.”

그러면서 주섬주섬 여러 가지 물건을 꺼내었다.

“유 사형이 어릴 적 가지고 놀았다고 전해지는 전설의 삼팽이, 몇 년

전인가 화산(華山)의 옥 소저(玉小姐)에게 받았다고 자랑하던 비단 손
수건 하나, 언젠가 무림대회 나갈 때 몸에 뿌리겠다며 사놓았던 향수,
마을 아래 주점서 날아온 술 외상 값 청구서! 이건 꼭 갚고 가세요. 그
리고……."

그녀는 한 장의 편지를 꺼내 들고 읽기 시작했다.

"무산파(巫山派)의 진 소저(陳小姐)에게 보내는 편지도 하나 있군요.
'친애하는 진 여협(女俠)에게, 맑고 청명한 날이 계속되고 있습니다.
수련하기에 정말 좋은 가을이 성큼 다가온 것 같군요. 작년 귀 파에 방
문했을 때 소저의 검법을 보고 감탄을 금치 못했습니다. 검끝에 이미
마음을 담고 계시더군요. 그때 저는 언젠가 소저와 검을 한번 겨루어
보고 싶은 생각이 들었습니다, 휴… 도대체 뭐예요? 연애 편지인지, 아
니면 도전장인지 확실히 해야 할 것 아녜요!'

유검은 뭐라 대꾸할 말이 없어 머쓱한 표정으로 머리만 긁적거리다
겨우 용기를 내어 변명하듯 말했다.

"어른들 일에 너무 관여하는 것 아니다."

여문은 일고의 재론의 가치도 없다는 듯 무시해 버리고는 여러 가지
잡동사니를 모은 조그만 보자기를 유검에게 건네주었다.

"자, 받으세요. 이십 년어치예요."

유검은 보자기를 받아 들고 아련한 시선을 위로 돌렸다.

"그래, 이십 년이구나."

새벽 안개 속에 향로(香爐)처럼 높이 솟아 있는 천주봉(天柱峰)의 모
습이 보였다. 무당산 칠십이 봉(峰) 중 가장 높은 봉우리이며 자신이
검을 수련하면서 가장 많은 시간을 보낸 바위가 있는 곳이다. 물론 검
을 묻은 곳이기도 하고.

그 검은 지금 어디에 있는가?

유검의 시선이 여문에게로 향했다.

메말라 약간 갈라진 듯한 분홍빛 입술에 시선이 머무르다 곧 자신을 바라보는 그녀의 서늘하고 맑은 눈빛과 마주쳤다.

슬며시 시선을 피해 버렸다.

"자, 이제 가마."

감정의 여운을 정리했다는 듯이 유검은 담담하게 웃으며 말했다. 여문에게 손까지 흔들어주는 여유를 보이며 천천히 산 아래로 걸어 내려 갔다.

새벽 안개 속으로 그의 모습은 천천히 사라져 갔다.

여문은 그런 그의 뒷모습이 보이지 않을 때까지 지켜보았다. 목검을 꽉 쥐고 있는 두 손이 조금씩 떨리고 있었다.

후드득!

갑자기 흐린 하늘에서 빗방울이 떨어지기 시작했다.

그녀의 젖어버린 입술이 열리며 뭔가 말할 듯했지만 소리가 되어 나 오지는 못했다.

'거짓말쟁이…….'

그녀가 꽉 쥐고 있는 주먹 위로 빗방울이 떨어지고 있었다. 맑디맑 은…….

하늘에서 떨어지는 빗줄기는 점차 굵어져 가고 있었다.

때는 이른 여름날의 새벽, 간만에 대지(大地)를 적셔주는 빗줄기에 세상은 점점 더 초록으로 물들어가고 있었다.

내가 뭘 하고 있었던 거지?

내가 뭘 하고 있었던 거지?

비는 추적추적 내리고 산야는 뿌연 비안개로 덮여갔다.

유검은 나뭇가지 하나를 꺾어 보자기를 매달았다. 아무래도 보자기를 그냥 들고 있자니 어쩐지 궁상스럽고 품 안에 갈무리하기에는 조금 컸으니까.

후텁지근한 여름날 시원하게 대지를 식혀주는 반가운 비라고는 하지만 주점에서 백주(白酒)나 한잔하며 한가로이 감상에 젖어 구경할 때라면 몰라도 지금처럼 산길을 내려갈 때는 별로 달갑지 않았다.

점점 세차게 내리는 빗줄기에 산길은 도랑이 되어 흐르고 흙들은 두부처럼 물러져 걸을 때마다 미끈거렸다. 발은 완전히 흙투성이가 되고 몸은 비 맞은 생쥐 꼴마냥 흠뻑 젖어버렸다.

청수림(淸修林)을 벗어나니 곧 해검지(解劍池)가 나타났다.

해검지란 옛 고사(古事)가 머무는 조그만 연못을 일컬었지만 지금에 이르러서는 검을 맡겨두는 누각(樓閣)을 지칭하는 말로 바뀌었다.

검을 풀어놓는 곳, 즉 강호인들이 무당파의 위상을 존경하는 뜻으로 자신의 애검(愛劍)을 맡겨두고 올라가는 곳이다.

내리는 비로 혼탁해져 있는 조그만 연못 옆에 하나의 누각(樓閣)이 세워져 있었고 그 안에 두 명의 낯익은 사제들이 해검지를 지키고 서 있었다. 보통 십여 명 정도가 자리를 지키고 있는 곳이었지만 아직 새벽이 가시기 전이라 둘만 있는 모양이었다.

유검이 빙긋 웃으며 손을 흔드니 둘은 황급히 무량수불을 외며 고개를 숙였다.

본시 오늘 오시(午時)에 장문인을 비롯한 사문의 여러 어르신과 사형제들이 지켜보는 가운데 정식으로 하산(下山)하게 되어 있던 유검이었는데 난데없이 나타나자 놀란 것이다.

둘은 유검이 비에 흠뻑 젖어 있는 모습에 무당파를 방문하는 손님들을 위해 준비해 두었던 우의(雨衣)와 기름먹인 우산을 가지고 달려왔다.

같은 사형제 배분에다 아직 정식 도호(道號)조차 받지 못한 유검이지만 무당파 내에서는 그 존재가 특별했다. 어떨 때는 장문인과 같은 배분인 현 자 배 돌림의 대우를 받았고 엄격한 의식이나 특별히 무공 전수에 참가하지 않아도 거의 제재받지 않았다.

이 모든 것은 태사숙조의 배려였다.

"본시 무위이화(無爲而化)하는 바가 본의거늘 어찌 속례(俗例)에 묶어두려는가."

라며 유검의 손을 붙잡고 이 산 저 산을 자유롭게 돌아다니곤 했던 것이다.

사제 둘이 당황한 표정으로 달려오자 유검은 손을 휘휘 젓고는 달아나듯 그 자리를 벗어났다.

한참을 내려와도 비 때문인지 평소 왕래하던 향객(香客)들의 모습은 보이지 않았다. 흙투성이 발로 청정 도장(道場)을 어지럽힐 우려도 있거니와 이렇게 비가 오는 날이면 산을 오르기에 조금 위험한 곳도 있어 일반 향객들의 출입을 금했기 때문이다.

산길을 거의 다 내려올 때까지도 비는 계속해서 내렸다. 뿌연 우막(雨膜)에 온 세상은 흐릿해져 갔다. 혼돈으로 뒤섞여 버린 모든 것들이 비와 함께 시원하게 씻겨져 나가는 듯했다. 비 오는 날의 산길. 이런 세계를 홀로 걷고 있다는 기분이 들자 왠지 기분이 상쾌해졌다.

들뜬 기분에 마냥 걷다가 돌부리에 걸려 넘어졌다. 쏟아져 내리는 빗줄기를 정면에서 바라보는 것이 재미있어 대자로 뻗은 김에 마냥 누워 있었다.

빗속으로 녹아 들어가는 듯했다. 생경한 감각에 팔을 휘저어보니 스르르 가루가 되어 허공에 흩날린다.

문득 자신의 행동이 남들 보기에 유치하지 않을까 하는 생각이 들어 몸을 일으키니 두 명의 복면인이 자신의 앞길을 가로막고 서 있었다.

그들은 정체를 숨길 생각이 있는지 없는지 평상시 입고 있던 도복 차림에 무당산의 산수화(山水畵)가 그려진 기름먹인 종이 우산을 쓰고 있었다.

"흥!"

유검이 마냥 그들을 바라보고만 있자 흑의복면인 중 한 명이 더 이상 기다릴 수 없다는 듯 들고 있던 우산을 홱 젖혀 버렸다.

우산에 묻어 있던 물기가 유검의 얼굴에 뿌려졌다.

흑의복면인은 재차 코웃음을 치며 빈정거리듯 말했다.

"흥! 꼴 좋군. 평소 한껏 으스대더니 지금은 꼬리 말고 도망치는 강아지 꼴인가?"

그는 목소리를 감추기 위해서인지 일부러 목소리를 나지막하게 깔고 있었다.

"누구지?"

유검의 물음에 다른 흑의복면인이 투덜대듯 외쳤다.

"쳇, 말해 줄 거 같으면 왜 복면을 했겠나!"

챙!

처음 복면인이 등 뒤의 검을 뽑아 들었다. 무당의 제자들이 저마다 사부에게서 하사받아 가지고 있는 도호를 새긴 보검이 아니라 어디서나 볼 수 있는 평범한 청강검이었다.

그는 검을 겨누며 싸늘하게 외쳤다.

"유검, 네게 비무(比武)를 청한다!"

"싫은걸."

"흥, 싫어도 하게 될 거다!"

유검의 정중한 거절에도 불구하고 그는 보법(步法)을 밟으며 바로 일검(一劍)을 찔러왔다.

츠파앗!

흙탕물을 양 옆으로 퉁기며 지면을 미끄러지듯 유려한 발놀림에 밤하늘을 가로지르는 은하수를 연상케 하는 매끄러운 일검이었다.

당장이라도 유검의 목을 관통할 것 같은데 검은 한 치를 남겨두고 멈췄다.

흑의복면인은 갈라진 목소리로 외쳤다.

"이런, 왜 피하지 않는가?"

"곧 회풍무류(廻風舞柳)로 변화할 것 아니었나?"

본래 흑의복면인이 펼친 방금의 일초는 허초(虛招)였다. 목젖 정중앙에서 약간 왼쪽을 노림으로써 오른쪽으로 피하게 만들고 이어 회풍무류 초식으로 검식을 변화시킬 생각이었다.

명가(名家)의 일수(一手)는 단순함 속에도 철저히 운기(運氣)의 요결을 따르는 법. 애당초 허초로 마음먹고 있는 초식에서 이미 회풍무류로 이어가는 진기의 흐름을 쫓는 상태에서는 검로 역시 그와 하나가 되어야 한다.

하지만 유검이 가만히 있는 상태에서 헛칼질을 한다는 것은 검수(劍手)로서 이만저만한 창피가 아닐 수 없어 그만 검을 멈추고 만 것이다.

이는 마치 바둑에서 하수의 행마(行馬)가 고수에게 간파당해 놀림을 당한 것이나 다름없었다.

복면인의 검끝이 부르르 떨렸다.

본래 그는 유검이 주화입마당한 사실을 이미 알고 있었기에 죽일 생각까지는 아니더라도 마음껏 농락하며 그동안 쌓인 분풀이를 할 생각이었던 것인데 이미 이 한 수에 자신이 오히려 농락당해 버린 것이다.

주화입마당한 녀석에게 이런 수모를 당하다니!

"이… 검에 미친놈!"

복면인은 검을 거둠과 동시에 다시 유검의 목젖을 찔러갔다. 이번에도 피하지 않고 가만히 있는다면 아예 진짜로 찌를 생각인 듯 그 기세가 범상치 않았다.

“어! 그만둬!”

뒤에 있던 복면인이 놀라 소리쳤다.

유검은 목젖 부위에 따가운 살기를 느낄 때부터 빙글 몸을 옆으로 돌리고 있었다. 검끝을 턱밑으로 아슬아슬하게 스쳐 보내며 다시 뒤로 몸을 젖힘과 동시에 보자기를 매고 있던 나뭇가지 끝을 슬쩍 위로 밀어 올렸다.

한 수 뒤늦게 검날이 허공을 헛되이 가름과 동시에 복면인의 완맥(腕脈) 신문혈(神門穴)이 나뭇가지 끝으로 걸려들었다.

“이……!”

복면인은 자신의 손목이 시큰해지며 검로가 흐트러지자 황급히 뒤로 물러섰다.

뒤따라 말리러 오던 복면인 역시 의외의 상황에 놀라 달려오던 자세 그대로 멈춰 버렸다.

또다시 간단히 한 수에 격퇴되어 버린 복면인은 믿을 수 없다는 듯 소리쳤다.

“너, 주화입마당한 것 아니… 헉!”

그는 뒷말을 잇지 못하고 연신 뒤로 물러섰다.

유검이 몸을 일으키는 반동과 함께 나뭇가지로 찔러오고 있었다. 정확히 왼쪽 눈을 향하여. 하지만 나뭇가지 끝이 미세하게 떨리고 있어 도중에 어디로 휘어진다 하더라도 이상할 것이 없어 보였다.

“이런!”

복면인이 순간 주저하는 사이 이미 나뭇가지는 눈앞에 다가와 있었다.

황급히 뒤로 몸을 젖히며 검을 휘둘렀다. 상대의 무기는 내공도 주입되지 않은 나뭇가지에 불과하니 검을 휘둘러 베어버리면 그뿐이라는 것을 자각한 것이다.

하지만 유검의 투명한 두 눈동자는 휘둘러지고 있는 검 사이의 빈자리에 복면인의 당혹해하는 두 눈동자가 놓여져 있음을 찾았다. 나뭇가지는 그의 의지와 함께 이미 그곳을 무심하게 파고들고 있었다.

피하기에는 이미 늦었다는 것을 깨달은 복면인의 두 눈에 절망이 아로새겨졌다.

"그만둬!"

다른 복면인은 상황이 어떻게 되어가는지 정확히 파악하지도 못한 채 달려왔다가 동료의 위험에 몸을 던지며 유검을 향해 쌍장을 뻗었다.

하지만 나뭇가지의 한쪽 끝이 살짝 손바닥과 마주쳐 버렸고 찔러가는 나뭇가지의 기세에 가속이 붙어버렸다.

두 복면인은 어찌할 바를 모르고 혼란에 빠져들고 유검의 무심한 시선이 둘 사이 미묘한 힘의 역학점을 정확히 찾아 들어가 똬리를 틀었다.

"할!"

전신을 울리는 내가진기가 포함된 외침 소리가 울려 퍼지며 번득이는 은빛이 날아와 유검의 나뭇가지를 잘라 버렸다. 바람을 가르는 소리는 오히려 그 뒤를 힘겹게 따라왔다.

외침 소리에 유검은 그제야 제정신이 들었다.

자신이 반 토막 난 나뭇가지를 계속해서 복면인의 눈을 향해 찔러가고 있다는 것을 깨닫고 흠칫 놀라 뒤로 물러섰다. 아니, 물러서려 한 순간 다른 복면인이 내뻗은 쌍장에 격중당해 데굴데굴 뒤로 굴러갔다.

흙탕물 속을 뒹굴다 겨우 일어나니 어느새 엄격함이 배어 있는 마른 얼굴의 도사가 나타나 있었다. 계율을 집행하는 현학 도장이었다.

현학은 얼이 빠져 있는 두 복면인에게 호통 쳤다.

"이놈들! 감히 사부 면전에서도 진면목을 감출 테냐!"

그제야 제정신이 든 두 사람은 황급히 복면을 벗었다. 옥진과 옥허였다. 그들은 현학의 눈빛에 노기(怒氣)가 어림을 보고 얼굴이 시커멓게 죽어갔다. 감히 한마디 변명조차 하지 못하고 단지 엎드려 청죄할 뿐이었다.

"쿨럭쿨럭!"

유검은 좀 전의 일장에 사레가 들린 듯 기침을 토해내며 일어섰다. 멍하니 자신이 휘둘렀던 나뭇가지를 바라보다 곧 정신을 차리고 현학 도장에게 예를 올렸다.

"제자가 현학 사백님을 뵈옵니다."

유검이 포권하며 예를 올렸으나 그런 그를 바라보는 현학 도장의 눈길은 매서웠다.

현학의 날카로운 호통 소리가 빗줄기를 뚫고 터져 나왔다.

"어르신께서 너를 어여삐 여겨 내 넘어간 일이 한두 번 아니다만 무당산 자락을 벗어나기도 전에 사형제들과 싸움을 벌이다니! 네 눈에는 태사부님도 들어오지 않더란 말이냐!"

유검은 할 말이 없었다.

자신이 원했던 비무, 혹은 싸움은 아니었지만 도중에 어떻게 되어버린 듯이 거의 무아지경에 빠져 나뭇가지를 휘둘러 댔었다. 그리하여 상대를 위험에 빠뜨리게 만들었으니 확실한 잘못이랄 수밖에.

유검은 무릎을 꿇고 현학의 명을 기다렸다.

당장 치도곤이라도 낼 듯한 현학의 기세였는데 의외의 말이 흘러나왔다.

"너희 모두 당장 자소궁(紫宵宮)으로 데리고 가 논죄(論罪)해야 할 것이되 오늘은 경사스런 길일(吉日)이라 다른 속가제자들을 보아서라도 너희들의 죄를 사해주마. 그리고 조금 전 있었던 비무에 대해선 없었던 일로 할 것이며 그 누구도 입 밖에 내지 않도록 한다."

싸움을 비무로 슬쩍 바꾸기는 했지만 도무지 융통성이라곤 전혀 없는 현학 도장의 입에서 흘러나왔다고는 믿을 수 없는 이야기였다.

"알아듣겠느냐!"

"예!"

세 명은 이구동성으로 힘차게 대답했다. 옥진과 옥허의 얼굴에도 희색이 만연했다.

현학 도장은 옥진과 옥허에게 다시 엄격하게 물었다.

"너희들은 지금 내가 보이느냐?"

"예!"

"이놈들!"

현학은 갑자기 노호성을 질렀다.

"조금 전 내 말을 어떻게 들었더냐? 조금 전의 비무에 대해선 없었던 일로 한다지 않더냐. 만약 다른 사람들이 너희에게 묻기를 나를 어찌 보았느냐 하면 그 연유와 까닭을 어떻게 말하고자 하느냐?"

옥진과 옥허가 우물쭈물 미처 대답을 못하는데 다시 현학이 물었다.

"다시 묻겠노라. 너희들은 지금 내가 보이느냐?"

그제야 현학의 의중을 알아채고 옥진과 옥허는 힘차게 대답했다.

"보이지 않습니다."

현학은 희한하다는 듯.

"너희들은 누구에게 말하느냐? 보이지도 않는 귀신에게라도 이야기를 걸고 있는 것이냐?"

"……!"

"여기서 다른 할 일이 없다면 어서 올라가 봐야 하지 않겠느냐?"

"예!"

옥진과 옥허는 대답과 함께 산 위로 힘차게 달려갔다.

평상시라면 뭔가 의아함도 느낄 법하건만 옥진과 옥허는 다만 겨우 살아났구나 하는 안도감에 희희낙락할 뿐이었다.

멀어져 가는 그들의 모습을 바라보던 현학은 빙글 몸을 돌려서 유검에게 호통 쳤다.

"이놈! 네놈은 내가 보이느냐!"

유검은 멍청히 현학을 바라보다 머리를 긁적거렸다.

"꽤나 능숙하다고 느끼는 모양이신데… 뒤에 가서는 많이 서툴렀어요."

현학은 흐흐거리며 두 손을 얼굴로 가져갔다. 곧 매미처럼 얇은 얼굴 가죽이 벗겨지며 장난기 어린 현풍의 얼굴이 드러났다.

"본래 관객 수준에 따라 연기가 달라지는 법이지."

"그거 현학 사백님께 들키면 꽤나 성가실 텐데……."

"심심해서 미리 만들어둔 것이다만… 때로 아주 유용하지. 지금처럼 위기에 처한 제자를 구할 때도 톡톡히 한몫하지 않았더냐?"

뭐라 대꾸할 말이 없어 머리만 긁적거리다 유검은 조금 전에 옥진과 싸울 때 있었던 기이한 감각이 생각나 물었다.

전신에 눈이 달린 듯 주위의 모든 정경을 그대로 느낄 수 있었다. 그리고 의식은 있되 몸은 의지대로 움직여지는 것이 아니었다. 마치 검무를 추다 주화입마당할 때의 느낌과 비슷했다.

"그런데……."

"아, 나도 지켜보고 있었다만 아무래도 주화입마 같구나."

"아, 그렇군요."

유검은 그렇구나 생각하며 고개를 끄덕였지만 현풍은 유검이 미심쩍어한다고 생각하는지 말을 덧붙였다.

"세상을 살아가다 보면 이런 일 저런 일 다 겪게 되는 법이다. 희망이란 다시 독(毒)이 되기도 하는 법, 세상은 그저 물 흘러가는 대로 따라야 하는 법이야. 자기 혼자 생각으로 상대의 마음을 섣불리 짐작해서도 안 되는 법이지. 그러니 많은 남자들이 긴 밤을 하얗게 새우며 고민해 봐도 정작 용기있는 행동 외에는 아무 쓸모가 없는 게야. 만약 이도저도 안 된다면 차라리 마음을 놓아버리거라."

"……?"

별 감흥 없는 이야기임은 둘째 치고라도 주화입마에 관한 이야기인 줄 알았더니 말이 갈수록 조금 이상해져 갔다.

게다가 끝말이.

"세상에 여자는 많으니까."

라며 아련한 눈빛으로 먼 산을 바라보니…….

"……."

비 때문인지 머리 속이 가려웠다.

'이 정도면 나도 꽤나 훌륭한 것 아닐까? 사부 밑에서 자란 것치고는…….'

비는 그칠 생각이 없는 듯 계속해서 내리고 있었다.

두 사제는 멍하니 비안개 속에 흐릿한 윤곽만 드러내고 있는 무당산의 모습을 오랫동안 함께 바라보았다.

현풍은 지나가는 어조로 물었다.

"그런데 의원이 될 자신은 있는 게냐? 아직 의서(醫書)를 뒤적거리는 네 모습은 본 적이 없다만……."

"이제부터 열심히 공부할 생각입니다."

"흠… 생각나느냐?"

"예?"

"솔직히 처음 가르칠 때 너는 도무지 재능이 없다고 생각했다. 구결을 몇 번이나 가르쳐 줘도 제대로 외우지를 못했고, 검초를 수십 번 보여줘도 넌 멍하니 기억을 못했다."

"그건……."

"제대로 못 외우기는 지금도 마찬가지지. 그런 네가 의학을 열심히 공부한다 하더라도 뭔가 제대로 익힐 수 있으리라고는 생각되지 않는다."

"저주를 내리시는 겁니까?"

"진실은 아픈 법이나 외면해서는 안 된다."

"……."

현풍은 잠시 뜸을 들이다 다시 입을 열었다.

"혹시 강호를 떠돌아다니다 숨은 은거고인(隱居高人)이나 신의(神醫)를 만날지도 모른다는 희망을 가지고 있는 건 아니냐? 아니라면 의술을 연구해 스스로 주화입마를 고쳐 보겠다는 생각이나……."

"오랜 전통을 지닌 본 파의 고명하신 사문의 어르신들께서도 어찌할 수 없는데 세속의 범의(凡醫)와 재간꾼들에게 어찌 희망을 걸겠습니까. 또한 의학의 길 역시 광활하기 그지없어 일조일석(一朝一夕)에 이

룰 바는 아니라 들었습니다. 그런데 제가 어찌 그런 광오한 생각을 품겠습니까."

"말솜씨는 그럴듯하구나. 굶어 죽지는 않겠다."

유검은 머리를 긁적거리다 짧게 한숨을 내쉬며 물었다.

"사부님, 도대체 하교(下敎)하시고 싶은 말이 무엇입니까? 이 우둔한 제자는 사부님의 선문답을 감당하기 어렵습니다."

현풍은 혀를 차며 말했다.

"이 녀석아, 네놈이 갑자기 고아한 척 이야기하니까 내가 말 꺼내기가 어색하지 않느냐."

사제는 다시 저 먼 산을 바라보며 말이 없었다.

오랜 시간을 함께한 두 사람은 엄격한 사제지간(師弟之間)이라기보다는 친구 같은 부자지간(父子之間)이었고 형제와도 같았다. 막상 헤어질 때가 되니 둘 모두 이별에는 서툴기 그지없어 정작 나누고 싶은 이야기는 가슴에서 꺼내어놓지를 못하고 있었다.

빗줄기가 서서히 약해질 무렵 현풍이 다시 말을 꺼내었다.

"너는 혹시 지금 주화입마로 인해 내공이 흩어져 버렸다고는 하나 강호의 일류고수만 아니라면 웬만큼 상대할 수 있을 만한 무공은 남아 있다고 생각할지 모른다."

"……."

"하나 그것은 모두 허상에 불과하다. 본 문의 상승 무공치고 내공의 운기 없이 그 정미함을 드러낼 만한 것이 어디 있는가? 강호에 모래알처럼 널린 것이 은거고인일진대 너는 감히 태만해서는 안 될 것이다."

유검은 사부의 당부에 몸가짐을 바로하고 대답했다.

"명심하겠습니다, 사부님."

현풍은 고개를 끄덕이며 말을 이었다.

"네 성격으로 보아 강호의 시비에 함부로 끼어들지는 않겠지만 만약 어쩔 수 없이 간섭해야 할 상황이라면 반드시 일의 전후와 경중을 진중히 살펴야 한다."

"예, 사부님."

"그리고……."

더 해줄 말이 다 떨어졌는지, 아니면 정작 해주고 싶은 말이 나오지를 않아 답답한지 현풍은 말을 잇지 못했다.

현풍은 짧게 한숨을 내쉬며 혼잣말처럼 중얼거렸다.

"언제고 알 날이 올 테지. 너는 과연……."

"예?"

"아니다. 남아는 홀로 서야 하는 법, 이만 떠나거라. 일단 결심을 했다면 뒤돌아보아선 안 되는 게야."

그 말을 끝으로 현풍은 휘적휘적 산 위로 올라가 버렸다.

유검은 멍하니 멀어져 가는 사부를 바라보다 정중히 구배지례(九拜之禮)를 올리기 시작했다.

"다녀오겠습니다, 사부님."

마치 듣기라도 한 듯 현풍 사부의 천리전음(千里傳音)이 귓가로 전해져 왔다.

─눈에 보인다 하여 있다고 믿지 말고 느끼지 못한다 하여 없다고 생각지 말거라. 굳이 낮은 곳을 향해 흘러가는 물이 된다면 모든 일은 절로 이루어지리라.

유검은 빙긋 웃었다.

"이제야 멋진 말이 생각나셨나 보구나."

유검은 멍하니 먼 하늘을 바라보다 몸에 덕지덕지 달라붙어 있는 진흙들을 대충 털어내고는 걸음을 옮기기 시작했다.

비는 거의 그쳤지만 하늘은 여전히 흐렸다.

잣나무들 사이로 난 길을 따라 천천히 걷고 있는데 맞은편에서 한 사람이 걸어왔다. 우산을 한 손에 들고 빨간색 우의(雨衣)에 긴 장화로 완전무장한 소녀였다.

길이 좁아 혹시나 진흙투성이의 자기와 스치기라도 하면 소녀의 옷이 더러워질 것이다 싶어 유검은 길가로 붙어섰다.

소녀가 스쳐 지나가고 다시 걸음을 옮기려 하는데.

"혹시……."

말을 거는 소리에 유검은 뒤를 돌아보았다.

소녀는 무엇을 묻고 싶은 표정이었지만 아미를 찌푸리며 진흙투성이가 되어 있는 유검의 아래위를 훑어보는 것이 '이런 사람이 뭘 알까?'라고 생각하며 망설이는 듯했다.

'하나, 둘, 셋……."

유검은 속으로 다섯까지 헤아리고 난 뒤 고개를 약간 까닥해 보이고는 다시 걸음을 옮겼다.

"잠깐만요!"

소녀가 부르는 소리에 유검은 짧게 한숨 쉬며 다시 몸을 돌렸다.

"뭔가요, 어린 소저(小姐)?"

'어린'이라는 말에 소녀는 아미를 치켜 올렸지만 일단 묻고 싶은 용건부터 꺼내었다.

"유검이라는 사람 알아요?"

유검은 소녀를 자세히 살펴보았다.

희고 맑은 피부, 커다란 두 눈동자, 고생이라고는 전혀 모르고 자란 듯 밝은 인상, 나이에 비해 조금은 더 성숙해 보이는 가슴, 조금만 더 자라면 꽤나 미인이 될 듯한 소녀……. 하지만 맹세코 처음 보는 소녀였다.

"뭘 훑어보는 거예요! 모른다면 됐어요."

"왜 찾는 거죠, 어린 소저?"

"그를 아나요?"

유검이 고개를 끄덕이자 소녀는 쪼르르 다가와 쉴 새 없이 물었다.

"그는 어떤 사람이죠? 키는 어때요? 잘생겼나요? 무공은 어때요? 주화입마당해 폐인이 되었단 소릴 들었는데… 그 사람 오늘 하산한다면서요? 그 사람은 뭘 좋아하죠? 애인은 있나요? 저 아래 주점 아줌마는 그 사람 이야기만 꺼내면 당장이라도 폭발할 것 같은 표정을 짓던데…… 아, 그 주점에 있던 어떤 사람은 유검이 천하에서 제일 멋있는 사람이라고 하던데 정말이에요? 그리고……."

유검은 내심 한숨을 쉬었다.

'왜 날 찾는 걸까? 말을 들어보니 나에 대해 잘 모르는 것 같은데…….'

그나저나 소녀의 이야기를 계속해서 들어주다가는 하루가 다 지나도 이 자리에 서 있어야 할 것 같았다.

"미안해요. 내가 아는 유검과는 다르군요. 이만……."

유검은 포권(抱拳)과 함께 정중히 거절의 의사를 표시하고는 뒤돌아섰다.

"이봐요!"

소녀는 우산 끝으로 유검의 등 뒤를 꾹꾹 찌르며 불러 세웠다. 귀찮을 뿐만 아니라 꽤나 버릇도 없는 소녀였다.

"이봐요, 어린 소저. 저는 바쁩니다. 유검에 대해서는 다른 사람에게 물어보세요."

"아주 한가해 보이는데요? 뭐가 바쁘죠?"

"일단 외상 술값도 갚으러 가야 하고 또……."

뒷말을 잇다 말고 눈길이 아래로 향했다.

소녀의 하얀 손바닥, 아니, 그 위에 놓여진 누런 황금이 보였다. 적어도 한 냥은 되어 보였다.

"유검에 대해 자세히 알려주면 이것은 당신 거예요."

"……!"

벌써부터 황금이면 뭐든지 된다는 사고방식이라니! 틀림없이 명문가 출신으로 모든 사람들을 턱끝으로 부리는 게 몸에 배어 있음이 틀림없다. 이런 경우 세상이 녹록치 않다는 것을 보여줌이 도리일 것이다.

하지만 주점의 외상 값을 갚고 나면…….

그러나 유검은 달콤한 유혹을 털쳐 버리고 딱 잘라 말했다.

"어린 소저가 벌써부터……."

"싫은가요?"

그러면서 소녀는 손바닥 위에 황금을 두 냥 정도 더 얹었다.

"…뭐든지 물어보시죠, 소저. 장담하지만 유검에 대해 나보다 더 잘 아는 사람은 없을 겁니다."

소녀가 싫어하는 듯해서 소저 앞에 붙였던 '어린' 이라는 말은 슬쩍 빼버렸다.

　열다섯 정도 되어 보이는 빨간 우의를 입고 있는 소녀는 다름 아닌 남궁세가의 남궁혜였다. 물론 유검이 그 사실을 알 리 만무했다.

　“정말이에요?”

　“그럼요. 그가 한번 휘리릭 검을 떨치면 강호의 마두들이 추풍낙엽처럼 쓰러졌죠. 얼마나 멋졌다구요.”

　“우와!”

　“그리고… 흠흠, 그는 정말로 잘생겼죠. 뭐, 전설의 미남자 송옥 정도는 아닐지 몰라도 내가 본 남자들 중에서는 그래도 제일입죠. 그런데 중요한 것은…….”

　유검은 한 박자 쉬어 호기심을 자극한 다음 목소리를 깔고 말했다.

　“그에게선 은은히 신비로운 분위기가 풍겨 나와요. 그게 다른 미남자들과 다른 점이죠. 그래서 처음 볼 때는 ‘아, 잘생겼구나’ 라고 생각하다가 조금만 지켜보면 ‘아, 정말로 멋있구나’ 라고 생각이 바뀌는 겁니다. 그러다 조금만 더 지켜보면 반해 버려서 그냥 말도 못하고 얼굴만 붉히게 되지요.”

　“아……!”

　바위에 앉아 이야기를 듣고 있던 남궁혜는 유검의 말에 도취되어 동경의 눈빛으로 막연히 상상의 나래를 펴고 있었다.

　“언젠가 이런 일이 있었답니다. 영웅회(英雄會)에서 천하의 협객(俠客)들을 모아 연회를 베푼 적이 있었지요. 천하의 기협(奇俠)들과 기인이사(奇人異士)들이 모두 모였는데 그곳에 있던 모든 여협들의 눈길은 은근슬쩍 그만 훔쳐보고 있었답니다. 왜냐구요? 물론 그에게서 은은히 풍기고 있는 신비로운 분위기 때문이었죠. 마치 닭 무리들 가운데 홀로 고고한 봉황이랄까……."

"닭 무리들 가운데 홀로 고고한 봉황……."

"당연한 이야기지만 그때 있던 여협들은 모두 그에게 반해 버리고 말았답니다. 그래서 안타깝게도 모두 상사병으로 누워버렸다고 하더군요."

"음……."

"내 장담하지만 소저께서도 그를 한 번 보는 순간 반해 버리고 말걸요. 상사병에 걸리지 않으려면 조심해야 해요."

"쳇, 누가……."

그러면서 얼굴을 붉힌다.

손바닥으로 턱을 괴고 몽롱한 시선으로 먼 하늘을 바라보는 남궁혜의 모습에 유검은 머리를 긁적거렸다.

'조금 심했나?'

유검은 이제 슬슬 황금 세 냥을 받아도 되지 않을까 하고 생각하는데 남궁혜가 물었다.

"그런데 방금 한 말들 진짜예요?"

"무, 물론입니다. 제가 왜 거짓말을 하겠어요?"

양심이라는 녀석이 힐끔 째려본다.

하지만 황금 세 냥이란 인생을 살아가는 데 보다 풍요롭게 해줄 귀중한 존재 양심과 함께 저울추에 달아보면 어디로 기울어질지는 자명한 것 아닌가.

유검은 서둘러 말했다.

"오늘 정오에 하산한다니까 빨리 가서 구경하는 게 어때요? 서두르지 않으면 놓칠지도 몰라요."

“음……”

남궁혜는 눈빛을 반짝이며 물었다.

“혹시 그에게 애인이나 장래를 약속한 사람은 없나요?”

“예?”

“있어요? 없어요?”

유검은 묵묵히 발끝을 바라보다 고개를 저었다.

“아마… 없을 거예요.”

남궁혜는 더욱 눈빛을 반짝이며 물었다.

“만약에 그가 날 보면 어떻게 생각할까요?”

“……?”

“날 좋게 생각할까요?”

“그, 글쎄요……”

“어쩌면 날 보고 반해서 쫓아다니지는 않을까요?”

“그럴……”

‘그럴 리는 없다’ 라고 튀어나오려는 말을 간신히 집어삼켰다.

“그, 그럴 수도 있겠군요. 하하……”

그리고 손바닥을 슬며시 내밀었다. 이 정도까지 상대방의 기분을 맞춰주었다면 황금 세 냥을 받아도 결코 폭리는 아닐 것이다.

하지만 남궁혜는 자리를 털고 일어나 ‘뭐죠?’ 라는 눈빛만 보낼 뿐 황금을 내놓지 않았다.

유검은 억지로 미소 지으며 말했다.

“좀 전에 약속한 바를 지금 실행해 주셨으면 합니다만……”

“당신의 말이 거짓말이 아니라는 것을 어떻게 믿죠? 제가 직접 보고 나서 틀림없이 사실이라면 드릴게요.”

“그……”

“그럼 재밌는 아저씨, 다음에 봐요.”

“자, 잠깐만!”

“뭐죠?”

“이름은 어떻게 되죠?”

“흥, 처녀의 이름을 함부로 묻다니! 실례예요.”

남궁혜는 그 말을 끝으로 깡총거리며 산 위로 올라갔다.

허전하기 이를 데 없는 빈 손바닥 위로 허무한 바람만이 스치운다.

유검은 멍하니 그녀의 뒷모습을 바라보다 머리를 긁적거렸다.

“요즘 애들은……”

입맛을 다셨다. 한순간 팔아버린 양심이 의기양양하게 돌아와 한껏 조소를 보낸다.

“근데 아저씨라니! 쳇, 난 아직 아저씨가 아니라구. 게다가 이름조차 안 가르쳐 주면 나중에 어떻게 만나서 받으란 거지.”

진실을 알게 될 경우 더욱더 받기 힘들어질 것이라는 것은 외면한 채 투덜투덜거리며 산길을 내려갔다.

흐릿했던 하늘이 조금씩 맑아져 가고 있었다.

＊　　　＊　　　＊

새벽녘 비가 온 것은 산기슭 근처뿐이었는지 마을에 비가 내린 흔적은 없었다. 날은 후텁지근했고 땅은 말라 푸석푸석해 걸을 때마다 먼지가 일 정도였다.

마을 사람들은 저마다 사냥이나 약초를 캐는 등 저마다 할 일을 하

러 가버렸는지, 아니면 이런 전형적인 한여름날의 정오 무렵에 흔히 그
러하듯 모두 시원한 곳으로 몰려가 쉬고 있는 것인지 읍내는 한산했다.

유검은 한없이 멀어 보이는 저 너머 산들을 멍하니 바라보았다.

"어디로 가야 하나……."

의원이 되겠다고 결심은 했지만 막상 정해놓은 계획은 없었다. 모처
럼 강호로 나서는데 뭔가 결정되어 있다면 재미없지 않겠는가?

하지만 현실은 비정한 법, 본래 가진 은자가 대략 열세 냥 정도였는
데 밀린 외상 술값을 모두 갚고 나니 다섯 냥 남았다. 이걸로 아껴 쓴
다면 몇 달 동안 식사비 정도야 해결되겠지만 의원이 되려면 의서(醫
書)도 필요할 테고 뭐든 새로운 시작에는 은자가 드는 법이니 아무래도
여유롭다고는 할 수 없었다.

"휴… 나도 꽤나 대책없는 놈이구나. 겨우 이걸 가지고 하산하겠다
했으니……."

입맛을 다시다 다시 마음을 다잡았다.

"뭐 어떻게든 되겠지."

유검은 일단 가장 가깝고 큰 도시로 향하기로 했다.

강호의 기인들이야 산속에 은거하고 있는 경우가 많다지만 중생의
질병을 다스려야 하는 유능한 의원들은 큰 도시에 있지 않겠는가.

근처의 가장 큰 도시라면 낙양(洛陽)이 있다.

하남성(河南省)의 서쪽에 자리하여 아홉 개 왕조가 도읍을 정한 까닭
에 '아홉 왕조의 도읍[九朝古都]'이라고 불리기도 하며 당금에 있어 정
치적 영향력을 발휘하기보다는 당나라 때의 이백(李白), 두보(杜甫), 백
낙천 등의 문인(文人)이 이곳을 중심으로 활동하며 예술의 꽃을 피웠듯
이 경제, 학술, 예술의 중심지로 변화되었고, 오래전부터 불교(佛敎)의

중심지로 용문석굴(龍門石窟)과 백마사(白馬寺) 등으로 유명한 곳이기도 하다.

그러니 유명한 의원이 하나쯤 있다 한들 이상할 리가 없다. 그런 이유로 낙양행을 결심했다. 소림사(少林寺)와 가깝다는 사실은 별로 중요하지 않았다.

유검은 낙양으로 향하는 관도(官道)를 따라 느긋한 걸음을 옮기기 시작했다.

배가 고프면 사냥을 하고 개울을 만나면 낚시를 해서 먹을 것을 구하고 밤이 되면 모닥불을 피워 잠을 청했다. 그러다 멍하니 밤하늘의 은하수를 바라보다 문득 허전한 느낌에 벌떡 일어나 검을 휘두르는 시늉을 하다 머리를 긁적거리는 점만 빼면 평범하기 그지없는 강호 유랑이었다.

후텁지근한 여름날에 무작정 관도를 따라 걷는 일이 쉬운 일은 아니었지만 때때로 지나가는 말이나 마차들이 한껏 먼지구름을 일으켜 주며 무료함을 달래주었다.

길을 떠난 지 오 일째, 낙양 근처의 회수현(會水縣) 부근을 지날 무렵 더위에 지쳐 잠시 쉬기로 했다.

그늘로 걸음을 옮기니 늘어진 버드나무 아래 선객(先客)이 먼저 있었다. 대략 육십 대 중반 정도 되어 보이는 노승(老僧)으로 양가죽으로 만든 물통을 입에 대고 있는 모습을 보아 더위에 시달린 갈증을 축이고 있는 모양이었다.

꼬질꼬질한 승복 차림으로 보아 흔한 유랑걸승(流浪乞僧)처럼 보였지만 있는지 없는지 보이지 않는 실눈과 깡마른 얼굴에 떠오른 희미한 미소가 왠지 사람을 편하게 만들어주었다.

유검이 가까이 다가가자 노승은 선뜻 마시고 있던 물통을 내밀었다.

"드시게나."

유검은 노승의 호의를 거절하지 않았다.

"감사합니다."

포권으로 정중히 예의를 표한 후 물통을 받아 마셨다. 벌컥벌컥 들이마시다 물안개를 뿜어내며 멈추고 말았다.

"이건……?"

"싫은가?"

유검은 미소 지었다.

"싫을 리 있겠습니까?"

이번엔 단단히 마음먹고 천천히 음미하며 마셨다. 어떤 술인지는 알 수가 없었지만 무척이나 독했다. 한 모금 식도를 따라 넘기는 순간부터 뱃속에서 화끈거리는 불길이 확 솟아올랐다. 한여름날의 정오 무렵의 화기(火氣)와 합쳐진 주기(酒氣)는 순식간에 머리 꼭대기까지 달아올랐다가 약간 땀이 나면서 다시 정신이 맑아졌다. 가슴은 상쾌해졌고 드넓은 호연지기가 생기는 듯했다.

유검은 진정으로 감탄하여 말했다.

"참으로 좋은 곡차로군요."

노인은 웃으며 물었다.

"정말로 그렇게 생각하는가?"

"물론입니다. 제가 비록 곡차에 대해 잘은 모르지만 이토록 사람의 기분을 좋게 만들면서도 음란하지 않고 오히려 흉중(胸中)에 품은 기세를 드넓히니 어찌 좋은 차라 아니할 수 있겠습니까?"

유검의 당연하다는 듯한 대답에 노승은 크게 고개를 끄덕였다.

"물론이지, 물론이고말고! 하하하!"

왠지 의기투합하여 주거니 받거니 술을 마시다 노승이 돌연 혀를 차며 물었다.

"자네 검(劍)을 익히지 않았는가?"

유검의 대답을 기다리지 않고 노인은 탄식하며 말을 이었다.

"곡차를 마시면서도 자네의 오른손은 힘없이 늘어뜨려져 있구먼. 흔히 주도(酒道)를 제대로 즐기지 못하는 검을 익힌 자들의 못된 습관이지."

"주도가 아닌 다도(茶道)겠지요."

유검의 대꾸는 심드렁했다.

검은 어디까지나 항상 대화를 나누던 친구였을 뿐이다. 그런 친구를 단지 수단으로 익힌 게 아니냐는 투의 말이 기분에 거슬렸던 것이다.

노승은 흥미롭다는 표정으로 유검을 살피다 껄껄 웃었다.

"닮았구먼, 닮았어!"

누구와 닮았다는 이야기는 없이 술을 벌컥벌컥 들이키는데 말발굽 소리 급하게 몰아치더니 흑의경장 차림의 사내를 태운 흑마 한 마리가 급히 스쳐 지나며 자욱한 먼지구름을 일으켰다.

"참으로 바쁜 인생일세."

노승은 돌연 처량한 표정을 지으며 탄식했다.

그대에게 권하는 한 잔의 술 거절하지 말게나.
두 번째 잔도 머뭇거리지 말고
세 번째 잔을 권한다면 그대는 비로소 알겠지.
얼굴은 어제보다 더 늙었고

마음은 취했을 때가 차라리 편한 것을.

쓸쓸하고 허탈한 어조였고 단순히 늙어감을 한탄하는 것 같지는 않았다. 유검은 담담한 가운데 문득 아련한 슬픔이 몰려왔다.

'나이 들어 여문을 떠올릴 때 나는 과연 누구에게 석 잔의 술을 권할 수 있을까?'

나뭇잎 그늘 사이로 새어 들어오는 햇살의 따가움, 멈춰 버린 듯한 대기의 흐름, 그리고 허전하기 이를 데 없는 오른손의 빈자리…….

움찔거리며 오른손을 꽉 쥐어보는데 돌연 숲 안에서 폭음이 들려왔다. 주위의 나뭇잎이 떨어지고 땅이 울릴 정도로 대단한 폭음이었다. 그리고 그것은 급속도로 가까워져 오고 있었다.

쿠아앙!

나무들이 뿌리째 뽑혀 날아가고 바윗덩이들이 사방으로 비산(飛散)하며 커다란 먼지구름이 일었다.

먼지구름 속에서 한 흑의(黑衣)인영이 천천히 걸어나왔다.

삼십 대 초반으로 보이는 그는 관옥을 깎아 만든 듯 수려한 용모였지만 두 눈에서 발출되는 눈빛은 만년 빙굴(氷窟)에서 쏟아지는 냉기(冷氣)처럼 차가웠다.

노승은 일어나 그를 향해 천천히 허리를 굽혀 합장하며 물었다.

"무공은 완성하셨습니까?"

마치 시종이 주인을 대하듯 공손한 태도였다.

"곧."

짤막하게 답한 후 청년은 유유히 걸어가다 유검을 보고는 흠칫했다.

"세상은 넓군. 나와 닮은 놈이 또 있다니……."

노승은 무심코 청년의 말을 듣고 있다가 돌연 뭔가 깨달은 듯 깜짝 놀란 표정으로 유검을 뒤돌아보았다.

"설마……!"

청년은 유검을 향해 말했다.

"세상엔 이루 헤아릴 수 없이 많은 무공이 있다 하나 깨고 나면 모두 헛것이다. 처음부터 다시 시작해 보도록."

그리고는 뒤집어져 있는 바위를 향해 손을 뻗었다. 어느새 그의 손에는 검이 들려 있었으며 그 궤적을 따라 하얀 빛이 바위 중앙을 스쳐 지나갔다.

거거걱!

뭔가 긁히는 소리와 함께 바위는 횡으로 두 조각이 났다. 베어진 표면은 매끈하지가 않고 울퉁불퉁 불규칙했다.

"내가 경지에 올라 처음 깨달은 것이다. 보고 얻는 게 있다면 너의 인연이겠지."

그렇게 무심하게 내뱉고는 노승과 함께 바람처럼 사라져 갔다.

흑의청년이 나타나고 사라진 것이 워낙 순식간에 일어난 일이어서 유검은 조금 전 본 것이 꿈인지 생시인지 분간하기 어려웠다.

"뭐였지?"

머리를 긁적거리며 주위를 돌아보니 아직 채 가라앉지 않은 먼지구름과 두 조각이 나 있는 바윗덩어리 등이 조금 전 뭔가 이 자리에서 일어났었다는 사실을 증거하고 있었다. 유검은 두 조각 나 있는 바윗덩어리를 멍하니 바라보다 어깨를 으쓱거렸다.

"세상에는 하릴없는 사람들이 꽤나 많은 모양이군."

어쨌든 자기와는 상관없는 일이라고 중얼거리며 소지품을 챙기고 엉덩이에 묻은 먼지를 툴툴 털고는 그 자리를 떠났다.

일었던 먼지는 가라앉고 조금 전의 소동에 놀라 날아가 버린 새들이 다시 와서 지저귀기 시작할 무렵 유검도 툴툴거리며 다시 그 자리로 돌아왔다.

"바쁜 건 없으니까……."

라며 조금 전 흑의청년이 검으로 두 조각 내었던 바위로 다가가서 그 앞에 쪼그리고 앉아 바위를 자세히 살피기 시작했다.

베어진 표면은 울퉁불퉁하기 그지없었다.

유검은 내심 고개를 기웃거렸다.

도저히 뭔가에 의해 인위적으로 베어지거나 쪼개어졌다고 보기는 힘들었다. 마치 자연의 풍우(風雨)에 의해 자연적으로 깎여진 듯 불규칙한 표면은 무척이나 자연스러웠다.

그리고 바위의 주위를 살펴보다 또 한 가지 믿기 힘든 사실을 발견했다.

떨어진 돌 조각 등이 전혀 없었다.

사람 몸통만한 바위가 조그만 돌 조각 하나 흘리지 않고 두 조각이나 있는 것이다. 그것도 엄청 둔중한 힘에 의해 갈라진 듯한데도.

'어떻게 이런 것이 가능한 걸까?

반짝거리는 유검의 눈빛이 바위 표면의 불규칙한 융기 속으로 더욱 깊숙이 내려앉았다.

바위 표면의 조그만 융기들을 전체적으로 관조해 보니 마치 천주봉 정상에서 내려다보던 유유한 산세와 닮은 것 같기도 했다.

무심결에 바위 표면을 만져 보려 손을 뻗는데 어디선가 바람에 실려 온 나뭇잎 하나가 그 위로 떨어져 내렸다.

치이익!

나뭇잎은 새하얀 연기를 내뿜으며 곧 재가 되고 말았다.

'……?!'

유검은 바닥에서 주운 나뭇가지를 이용해 바위의 절단면이 드러나도록 뒤집었다.

바위 표면은 흙덩어리들과 함께 하얀 서리가 엉기성기 끼어 있었다.

"어떻게……."

유검의 머리 속은 엉클어진 실타래처럼 뒤엉켜 갔다.

단순히 상상을 하자면 휘둘러지던 검에는 극양과 극한의 공력이 함유되어 있었고 바위는 검기나 검력이 아닌 그 공력의 여파에 의해 두 조각이 난 것이다.

하지만 그것이 가능한 것은 그야말로 말뿐이었고 상상 속에서나 실현해 볼 수 있는 일이었다.

극양(極陽) 공력을 극한으로 연마한 기인이 바윗덩어리를 통째로 녹여 버렸다는 이야기는 들은 적이 있다. 그리고 한빙(寒氷) 장력을 극한으로 연마한 자가 장력을 내뿜게 되면 그 주위로 하얀 서리가 끼기도 한다는 소리도 들었다.

하지만 그 두 가지를 동시에 펼친다는 이야기는 들은 적도 없거니와 검으로 그것이 가능하다는 이야기는 그야말로 무학의 상리에 어긋난 이야기였다. 게다가 설령 두 가지 공력을 검에 한꺼번에 넣는 것이 가능하다 할지라도 유검이 아는 무학의 이치로는 이런 현상이 가능할 리 없었다.

"흐음……."

멍하니 두 개의 바위 조각을 바라보던 유검은 천천히 몸을 일으켰다. 나뭇가지를 하나 꺾어 와 바위 조각 앞에 섰다.

"이렇게였던가?"

흑의청년이 일검을 발출할 때의 모습을 떠올리며 바위 표면을 따라 천천히 나뭇가지를 휘둘렀다.

이게 아닌데라는 표정으로 머리를 긁적거리다 다시 휘둘렀다. 휘두르고 또 휘둘렀다.

온 전신에서 땀이 나고 손발은 지쳐 흐느적거리도록 계속 검을 휘둘렀다.

무작정 따라 한다고 해서 그가 펼친 검의(劍義)를 알 것이라는 기대 같은 것은 없었다. 단지 보고만 있을 수가 없었다. 알 수 없는 열정에 휘말려 휘두를 뿐이었다.

관도에서 얼마 벗어나지 않은 곳이라 간혹 지나가는 사람들이 '이 더위에 무슨 할 일 없는 짓인가?' 라며 유검의 모습을 보고 고개를 갸우뚱거렸지만 생활고에 바빠 그냥 스쳐 지나갈 뿐이었다.

시간은 흘러 해는 서산마루를 넘어가 버리고 날이 어두워져도 유검은 멈추지 않았다.

유검은 자신의 행위를 잊어가고 있었다. 애당초 자신이 무엇에 대한 의문을 느꼈는지도 자각하지 못했다. 거의 무아지경 속에서 단지 검을 휘두를 뿐이었다. 아마도 여태껏 쌓이고 쌓였던 알 수 없는 그 무엇인가가 분출되는지도 몰랐다. 타는 듯한 목마름으로 무언가를 갈구하는 것 같기도 했다.

휘두르는 검로 속으로 유검은 서서히 녹아 들어갔다. 하지만 그 검 속에 자신은 없었다.

종내에는 자신이 나뭇가지를 휘두르고 있는 것인지, 나뭇가지가 자

신을 휘두르는 것인지, 아니면 천지가 절로 돌아가며 움직이고 있는지
알 수가 없게 되었다.

태양이 뜨고 지고 다시 저 멀리 먼동이 터 올 무렵 돌연 벼락처럼 들
려오는 소리가 있었다.

내가 전하는 것은 문장(文章)이다.

유검은 멈칫거렸다.

"문… 장?"

유검은 저 멀리 산 위로 힘겹게 솟아오르고 있는 태양을 멍하니 바
라보았다. 태양을 둘러싼 주홍색의 불길이 마치 후끈거리는 땀방울의
열기처럼 느껴졌다.

그의 시선이 다시 바위 조각으로 향했다.

뚝뚝 피가 떨어지고 있는 그의 손아귀에 불끈 힘이 들어갔다. 천천
히 나뭇가지를 위로 들어 올렸다. 황금빛 햇살이 나뭇가지 끝에 걸렸
다.

고요히 멈춰 있던 나뭇가지가 움직이려는 순간.

쪼르릉!

벌레를 잡으려 아침 일찍 일어난 새 한 마리가 나뭇가지 위에 올라
앉는다.

"……."

유검이 멀뚱히 바라보자 새는 치사하다는 듯 짹짹거리고는 휙 날아
가 버렸다. 유검은 멍하니 멀어져 가는 새를 바라보다 주위를 돌아보
았다.

“…내가 뭘 하고 있었던 거지?”

어리둥절한 표정으로 하늘을 한 번 올려다보고 땅을 한 번 내려다보았다. 눈에 익은 자신의 보따리가 보였다.

힘이 빠져 버린 그의 손아귀에서 나뭇가지가 흘러내렸다.

보따리를 집어 든 유검의 시야에 관도가 들어왔다.

“아… 낙양으로 가던 중이었지, 참!”

그간의 피로가 한꺼번에 몰려와 정신이 몽롱한 가운데서도 용케 자신의 목적지를 생각해 낸 모양이었다.

유검은 발걸음을 옮기려 했지만 한 발자국도 채 걷지 못하고 기우뚱하더니 쓰러져 버렸다.

아침 이슬에 젖은 풀잎들이 어느새 푹신한 침대가 되어 있었고 천군만마처럼 몰려오는 수마(睡魔)에 유검은 곧 코를 골며 항복할 수밖에 없었다.

第四章

소녀를 돕기로 하다

소녀를  돕기로 하다

뿌연 안개 속.

'여긴 어딜까?'

주위를 돌아보아도 시야를 가로막는 안개 때문에 아무것도 분간할 수가 없었다.

손으로 주위를 더듬으며 한 발짝 한 발짝 옮기다 문득 불안한 생각이 들어 걸음을 멈추었다. 아래를 내려다보니 앞길에는 천길 낭떠러지가 놓여져 있었다.

깜짝 놀라 주춤 뒤로 물러서는데.

피— 잉!

기묘한 파공성과 함께 절벽 너머에서 흰빛 선이 쏘아져 왔다.

반사적으로 손을 들어 올려 막으니 흰빛은 그대로 손바닥을 뚫고 들어왔다. 그리고 마치 물이 스며들듯 흡수되어 버렸다.

멍하니 손바닥을 내려다보고 있는데 흰빛이 서서히 고개를 내밀었다.

'넌… 진천검?'

비록 온몸을 흰빛으로 감싸고 있다 하나 그 모습은 분명 여문에게 맡기고 왔던 바로 그 목검이었다.

목검이 말했다.

[하나는 둘, 둘은 셋, 셋은 모든 것, 그래서 난 하나야.]

'무슨 소리지?'

[하늘, 땅, 땅, 하늘, 하늘, 땅, 땅, 하늘…… 그래도 모르겠다면 넌 바보다.]

말이 끝남과 동시에 쑥 몸을 빼내더니 냅다 날아가 버리고 말았다.

'어이, 이봐! 기다려!'

아무리 외쳐도 소리가 되어 나오지 않았다.

날아가 버린 목검의 뒤를 쫓아가다 문득 발 아래가 낭떠러지였다는 사실이 떠올랐고 동시에 괴성과 함께 아래로 떨어져 내렸다.

"으아아아아아아악!"

비명과 함께 벌떡 일어나는 순간 유검은 머리에 둔중한 충격을 받고 다시 뻗을 수밖에 없었다.

"시끄러운 놈이군."

커다란 주먹을 들고 여차하면 다시 휘두르겠다는 시늉을 하고 있는 거대한 몸집의 대한이 유검을 내리깔아 보며 중얼거렸다.

텁수룩한 수염, 한일 자로 굳게 다문 입술, 싸늘한 눈빛, 얇은 상의는 울퉁불퉁한 근육들의 산맥이 그대로 드러나 있었고 팔짱을 낀 등 뒤로는 거대한 칼집이 보였다. 한마디로 산적 두목 같은 모습.

주위를 둘러보니 마차 안인 듯싶었다. 현재 움직이는 중인지 덜컹거리고 있었다.

'내가 왜 여기에……?'

마차 안에는 몇 명의 남녀들이 더 있었는데 농부 차림의 사내에서부터 비단옷의 소녀에 이르기까지 다양했다. 그리고 한결같이 창백한 안색에 공포로 질려 있는 모습들이었다.

'대략 알 만하군.'

무슨 목적인지는 몰라도 어떤 놈들이 사람들을 납치해서 어디론가 끌고 가고 있는 중일 것이다.

유검은 천천히 몸을 일으키며 산적 두목 같아 보이는 그 대한에게 물었다.

"혹시 내가 지니고 있던 비단 주머니 보지 못했소?"

"무슨 헛소리냐? 아가리 닥치고 있어! 그렇지 않으면……."

주먹을 들어 보이는 대한의 위협 속에 유검은 태연히 품속을 뒤적거리며 중얼거렸다.

"나의 전 재산이 들어 있던 것인데……. 아, 있다!"

손을 품속에 넣은 채 희색이 만연하여 외치자 대한의 얼굴에 즉시 탐욕이 떠올랐다.

"잉? 이리 내놔봐! 멍청한 녀석!"

대한은 왼손으로 유검의 멱살을 잡고 끌어당기며 오른손을 그의 품속으로 집어넣었다.

유검은 저항하지 않고 그대로 순응하듯 끌려가며 오른손을 모아 대한의 눈을 향해 찔러갔다. 대한이 움찔하며 손을 들어 올려 막는 사이 유검의 왼손은 대한의 칼 손잡이를 이미 쥐고 있었다.

"이……."

유검은 대한이 본능적으로 휘두르는 주먹을 슬쩍 옆으로 피하며 칼을 반쯤 뽑았고 그것을 그대로 그의 목에 가져다 대었다.

그리고 고함 지르며 반항하려는 대한의 귓가에 속삭였다.

"나라면 소리쳐서 목이 잘리는 것보다는……."

목줄기에 느껴지는 통증에 대한은 일체 움직임을 멈췄다.

눈 깜짝할 사이에 일어난 일이라 마차 안에 있던 나머지 사람들도 그제야 변화를 알아차렸다. 대부분은 놀란 외중에서도 소리 내지 않았지만 비단옷을 입은 한 소녀만은 아랑곳하지 않고 이때다 싶은 듯이 한껏 비명을 내질렀다.

"아아아아아악!"

유검은 소녀를 향해 황급히 고개를 저어 보였지만 소용없었다.

밖에서 걸쭉한 음성이 들려왔다.

"이 자라새끼! 그새를 못 참고 덮치냐?"

유검은 생명보다 귀중하게 다뤄왔던 은자 한 조각을 꺼내어 소녀를 향해 던졌다.

때마침 마차 바퀴가 돌부리에 걸렸는지 덜컹거렸고 소녀는 비틀거리며 옆으로 쓰러졌다. 은자 조각은 그녀의 머리를 스쳐 지나가 벽에 부딪쳤다 떨어졌다.

알고 피한 것일까, 아니면 우연이었을까?

소녀가 마차 벽에 부딪치며 쿵 하는 소리가 났고 밖에서는 또다시 욕설이 들려왔다.

"이 새끼! 그만두지 못해!"

당장이라도 마차를 멈추고 안으로 들어올 듯했다.

유검은 다급히 대한의 목에 걸려져 있는 칼을 바짝 잡아당기며 한바탕 인상을 썼다.

대한은 보기보다 눈치가 빠른지 능청스럽게 대꾸했다.

"쳇, 맛만 본 거외다. 건드리진 않을 테니 염려 마슈."

밖에서 코웃음 소리, 음흉스런 음담패설 등이 들려왔지만 더 이상 대꾸는 없었다.

상황이 진정된 듯싶자 유검은 내심 안도의 한숨을 쉬었다.

그리고 조금 전 상황을 돌이켜 보았다. 소녀는 오히려 마차 안에 무슨 일이 벌어지고 있다는 것을 바깥으로 알리려고 하는 것 같지 않았던가?

"너희들 모두 몇 명이지?"

"다섯…… 흥!"

대한은 대답하다 말고 코웃음을 쳤다. 너무 얼떨결에 당하다 보니 평소의 흉악한 기세가 완전 사그라지고 말았지만 생각해 보니 정말로 자기네들 숫자가 훨씬 많은지라 곧 자신감을 회복한 것이다.

"제기랄, 네놈 혼자서 뭘 할 수 있을 것 같으냐! 지금이라도 얌전히 제자리로 돌아가 디비 자든가 하라구. 동료들한테는 비밀로 해줄 수 있으니까 말이다. 이런 짓 하다가 목숨이 달아나면 너만 손해 아니냐. 그러니까 이제라도……."

아직까지 칼날이 자기 목에 바짝 붙어 있으니 크게 소리치지는 못했지만 그래도 조금 전과는 달리 말투가 살아났다.

유검은 대한의 중얼거림을 듣는 듯 마는 듯 무시하고 소녀를 향해 손짓했다.

은자 조각으로 얻어맞은 이마에서는 피가 한 줄기 흘러내리고 있었고 그녀의 두 눈은 두려움으로 물들어 있었다. 유검의 손짓에 머뭇거리다 가까이 다가왔다.

"바늘 있어요?"

소녀가 머뭇거리며 고개를 끄덕이자 빨리 달라는 손짓을 했다. 소녀가 꺼내놓은 조그만 통 안에는 모두 열 개 정도의 바늘이 있었다.

유검은 그중의 하나를 꺼내 들어 대한의 등 뒤 대추혈(大椎穴)에 대고 말했다.

"여긴 독맥(督脈)과 삼양맥(三陽脈)이 만나는 곳이지. 알다시피 삼양맥은 손과 발로 연결되어 있고……."

대한이 속으로 '난 그런 거 몰라!' 라고 외치는데 유검은 바늘을 쑤욱 집어넣어 버렸다.

"허억!"

"아아, 아직은 괜찮아. 움직이지만 않는다면 말이야."

"우, 움직이면 어떻게 되지?"

"음… 아마 그때부터 목 아래쪽은 네 몸이 아닐 거야."

"무, 무슨 의미냐?"

그사이 유검은 바늘 하나를 다시 대한의 목 뒤 아문혈(啞門穴)에 대고 있었다.

"너도 알다시피 여기를 제압당하면 말을 하기 쉽지 않을 거야. 어어, 조심해. 움직이지 말라구. 잘못 찌르면 죽는단 말이다."

"자, 잠깐…… 원하는 게 뭐냐?"

그제야 대한은 제대로 대답해 줄 마음이 든 것 같았다.

"좋아. 우리를 납치해 가는 목적이 뭐지?"

"나, 납치? 무슨 소리냐?"

"……?"

"저자들은 모두 은자에 팔린 사람들이라구. 물론 부모가 빚을 갚기 위해 내다 판 년도 있지만, 대부분은 도박 빚으로 스스로를 팔아먹은 놈들이다."

"그럼 나는 어떻게 된 거지?"

"도중에 한 놈이 도망쳐 버려서 인원 수 채우려고……."

유검은 한숨을 쉬며 재차 물었다.

"지금 마차는 어디로 가는 중이지?"

"낙양(洛陽)의 신농산장(神農山莊)."

"신농산장? 그곳은 왜?"

"그곳에서 사람들을 사고 있으니까."

"너흰……."

"우리는 하오문(下午門)이다. 난 하오문 낙양 분타의 장삼(張三)이고."

"하오문?"

유검은 내심 한숨이 나왔다.

거지들의 모임을 개방(丐幫)이라고 한다면 소매치기, 도둑질, 매춘업 등에 종사하는 밑바닥 인생들로 구성된 문파가 하오문이다.

하오문은 구성이 그렇다 보니 대부분의 문파로부터 배척받는 편이나 그렇다고 만만히 보지는 못했다. 각 개인으로는 비굴하리만치 약한 모습을 보이더라도 일단 뭉치게 되면 상당한 결속력을 자랑하며 한번 은원을 맺게 되면 골치 아플 정도로 따지고 든다. 게다가 밑바닥 인생들이 흔히 그렇듯이 일을 행함에 있어 수단과 방법을 가리지 않기에 대부분의 강호인들은 이들과 시비가 이는 것을 피하는 편이었다.

'강호의 시비에 쓸데없이 말려드는 것은 질색인데…….'

유검은 안색을 굳히고 대한에게 물었다.

"혹시 묻겠는데… 내가 누군지 모르지는 않겠지? 설마 그렇게까지 멍청해 보이진 않는데 말야."

대한은 눈알을 뒤룩뒤룩 굴리다 대답했다.

"무, 물론 모를 리야 있겠습니까. 대협(大俠)께선……."

말을 어물쩍 뭉개 버리는 대한의 태도에 유검은 '다행이 나를 모르는 모양이군' 라고 생각하며 내심 안도했다.

유검은 음색을 음산하게 깔며 대한에게 말했다.

"함부로 대협이라고 부르지 마라. 남의 생명을 빨아 먹고 사는 우리 살수(殺手)에게 그런 호칭은 어울리지 않거든."

"사, 살수……!"

대한은 두 눈이 동그래졌다.

"한 가지만 더 말해 주마. 나는 철혈각(鐵血閣) 소속의 제일급살수다. 나는……."

그때 마차 구석 안에서 '헉!' 하는 소리가 들려왔다.

고개를 돌려보니 은자 조각에 얻어맞아 이마에서 아직도 피가 흐르고 있는 소녀가 마치 자기가 그랬다는 것을 표시라도 하듯이 눈을 동그랗게 뜨고 두 손으로 입을 막고 있는 모습이 보였다.

'왜 놀라는 거지?'

철혈각이란 이름은 방금 생각해 낸 것이니 소녀가 알 리가 없었다. 하지만 강호의 많고 많은 문파들 중에 그런 이름을 가진 문파가 없으란 법은 없으니까 소녀가 안다 한들 이상한 일은 아니다.

어쨌든 소녀의 반응은 무시하고 말을 이어 나갔다.

"나는 한 가지 임무를 마치고 되돌아오던 중 귀식대법(龜息大法)을 펼쳐 잠시 쉬고 있던 중이었지. 그런 나를 너희들은 부당하게 납치해 버린 것이다."

대한은 침을 꿀꺽 삼키며 긴장한 표정을 지었다.

"뭐, 그것까지는 좋다 하더라도… 아, 혹시 알고 있나? 살수에게 가장 중요한 것이 무엇이라고 생각하나?"

"무, 무공……?"

"아니, 아니야. 살수에게 가장 중요한 것은 '신분을 감춘다!' 라는 것이지. 그러니까……."

유검은 목에 칼을 바짝 다가 대며 말했다.

"어떡하면 좋을까? 넌 이미 내 신분을 알아채고 말았다. 네 생각에 나는 어떡해야 될 것 같은가?"

"사, 살인멸구(殺人滅口)…… 헉!"

대한은 스스로 내놓은 대답에 제풀에 놀라 비명을 지르는데.

덜컹!

마차가 갑자기 멈추어 버렸다. 그 바람에 목에 대고 있던 칼이 조금 더 밀려 들어가 버렸고 대한은 정말로 죽는가 하는 공포에 오줌을 지리고 말았다.

밖에서 고함 소리, 칼 뽑는 소리, 욕을 내뱉는 소리 등이 울려 퍼지더니 돌연 우지끈 소리와 함께 마차 윗부분이 통째로 날아가 버렸다.

삼십 대 중반 정도 되어 보이는 무사 하나가 얼굴을 내밀더니 마차 안을 살폈다. 잠시 의아한 기색이다 그의 눈길이 소녀에게로 향하는 순간 안색이 일그러졌다.

“소, 소문주님!”

소녀는 처음에는 어리둥절한 표정으로 올려다보더니 곧 무사의 얼굴을 알아보고는 허둥대기 시작했다.

소녀는 황급히 마차 문을 열고 나가 버렸고 그런 행동을 막을 책임이 있던 대한은 목에 대어져 있는 칼의 위협에 움직이지는 못하고 ‘어어!’ 하며 안타까운 표정만 지을 뿐이었다.

‘무슨 일이 일어난 거지?’

유검은 일단 바깥으로 나가보기로 하고 대한의 어깨를 두들기며 물었다.

“이봐, 살인멸구란 걸 당하고 싶나?”

“저, 절대 아닙니다!”

“좋아. 그럼 이렇게 하자구. 넌 나를 만난 적도 본 적도 없다. 알았나?”

“예!”

“어라? 넌 누구에게 대답하는 것이냐? 설마 내가 보인다는 거냐?”

“그, 그건… 헉! 안 보입니다. 아, 본래 전 혼잣말을 잘 지껄이는 버릇이 있어서……. 다른 사람들은 저보고 귀신하고 대화하는 사나이란 별명도 지어줬습죠. 헤헤…….”

유검은 칼을 거두고 나서 잘해보라는 뜻으로 대한의 어깨를 다시 한 번 두들겨 주고는 밖으로 나갔다.

한낮의 태양이 내리쬐는 관도에는 병장기를 지닌 십여 명의 청색 무복 사내들이 딱딱하게 안색을 굳힌 채 마차를 포위하고 있었다. 그리고 본래 마차를 호송하고 있던 하오문의 사람들은 모두 마혈이 제압당했는지 칼을 휘두르기 직전의 자세로 굳어버린 채 눈알만 뒤룩뒤룩 굴리고 있었다.

시선을 돌려보니 앞서 밖으로 나온 소문주라 불리운 소녀는 주위를 돌아보며 곤혹스러운 표정을 짓고 있었고 조금 전 마차 위로 얼굴을 내보였던 무사는 비장함이 가득한 표정으로 그녀 앞에 한쪽 무릎을 꿇고 있었다.

태양은 여전히 따가운 햇살을 마구 뿌리고 있었다. 이럴 때면 이상하게도 뭐든지 대수롭지 않고 한가롭게 보인다. 어떤 일이 벌어진다 한들 전혀 이상하지 않을 것 같은 나른함 때문일까. 그래서인지 눈앞에서 벌이지는 일들이 한바탕 경극(京劇)처럼 느껴졌다. 자신은 얼떨결에 무대 위로 올라가 버린 관객이 되어버린 것 같았다.

'어쨌든 내가 간섭할 일은 아니겠지. 조용히 관람석으로 되돌아가자.'

라고 생각하는 순간 소녀가 쫓아와 애원했다.

"제발 도와주세요."

뭐라 대꾸하기도 전에 비장한 표정으로 무릎 꿇고 있던 무사가 깜짝 놀란 표정으로 일어나 황급히 검을 뽑아 들고 달려왔다.

"떨어져라!"

혹시나 소녀를 제압하고 인질로 삼을지 모른다고 생각한 것인지 당장이라도 일도양단(一刀兩斷) 낼 듯 기세가 흉포하기 그지없었다. '잠깐만, 난 다른 문파 일에 간섭할 만큼 한가한 사람이 아닙니다' 라고 말해 주려 했으나 짓쳐오는 검의 속도는 너무 빨랐다.

유검은 말 대신 행동으로 자신의 의향을 표현하기 위해 검도 피할 겸 황급히 소녀에게서 떨어지려 했다.

하지만 소녀가 옷자락을 꽉 붙잡고 놓아주지를 않았다. 그리고 그녀는 날아오는 검 앞을 가로막으며 외쳤다.

"멈춰요!"

검은 그녀의 이마 일 촌 앞에서 멈췄고, 이는 검풍(劍風)에 그녀의 머리카락이 나부꼈다. 몇 가닥의 머리카락이 검의 예기에 잘려져 내렸다.

무사의 실력을 믿어서일까, 아니면 배짱일까. 찔러오는 검의 기세에 눈 한 번 깜짝하지 않는 소녀의 모습이 무척이나 당차 보였다.

"소문주님!"

무사가 미간을 잔뜩 찌푸리며 무언가 말하려 하는데 소녀가 잔뜩 화난 표정을 지으며 먼저 입을 열었다.

"그대는 내 목숨이 소중하지도 않은가요? 왜 절 해치려는 거지요?"

말끝에 이르러 시선을 포위하고 있는 다른 무사들에게도 돌리니 갑작스런 말에 모두들 당혹해하는 표정들이 역력했다.

'우리들이 언제 소문주님을 해치려 했단 말인가? 굳이 그런 의혹을 두고자 한다면 조금 전 변 당주님이 펼쳤던 일검 정도겠지. 우리야 명(命)을 받아 포위만 하고 있었으니까 아무런 누명을 쓸 이유가 없다.'

그런 생각을 하는 것이 당연한 것임에도 불구하고 소녀의 말 한마디에 모두들 불안해했다. 특하나 조금의 꼬투리가 잡힐 만한 행동을 했던 변 당주는 안색까지 검게 변해 버린 채 말을 더듬거렸다.

"제, 제가… 아니, 저희들이 언제 그런 짓을 했다고……."

책임의 소재를 분산시키려는 변 당주의 말에 다른 무사들은 내심 불만스러워했다.

'왜 우리까지 끌어들이려는 거지?'

소녀는 냉막한 표정을 지으며 말했다.

“왜 자초지종도 알지 못한 상황에서 검을 뽑은 것입니까? 설사 조금 전 검을 날린 것이 저를 해치려는 의도가 없었다 할지라도…….”

“설사가 아니라 분명히 그런 의도는 없었습니다!”

“그럼 소문주인 저를 몰래 암살해 버리고 차기 문주를 노리는 다른 호법(護法)들의 음모는 없었다는 겁니까? 아니면 그런 음모는 있지만 변 당주님은 참가하지 않았다는 겁니까?”

“저, 저는…….”

뭐라 답해야 할지 몰라 우거지상을 하다 갑자기 털썩 무릎을 꿇고 비장한 음색으로 말했다.

“믿어주십시오! 제가 본 문에 가진 충성심은 절대적인 것입니다. 저는 고아일 때 현 문주님에게 거두어졌습니다. 이후 저는 문주님을 생명의 은인이시자 친부모님 이상으로 생각하고 있습니다. 그런데 어찌 감히 배신을 생각하겠습니까?”

가슴을 잘라 붉은 심장을 꺼내 보여주지 못하는 것이 한이라는 듯 격정적인 어조였지만 소녀는 별 감흥 없는 표정으로 시큰둥하게 대꾸했다.

“좋아요. 믿어주죠. 하지만 저를 해치려는 의도가 없었다 할지라도 조금 전 분명 그런 위험은 있었습니다.”

소녀는 싸늘하게 내뱉었다.

“그, 그럴 리가…….”

소녀는 힐끔 유검을 눈짓으로 가리키고 나서 변 당주의 귓가에 대고 조그맣게 속삭였다.

“저 사람이 누군지 모르니까 그런 의혹을 가지시는 겁니다. 아, 묻지 말고 듣기만 하세요. 저 사람이 만약 눈치를 채는 날이면 끝장이니까.”

떠나 버릴 기회를 잃고 만 탓에 이러지도 저러지도 못하고 그냥 멍하니 서 있던 유검은 변 당주가 이상한 눈초리로 자신을 바라보자 머쓱해졌다.

'뭔가 복잡한 사연이 있는 문파인가 본데… 자칫 잘못하다간 말려들고 말겠다.'

하지만 무사들이 주위를 포위하고 있는 터라 일단은 관망해 보기로 했다.

소녀는 변 당주에게 말했다.

"저 사람의 정체는 살수입니다. 아, 놀라지 말고 표정 관리 하세요."

깜짝 놀란 표정을 짓다가 억지로 태연한 기색을 지으려 애쓰는 변 당주의 모습이 상당히 어색해 보였다.

유검은 자기 이야기로 인한 줄은 모르고 내심 우습다고만 생각했다.

'아무래도 속마음이 그대로 드러나는 편인가 보군. 저런 사람들은 대개 단순해서 남에게 속기 쉬울 텐데……. 검도 역시 정직해서 변초(變招) 등에 속기 쉽겠어.'

소녀는 계속해서 말을 이어 나갔다.

"저렇게 멍한 표정을 짓고 있지만 사람 목숨을 빼앗는 정도는 그야말로 파리 뒷다리 떼어내듯 태연하게 해내는 자입니다. 무사들의 칼싸움과 다른 공부(功夫)를 한 자이지요."

"……."

"생각해 보세요. 조금 전 마차 안의 광경을 보았겠지요? 사람의 목에 칼을 대고 있는데도 전혀 살기(殺氣)가 없었습니다. 보통 사람으로서는 하기 힘든 일이지요. 게다가 무공을 전혀 익히지 않은 듯한 저 모습을 보세요."

유검은 실제 경지가 거의 자연체(自然體)에 이르러 있었기에 겉으로
는 무공을 익힌 표시가 나지 않는 편이었다. 게다가 현재는 내공까지
잃은 상태라 평상시의 행동이 더 더욱 보통 사람으로 보일 만했다.

변 당주는 처음 반신반의하는 입장에서 듣다 지금에 이르러서는 확
실히 유검이 살수라는 소녀의 말을 믿게 되었다. 소녀가 지적한 점들
을 미처 알아보지 못한 스스로가 부끄러워 얼굴까지 붉혔다.

소녀가 말했다.

"어쨌거나 그런 살수가 이유없이 저 마차에 있을 리 있다고 생각하
나요?

"그, 그럼 목적이……!"

"쉿! 듣기만 하세요. 변 당주님은 말이 워낙 커서 다 들리고 만다구
요."

소녀는 잠시 목소리를 가다듬더니 더욱 조그만 목소리로 말했다.

"현재 저는 저자의 금제(禁制)에 걸려 있습니다."

"그, 금…….."

"쉿! 제 이마에 난 상처가 보이죠? 보통 상처처럼 보이지만 사실은
특수한 금제의 표식이지요. 하여간 제가 금제를 당한 이유는 저자의
정체를 알아보았기 때문입니다. 저자는 무슨 목적에서인지 신농산장
으로 잠입하려 하고 있는데 우연히 제게 정체가 들통나고 만 것이지요.
아주 우연히요."

"……!"

"너무 염려할 필요는 없어요. 나를 해칠 의도가 있었다면 이미 나를
죽여 입을 막아버렸겠지요. 그는 목표가 된 인물 이외의 사람은 죽이
고 싶지 않다고 했어요. 그리고 나에게 그 누구도 풀지 못할 특수한 금

제를 걸어두었노라며 일이 끝나면 풀어주겠다고 했습니다.”

변 당주는 문주의 명을 받아 천신만고 끝에 소문주를 찾아내었는데 사정이 이와 같이 복잡하게 되어 있음을 알고 내심 한숨이 절로 나왔다.

소녀는 그가 딴생각을 못하게 만들려는 것인지 돌연 음색을 굳혀 꾸짖듯이 말했다.

“그런데 문제가 생겼습니다. 바로 변 당주님 때문이에요.”

변 당주가 두 눈을 크게 뜨고 의아한 기색을 띠자 소녀는 더욱 차갑게 말했다.

“본래대로라면 이 마차는 신농산장으로 가게 되었을 겁니다. 그렇게 되면 저자도 순순히 목적을 달성하게 될 것이고 저는 금제에서 풀려났겠지요. 그런데 변 당주님이 그것을 방해한 것입니다. 게다가 만약 저자가 변 당주님의 일검에 죽어버리기라도 했다면 저는 어떻게 금제를 푸나요? 그러니 변 당주님이 저를 제거하고자 하는 음모를 꾸미고 온 게 아닌가 의심했던 겁니다.”

변 당주는 억울했던지 말하지 말라고 한 것도 잊어버린 채 흥분해서 외쳤다.

“믿어주십시오! 제가 본 문에 가진 충성심은 절대적인 것입니다! 저는 고아일 때 현 문주님에게 거두어졌습니다. 이후 저는 문주님을 생명의 은인이시자 친부모님 이상으로…….”

소녀는 그의 귀를 잡아끌고 목소리를 더욱 낮추어 말했다.

“매일 같은 말이군요. 어쨌거나 제가 변 당주님을 믿지 못한다면 이런 이야기를 하겠습니까? 그리고 소리치지 말라고 했잖아요. 저를 죽일 셈인가요? 저는 억지로 용기를 내어 이런 이야기를 해드리는 것인데 그것을 저자가 눈치 채버리게 되면 어떡합니까?"

변 당주의 안색이 시커메졌다.

"하여간 이제부터 할 일은 하나뿐입니다. 변 당주님이 쳐들어와 날 뛰었던 그 일을 없었던 걸로 하는 거지요. 여기는 내가 알아서 잘 처리할 테니까 조용히 물러나세요."

변 당주의 안색이 돌변하자 소녀는 말을 부드럽게 돌렸다.

"아, 물론 과격한 아버님의 성격을 아니까 본 문으로 되돌아가라는 소리는 안 하겠습니다. 저도 어릴 적부터 친하게 지낸 아저씨가 혼나는 것은 보고 싶지 않아요."

"……!"

"음… 이렇게 하죠. 제가 표식을 남길 테니 멀찌감치 뒤에서 따라오세요. 저자에게 절대 눈치 채이지 않을 정도로. 만약에 무슨 급한 일이 생기면 신호탄을 쏘아 올리지요. 그 이전에는 무슨 일이 있더라도 와서 방해하거나 참견하면 안 됩니다. 다행히도 저자가 무사히 일을 끝마치게 되고 금제를 풀어주면 그때 저랑 같이 본 문으로 되돌아가도록 해요. 그렇게 되면 아저씨가 혼날 일은 없을 겁니다."

변 당주는 소녀가 예전처럼 아저씨라 부르며 자신의 입장을 배려해주자 감격해서 눈물을 흘렸다. 내심 충성을 맹세하며 무겁게 고개를 끄덕였다.

'반드시 소문주님을 지키리라! 만약에 무슨 일이라도 일어난다면 내 목을 바쳐서라도!'

변 당주의 두 주먹이 불끈 쥐어졌다.

유검은 괜히 남의 문파 일에 신경 쓰는 것처럼 보일까 봐 먼 산으로 눈길을 돌리고 있어 소녀가 무슨 말을 하고 있는지 전혀 알지 못했다.

다만 둘의 이야기가 끝나고 나면 정중히 자초지종을 이야기하고 이 자리를 벗어날 셈이었다.

그런데 소녀와 이야기하던 사내와 주위를 포위하고 있던 무사들이 돌연 경신술을 이용해 사라져 버리는 것이 아닌가.

혼자 남겨진 소녀는 한두 마디 투덜대더니 치마를 훌러덩 벗어버렸다. 유검의 두 눈이 동그래지는데 기대와는 달리 바지를 입고 있었다.

'날도 더운데 저게 무슨 짓이지?'

치마 안에 바지를 입고 있는 게 잘못이라는 것인지, 아니면 바지를 입고 있는데 치마를 입은 게 잘못이라는 것인지…….

소녀는 꽃무늬가 수놓여진 상의 역시 벗어버리고는 무사에게서 얻은 것으로 보이는 청색 장삼을 입었다. 조그마한 몸에 워낙 큰 장삼인지라 마치 부대 자루를 뒤집어쓴 것 같았다. 그리고 땋여진 머리도 풀더니 대충 뒤로 넘겨 실로 간단히 묶었다.

그렇게까지 하고 보니 조금 전 소녀는 온데간데없고 소년의 모습만이 남아 있었다. 비록 얼굴의 선이 섬세하고 몸은 조금 가냘파 보이지만 누구도 소년이 아니라고는 말하기 어려울 듯싶었다.

'남장(男裝)하는 게 취미인가?'

소녀는 다 끝났다는 듯 마지막으로 펑퍼짐한 장삼을 허리띠로 졸라매고는 유검에게로 걸어왔다.

허리를 세우고 어깨를 펴서 조금 딱딱하게 걷는 모습이 아주 자연스러워 보였다.

유검은 뭔가 이상한 느낌에 고개를 갸웃거렸다.

"자, 가요."

"으, 응!"

소년이 옷자락을 잡아끌며 자연스럽게 내놓는 말에 유검은 자기도 모르게 고개를 끄덕이고 말았다.

무작정 뒤따라 걷다 힐끔 가슴 부위를 보고는 깨달았다.

십팔 세 정도 되어 보이는 소녀라면 아무리 펑퍼짐한 장삼으로 가렸다 한들 걷는 도중에까지 봉곳한 모습을 감추기 어려울 것이다.

유검은 머리를 긁적거렸다.

'본래 남자였는데 여장을 했던 것이로군.'

하지만 본래 남자라고 생각하기에는 전체적으로 몸의 선이 너무 가늘었다. 게다가 목소리도 상당히 높고 맑은 편이라 남자의 것이라고 보기에는 어려웠다.

'그나저나… 내가 왜 따라가고 있는 걸까?'

남겨진 하오문의 사람들은 어스름한 땅거미가 질 때까지 마혈이 제압당한 채로 그 자리서 꼼짝 못하고 있을 수밖에 없었고 마차 안에 있던 다른 사람들은 힐끔 눈치를 보더니 모두 도망쳐 버렸다.

촤르르르…….

햇살에 눈부시게 빛나는 보석들이 비단 주머니에서 끝없이 손바닥으로 흘러내렸다. 금강석(金剛石), 묘안석(猫眼石) 등 다양했다. 큰 것은 새끼손톱만한 것도 있었다.

"이건……!"

유검의 놀란 모습에 소년은 무덤덤하게 말했다.

"얼마를 원하시죠? 당신을 사는 대가로 말이에요."

시원한 바람이 불어와 더위에 지친 땀을 식혀주었다.

나뭇잎 스치는 소리 속에 자신을 바라보는 소년의 무표정한 얼굴은

그늘 속에 묻혀 있었고 흘러내린 몇 가닥의 머리카락이 바람에 나부꼈
다.

유검은 길게 한숨을 내쉬며 말했다.

"뭔가 오해를 하고 있는 모양인데 난 살수가 아니다."

"알고 있어요."

기다려도 대답이 없자 소년은 머뭇거리더니 꺼내었던 보석들을 주
섬주섬 다시 주워 담았다.

"죄송합니다."

꾸벅 절을 하고는 힘없이 돌아서 걸어가는 소년의 모습을 묵묵히 바
라다보던 유검은 조금 전보다 더 깊은 한숨을 내쉬고 말았다.

본래 저 나이 때는 솔직하게 누군가에게 부탁하기 어려운 법 아니던
가.

"이봐!"

유검은 자기도 모르게 소년을 부르고 말았다.

"나를 사서 뭘 하려는 거지? 어떤 도움을 바라는 거냐?"

뒤돌아선 소년은 머뭇거리다 무뚝뚝하게 말했다.

"저와 함께 신농산장으로 가주십시오. 그리고… 단지 저를 도와주
시면 됩니다."

단지 도와주기만 하면 된다는 애매모호한 말에 무슨 일인지 도무지
감이 잡히지 않았다.

유검은 곰곰이 생각해 보다 일단 마음을 정하고 소년에게 다가가 말
했다.

"좋아. 보석 세 개… 아니, 두 개에 나를 팔지. 무슨 일인지는 모르
지만 하여간 도와주마."

소년은 기쁜 듯 활짝 웃다가 곧 당혹해하며 표정을 굳혔다.

"흥, 두 개도 너무 비싸요. 한 개로 해요."

"흠… 웃는 표정은 처음 보는군. 보기 좋은걸?"

"쳇, 내가 언제 웃었다고……. 그리고 보수는 일이 끝난 후 드리겠어요. 싫으면 하지 마세요."

"이런이런, 너무한 것 아니냐? 나도 먹고 살아야지."

"그거야 댁의 사정이고… 알아서 하세요."

소년은 휙 몸을 돌려 성큼성큼 걷기 시작했다. 유검은 뒤따라가며 투덜대었다.

"이거 너무하는군. 너무 짜게 굴지 말라구. 음… 좋아! 그럼 먹고 자는 것만 해결해 줘. 나중 보수에서 빼면 되잖냐. 그 정도는 괜찮겠지?"

"흥, 대신 내 말을 잘 들어야 해요. 안 그러면 보수는 어림도 없다구요."

"이거 단단히 잘못 걸렸는걸."

"세상은 본래 그런 거라구요."

말투와는 달리 앞서 나가는 소년의 발걸음은 바람에 실려가는 듯 무척이나 가벼워 보였다.

뒤따라가는 유검은 미소 짓고 말았다.

그러다 문득 의문점이 생각나 소년에게 물었다.

"그런데 말야, 왜 나에게 도움을 바라는 거냐? 나의 무공은 보잘것없어 무슨 일인지는 몰라도 네 일에 크게 도움이 될 것 같지 않은데 말이다."

"쳇, 누가 도움을 바란다고 그래요? 전 단지 당신을 샀을 뿐이라구요. 그리고……."

소년은 걸음을 멈추고 정색하며 말했다.

"당신을 높이 산 이유로 첫째, 마차 안에서 보여줬던 무공과 임기응변. 둘째, 충분히 남의 심리를 읽고 적당히 위협할 수 있는 재능. 셋째, 갑작스런 일에도 전혀 당황하지 않고 태연자약한 태도 때문이었어요. 분명 당신에게는 뭔가 믿는 구석이 있어요."

별로 신통지 않아 보이는 이유라고 생각했지만 유검은 고개를 끄덕였다.

어쨌든 둘은 걸음을 재촉했다. 지나가는 행인에게 물어보니 서두른다면 햇살이 떨어지기 전에 아마도 낙양에 도착할 수 있을 것 같았다. 그리고 주점에서 간만에 술이라도 한잔하며 천천히 소년의 내력에 대해 물어보아야겠다고 생각했다.

'그런데 이 녀석 남자일까, 아니면 여자일까?'

이런저런 생각을 하다 문득 소년을 뭐라 호칭해야 될지 몰라 물었다.

"아, 그런데 네 이름이……."

소년은 머뭇거리다 대답했다.

"그냥… 화라고 부르세요."

"화(花)?"

"화(和)!"

유검은 머리를 긁적거리며 말했다.

"화라…… 알겠다. 그리고 나를 부를 때는……."

"유검, 검 형이라 부르면 되죠?"

"……?!"

유검은 어리둥절해졌다.

‘이미 나를 알고 있었단 말인가?’

　어두워져 가는 낙양의 밤거리. 하나둘씩 호롱불이 켜지기 시작하고 사람들은 저마다 고향 찾아가는 기러기마냥 집을 향해 발걸음을 서두른다.
　“신농산장의 환혼단(還魂丹)? 그게 그렇게 유명한 건가?”
　되묻는 유검의 말은 시끌벅적한 주점 내의 소리들로 인해 묻혀 버렸다. 특하나 옆 좌석에서 고함지르는 대한의 말은 거의 싸움을 거는 것 같았다.
　“이봐! 난세의 영웅이라는 말도 못 들어봤나? 삼십 년 전 마교(魔教)의 발호가 있을 때를 생각해 보게나, 얼마나 많은 영웅들이 태어났는지를. 날아가는 기러기도 떨어뜨린다는 안령비천도(雁翎飛天刀) 곡(曲) 대협, 공동파의 살아 있는 전설 낙일신검(落日神劍) 양(楊) 대협, 경공에 관한 한 아직까지도 전설로 남아 있는 능운추풍쾌(凌雲追風快) 신(申) 대협, 그분이 마교의 침공을 알리기 위해 사천에서 호남까지를 단 사흘 만에 주파했다는 이야기는 얼마나 유명한가! 아, 한 번만이라도 만나뵙고 술 한잔 대접해 드릴 수만 있다면! 그리고…….”
　대한의 맞은편에 앉아 있는 유생 차림의 서생이 눈살을 찌푸리며 침착하게 말했다.
　“누구나 뻔히 아는 사실 가지고 혼자 알고 있는 양 핏대 세우지 말게나. 그분들은 본래부터 영웅들이셨지. 마침 세상에 큰일이 생기니 발 벗고 나서게 되고 그로 인해 세속에 유명해졌을 뿐이라네. 지금처럼 평화스러운 시기일지라도 우리들이 알지 못하는 영웅들이 많이 숨어 있을 걸세. 어쩌면 이 주점 안에도 그런 영웅이 있을지 누가 아는가?”

잠시 주위를 두리번거리더니 어깨를 으쓱이며 말을 이었다.

"다만 내가 말하고 싶은 것은 다른 것일세. 자네가 삼십 년 전의 일을 들먹이니 말하네만, 당시 신농산장에서 내놓은 환혼단이 없었다면 과연 살아남은 사람들이 몇이나 되었을까? 아마 반도 안 되었을 걸세. 그렇다면 마땅히 신농산장의 주인도 그 영웅들 중의 하나로 생각해도 되지 않겠는가?"

그 서생의 말에 화는 빈정거리듯 조그맣게 중얼거렸다.

"쳇, 차라리 죽는 게 낫지."

유검이 시선을 돌려 화를 보니 이미 얼굴이 새빨개져 있었다. 술병을 들어보니 반도 채 남지 않아 있었다.

"아, 묻다 말았군. 환혼단이 그렇게나 유명해?"

유검의 질문을 못 들었는지, 아니면 말하고 싶지 않은 것인지 화는 채워져 있는 술잔을 홀짝 마시고는 멍하니 시선을 천장으로 돌렸다.

유검도 묵묵히 술잔만 비웠다. 두 병째 접어들 무렵 화가 말했다.

"환혼단 한 알에 목숨 하나! 이 말을 못 들어보셨어요?"

"아니, 전혀."

"삼십 년 전에는 아주 유명한 말이었대요."

"마교의 발호가 있을 때?"

"마교의 무리들이 지닌 내공은 괴이하기 그지없어서 한번 격중당하면 마치 주화입마당한 것처럼……."

"주화입마?"

"예, 경맥이 뒤틀리거나 혹은 마치 산공독(散功毒)을 먹은 것처럼 내공이 흩트러진다고도 해요. 운기조식(運氣調息)을 통한 내가 치료나 혹은 각 문파 비전의 영단(靈丹)을 먹어도 전혀 소용이 없었대요."

"흠……."

"무림인들에게 있어 그 무엇보다 두려운 것이 무공을 잃는 것, 그래서 사람들은 마교의 인물들과 싸우기를 꺼려했대요. 그때 한 의원이 나타났는데……."

"혹시 그 의원이 환혼단을 내놓았고 그것을 복용하니 증상이 나았다는 말인가?"

"공짜로 내놓은 것은 아니었죠. 수량도 정해져 있었고."

술에 취한 것치고는 말이 또박또박했다.

"그 때문에 환혼단을 차지하기 위한 암투도 있었고 때로는 공공연하게 싸움이 일어나기도 했었죠. 하지만 정작 문제는 다른 데 있었어요. 잃어버린 무공은 되찾았지만 대신……."

뒷말을 기다렸지만 화는 더 이상 입을 열지 않고 멍한 시선을 천장에 둘 뿐이었다.

'이 녀석이 신농산장으로 들어가려는 목적이 아무래도 그 환혼단과 관련있을 것 같군. 무슨 비밀이 있는 것일까?

그리고 자신도 들어보지 못했던 삼십 년 전의 일을 소상히 알고 있는 것은 나이로 보아 본인이 직접 경험한 일은 아닐 테고 누군가에게 들었을 것이다. 누구에게 들은 것일까? 아마도 삼십 년 전 마교와 싸웠던 영웅들 중의 하나가 아닐까 짐작되었다.

이런저런 생각을 하며 술잔을 기울이는데 화가 벌떡 일어서서 말했다.

"이제 들어가 자겠어요. 아, 그전에 목욕을 해야지."

겉보기엔 멀쩡해 보였지만 제대로 서 있지 못하고 비틀거리는 모습이 꽤나 취한 모양이었다.

"욕간에서 익사(溺死)하고 싶지 않다면 목욕은 내일로 미루거라."

유검은 화를 부축해서 후원에 예약해 둔 객사(客舍)로 데려가 방 안의 침상에 눕힌 후 밖으로 나왔다.

방은 두 개를 잡았으니 잘 곳을 걱정할 필요가 없었다. 술기운이 적당히 오른 터이지만 아직 잠자리로 들기에는 너무 이른 시간 같아 밖으로 나섰다.

낙양의 밤거리는 불야성(不夜城)을 이루고 있었다.

저마다 희로애락(喜怒哀樂)을 뱉어내며 흘러가는 인파들을 무심히 구경하다 무작정 발걸음을 옮겼다.

무심코 들리는 행인(行人)들의 소리에 용문석굴로 향하는 길임을 알았다.

'이 방향으로 가면 먼저 관림당(關林堂)이 나오겠군.'

관림당까지 걸어서 넉넉히 반 시진이면 된다고 자랑하던 사원의 말이 떠올랐다.

관림당은 유명한 관우(關羽)를 모신 최초의 관제묘다. 명장 관우가 번성에서 오나라 장군 여몽에게 패하여 살해된 후 이곳에서 제사를 지냈다던가…….

날은 어둡고 지금처럼 술기운에 찾아가 볼 만한 곳은 아닌 듯싶어 유검은 사람 없는 작은 길로 방향을 돌렸다.

조용한 골목으로 들어선 순간 흑의복면인 하나가 검은 상자를 옆구리에 끼고서 빠른 속도로 자신에게로 달려오고 있었다. 아니, 그가 달려가는 방향에 유검이 들어섰다고 하는 것이 옳으리라. 그리고 흑의복면인의 뒤를 한 떼의 무사들이 우르르 뒤쫓아오고 있었다.

흑의복면인은 방향을 트는 데 소비되는 시간이 아까운 듯 훌쩍 유검의 몸을 뛰어넘으려 했다. 단지 그것뿐이었다면 유검도 별 불만은 없었을 것이나 그 복면인이 유검의 왼쪽 어깨를 밟고 또다시 도약력(跳躍力)을 얻으려 한 것이 문제가 되었다.

유검은 그런 호의를 공짜로 베풀어줄 만큼 마음씨 넓은 도인은 아니었다.

유검은 슬쩍 왼쪽 어깨를 떨구었다.

그 행동은 너무나 자연스럽게 이루어졌기에 그 기척을 미리 감지 못했던 흑의복면인은 당황했다. 재빨리 밟으려 했던 발판의 대상을 왼쪽 어깨에서 머리로 전환시켰지만 유검이 한 걸음 앞으로 나서는 순간 그 역시 무위로 돌아가 버렸다.

"이런, 개새끼!"

중심이 무너지자 흑의복면인은 재빨리 허공에서 공중제비를 돌아 신형을 가다듬은 후 다시 땅을 박찼다. 아니, 박차려 한 순간 부당한 욕설에 마음이 상한 유검이 슬쩍 내민 발에 걸려 재차 중심을 잃고 말았다.

그는 데구르르 땅을 구르고 벌떡 일어나서 번들거리는 살기 어린 시선으로 유검을 쏘아보았다.

바쁜 와중이지만 너만은 용서 못한다는 듯 칼을 뽑아 들더니 유검을 향해 달려들었다.

유검은 곤혹스러웠다.

괜히 술김에 끼어든 것을 자책한 마음도 있거니와 몸놀림을 보자니 단순한 밤손님 같지는 않아 보였다.

몇 수의 임기응변으로 이익을 보기는 했지만 정식으로 싸우게 된다면 공력을 잃은 자신의 몸으로는 아무래도 상대하기 힘든 상대로 보였다.

'일단 일은 벌어졌으니…….'

단칼에 베어버릴 듯 휘둘러오는 칼날 흐름의 방향이 어디로 요동 칠 것인지 몇 가지 변화도를 그려보며 내공도 없는 자신의 신체가 저 칼날의 속도에 맞춰 피할 수 있을지 어떨지 나름대로 계산해 보는데 마침 도움의 손길이 나타났다.

"멈춰라!"

뒤쫓던 무사들 중 위맹하게 생긴 거한 하나가 도약해 날아오더니 커다란 두 주먹을 강맹하게 휘둘렀다.

그가 흑의복면인과 몇 합을 싸우기도 전에 다른 무사들도 우르르 달려왔다.

"서라!"

"이 새끼! 도망쳐 봐야 부처님 손바닥 안이다!"

무사들은 저마다 위치를 점하며 흑의복면인을 중심으로 동그랗게 에워싸며 진(陣)을 형성했다. 특이한 것은 무사들 전부 권법만 익혔는지 주먹을 겨누고 있을 뿐 그 흔한 창이나 칼조차 들고 있지 않았다.

"잠시 실례……."

유검은 흑의복면인과 싸우지 않게 되어 다행이라고 생각하며 무사들 틈 사이로 슬쩍 빠져나가려 했다.

그러나 무사들은 두 눈을 부릅뜨며 '넌 뭐냐? 충분히 수상한 녀석이군!' 이라는 듯 쉽사리 내보내려 하지 않았다.

"전 보시다시피 선량한 사람입니다."

유검은 정중히 말했지만 서로들 싸우는 소리와 무사들의 함성에 묻혀 버렸다.

누군가 굉량한 음성으로 외쳤다.

"던져라!"

그 말에 흑의복면인과 싸우고 있던 거한은 일장을 뻗어내며 뒤로 훌쩍 물러섰고 무사들은 일제히 허리춤에서 밧줄을 꺼내어 던졌다.

하지만 흑의복면인도 자신을 사로잡으려는 상대의 의도를 눈치 채고 잽싸게 품속에서 뭔가를 꺼내어 땅을 향해 던졌다.

펑!

화약 터지는 소리와 함께 하얀 연기가 좌우로 자욱하게 퍼져 나갔다. 어두운 밤 인적없는 골목길, 하얀 연기까지 가득 차자 한 치 앞도 제대로 보기 힘들어졌다.

연기에 독(毒)이 있는지 눈도 따가웠다.

유검이 손바닥으로 얼굴을 가리려는데 오른쪽 어깨가 화끈거려 왔다. 본능적으로 몸을 옆으로 옮기며 살펴보니 한 자루 비수가 박혀 있었다. 분명 예의없던 그 복면인이 던진 것이리라.

'젠장, 꽤나 집요한 놈이군.'

비수 하나로 끝날 것 같지 않았다.

상대가 어떻게 공격할지 예상함과 동시에 몸을 움직였다.

왼쪽 발에 힘을 주고 허리를 중심으로 뒤로 몸을 젖히며 빙글 돌았다.

위잉!

맹렬한 파공성과 함께 역시 얼굴 위로 칼날이 스쳐 지나갔다.

하얀 연기 사이로 언뜻 흑의복면인의 그림자를 보았다.

"제기랄, 운이 좋은 놈! 하지만……."

씹어 내뱉은 그 말과 함께 흐릿해져 가는 그림자.

“흠, 선물에 대한 감사의 표시가 없어서야…….”

유검은 이를 꽉 깨물고 비수를 뽑아 들고는 사라져 가는 그림자를 향해 힘껏 던졌다. 내력이 깃들지 않은 단순히 힘과 요령만으로 던진 비수에 무림의 고수가 타격을 입을 리는 없기에 정확히 엉덩이 사이를 노렸다.

“케엑!”

요란한 외침들 사이로 괴상한 비명 소리가 들려오자 유검은 그제야 만족한 미소를 지었다.

“얌전히 있는 군자(君子)를 건드린 벌이다. 하하!”

뒤에서 웅후한 내공이 실린 음성이 울려 퍼졌다.

“엎드려라!”

곧 이어 강맹한 장풍(掌風)이 몰려왔다. 처음 발생한 경력이 스스로 회전하며 나아가는데 먼 거리를 움직여도 전혀 흩어지지 않았다.

‘백보신권(百步神拳)?’

유검은 낯익은 경력 형태임을 깨닫고 황급히 몸을 낮췄다.

우우웅!

스쳐 간 경력이 갈라놓은 대기가 뒤늦게 비명을 질렀다.

뭉클 피어 오른 하얀 연기도 뒤따라 비명을 지르며 사방으로 흩어졌으나 흑의복면인은 어느새 자취를 감추고 그 모습이 보이지 않았다. 수십 명의 무사들이 진을 치고 잡으려 했지만 결국 흑의복면인은 무사히 도망쳐 버린 것이다.

여기저기서 분노의 욕설이 터져 나왔다.

유검은 조금 전 백보신권을 발출한 이를 찾아 두리번거렸다. 백보신권은 소림(少林) 칠십이절기 중의 하나, 아무나 함부로 익힐 수 있는 것이 아니다.

과연 회색 승포를 걸친 채 합장하고 있는 사십 대의 중년승을 볼 수 있었다. 그는 사라져 버린 흑의복면인의 흔적을 캐는 듯 형형하고 예리한 시선으로 주위를 살펴보고 있었는데 결국 찾지 못한 듯 조용히 눈을 감으며 불호(佛號)를 외웠다.

유검은 그의 모습이 낯이 익은 것 같아 고개를 갸웃거렸다.

'어디서 봤을까?'

그의 모습 위로 문득 한 청년승의 모습이 떠올랐다.

아마 열여섯 정도의 나이 때였을 것이다. 한참 호승심이 강할 무렵으로 기억되는 그 시절, 평화스럽던 강호에 한바탕 큰일이 생겨 유검은 사문의 어르신들과 함께 소림사를 방문한 적이 있었다.

본래 지객당(知客堂)에서 얌전히 기다렸어야 했지만 유검은 평소 무학의 총본산지라는 소림사를 구경해 보고 싶었기에 함부로 여기저기를 기웃거리다 푸른 대나무숲에 이르러 갑자기 나타난 한 노승에 깜짝 놀라 달아났었다.

그러다 인적없는 한 전각(殿閣)에 숨어 들어가 쉬고 있을 때였다. 그곳에서 호랑이 눈에 검은색 승포를 걸친 이상한 녀석 하나를 만났다.

"수상한 놈이군. 누구냐?"

호통과 함께 변명할 새도 없이 다짜고짜 공격해 왔고 구차한 변명을 꺼내놓기보다는 일단 굴복시켜 놓고 자초지종을 말해 줄 셈이었던 유검은 당연히 맞붙어 싸우게 되었다.

그때 뭐라고 해야 할까.

당시 유검은 자기 또래에서는 적수를 찾아볼 수가 없어 기고만장한 상태였다. 당연히 청년승을 경시하는 마음이 있었다.

하지만 달랐다.

태극검(太極劍), 태을검(太乙劍)은 물론 자신이 심혈을 기울여 정화를 터득한 현천십팔검(玄天十八劍)의 현묘한 변화조차도 그는 어렵지 않게 막아내었다. 그뿐 아니라 그의 손에서 쏟아지는 무수한 절기들!

그의 두 주먹에서 펼쳐지는 초식의 광대한 변화와 힘은 마치 휘몰아치는 태풍과도 같았고 원숭이보다 잽싼 몸놀림은 구름에 달 가듯 표홀하기 그지없었다. 또한 펼쳐진 초식에 담긴 무의(武義)의 현묘함이란 이루 말할 수 없을 정도로 깊어 싸우면서도 마치 거대한 벽을 마주한 느낌이었다.

때아닌 소동에 사람들이 몰려왔다.

더 이상 싸우기 어려워진 유검과 청년승은 누가 먼저랄 것도 없이 다음 비무를 약속했었다.

나중에서야 알게 된 사실이지만 마구 검을 뽑아 들고 싸웠던 그곳은 함부로 들어가서는 안 되는 금역(禁域) 중의 하나인 장경각(藏經閣)이었다.

유검은 사문의 어르신들에게 호된 꾸지람을 들었고 두 달 후의 재비무를 약속했던 그 청년승 굉무는 일 년 면벽의 벌을 받았다.

다음 비무는 그로부터 이 년이 지난 후에야 이루어질 수 있었다. 그 후로도 몇 번의 비무가 더 있었지만 항상 승패는 나지 않았었다. 그리고 마지막 비무 약속은 이제… 일 년 남았던가?

'비무할 때마다 그 녀석은 항상 누군가를 데리고 왔었다. 공정한 비무를 위한 참관인이라고 했던가? 삼 년 전 마지막 비무 때 웬 아저씨

스님을 데리고 오기에 사숙인가 싶었더니 굉덕 사제라고 했었지.'

기억의 무덤 속에서 가까스로 상대의 신분을 떠올렸을 때 거한이 다가와 거칠게 물었다.

"이봐, 넌 누구냐?"

"보시다시피 지나가는 행인……."

"수상한 놈이군. 잠시 따라……."

마치 취조하는 듯한 태도에 은근히 부아가 치밀 때 마침 굉덕이 불호성을 외며 말을 걸어왔다.

"아미타불……. 혹 유 시주님 아니십니까?"

굉무와 관련있는 사람을 만나고 싶지는 않았지만 시비가 일어날지 모르는 이런 상황 하에서는 반가웠다.

"아! 그간 별고없으신지요, 굉덕 스님."

확실히 상대방을 기억해 내었기에 굉덕이라는 말에 힘 주어 말했다.

거한은 유검이 굉덕과 아는 사이인 것 같자 말을 끝맺지도 못하고 슬며시 뒤로 빠졌다.

굉덕은 합장하며 말했다.

"아미타불……. 유 시주님의 도움에 먼저 감사의 말씀을 드립니다. 조금 전 흑의복면인은 독심호리(毒心狐狸)라는 자로 신농산장에 숨어 들어 환혼단을 훔쳐 가는 것을 쫓고 있던 참이었습니다."

굉덕이 의도했던 바는 아니겠지만 일단 도움이라는 말을 꺼낸 덕분에 거한이 독심호리를 놓친 핑곗거리로 삼으려 했던 유검의 입장이 제대로 정정되었다.

'독심호리라… 들어본 적이 있구나.'

세상의 기진이보(奇珍異寶)는 모두 제 것이라 생각하여 그것을 되찾기 위해서는 수단 방법을 가리지 않는 놈이라 했다.

무공은 그다지 뛰어나지 않은 데도 불구하고 하는 짓이 여우같이 여
간 교활하지 않아 그 누구도 잡지 못했다고 한다. 그리고 한번 은원을
맺게 되면 지옥 끝까지라도 쫓아가 보복한다던가?

유검은 어쨌든 강호의 시비에 말려들기는 싫었기에 서둘러 작별의
말을 꺼내었다.

"예, 그랬군요. 그럼 다음에 또 뵙겠습니다."

느닷없는 유검의 말에 굉덕은 당혹해하며 말했다.

"광무 사형께서 유 시주님의 안부에 큰 관심을 가지고 계십니다."

'그래서 나보고 어쩌라고요?' 라는 식으로 멀뚱히 바라보니 굉덕은
조용히 합장하며 배웅할 수밖에 없었다.

다시 인파들 사이로 나온 유검은 한바탕 쓸 데 없는 시비에 말려들
고 나니 더 이상 밤거리를 배회할 기분이 나지 않았다. 우선 비수에 맞
은 어깨를 치료할 겸 해서 객실을 잡아놓은 주점으로 서둘러 걸음을
옮겼다.

낙양의 밤거리는 부산스러웠다.

술에 취해 비틀거리며 오고 가는 많은 사람들, 꽃다운 아가씨들에게
슬그머니 수작을 부리는 건달들…….

주점 앞에서 인생의 낙이란 것이 무엇인지, 왜 인간은 술을 마셔야
하는지에 대해 한참 열변을 토하고 있는 점소이들은 때로 과감하게 행
동으로써 자신들의 철학을 실천하기도 했다.

그리고 푸른 등을 걸어놓은 한 기와집 앞에서 한 치 두께의 분을 처
바른, 그래서 도저히 나이를 짐작할 수 없는 노화(老花)에 의해 또 다른

인생의 철학이 논해지고 있었고, 한 중년인이 진지하게 그것을 경청하고 있었다. 그리고 감탄한 듯 고개를 크게 끄덕이더니 집 안으로 들어선다.

'들어가면 반드시 후회하게 될 거야. 속았다고 말이다.'

한마디 해주고 싶은 것을 참고 지나쳐 가다 문득 이상한 느낌에 뒤돌아보았다.

뒷모습이 어쩐지……

말보다 반응이 빨랐다.

"사부!"

뒤돌아본 중년인의 모습은 낯설었다.

하지만 크게 당혹한 표정을 짓다가 다시 어리둥절해하는 표정, 그리고 서둘러 안으로 들어서는 모습에 유검은 사부임을 확신했다.

'도대체……'

황급히 뒤따라가려다 유검은 걸음을 멈추었다.

품속을 뒤져 보니 허전하기 이를 데 없는 빈 은자 주머니가 만져졌다.

'설마 사부일 리가 없지. 내가 잘못 본 것일 테지. 아무리 그래도 명색이 무당의 도사인데 이런 기방에 출입할 리가……'

내심 그렇게 자위하며 태화주점(太和酒店)으로 되돌아가려다 아무래도 마음에 걸려 슬머시 골목길로 접어들었다.

사부로 짐작되는 그가 들어선 집의 담벼락은 그다지 높지 않았다. 일 장(一丈:3미터) 높이야 내공을 지녔던 예전이라면 단숨에 넘을 수 있을 테니까.

'어떡한다?'

다행히 집주인은 소주의 정원을 동경하는 듯 집 주위로 나무를 여기 저기 심어놓았다. 그중에 한 나무를 타고 올라가 담벼락을 넘을 수 있었다.

무림세가도 아닌 바에야 여기저기 호위 무사들이 경비를 서고 있을 리도 없었고 제법 운치있게 꾸며진 정원수 뒤로 몸을 숨길 수 있어 남의 눈에 들킬 염려는 없었다.

'그래도 유비무환이니까……'

이런 곳에 일하는 사람들의 인원 수는 꽤 되는 편일 것이고 일일이 그 얼굴을 기억해 두진 않을 것이다.

유검은 지나가는 하인을 붙잡아 기절시키고는 옷을 벗겨 입었다. 그리고 회랑을 따라 움직이며 사부가 들어갔음 직한 방이라 생각되는 바깥의 창문을 통해 안을 훔쳐보았다.

간드러진 기녀의 웃음소리가 들려오는 세 번째 방을 훔쳐볼 때였다.

"이 새끼, 뭘 보는 게냐."

나지막하지만 충분히 위협적인 어조.

깜짝 놀라 뒤돌아보니 자기와 같은 하인 복장의 사내가 능글맞은 웃음을 짓고 있었다.

"얼굴이 생소한 걸 보니 신참인 모양이군. 흐흐흐… 한참 재미있을 때로구먼."

'나도 한때 그랬었지. 잘해봐라' 라는 태도로 유검의 어깨를 두들겨 주고는 휘적휘적 떠나 버렸다.

"……!"

내가 지금 뭐 하고 있는 건가라는 회의감에 힘이 쭈욱 빠져 버렸다.

그때 다음 방에서 호탕한 웃음소리가 들려왔다.

"술 석 잔에 천지(天地)와 하나가 될 수 있다면 어이 마다하리!"

사부는 아니지만 어디선가 들어본 목소리였다.

"본래 하늘의 신선들은 옥황상제 앞에서 황정경이라는 도교의 경전을 늘상 읽는데 그러다가 글자 한 자를 잘못 읽으면 인간 세상으로 귀양을 보낸다고 한다. 그렇게 해서 귀양 온 선인(仙人)을 적선(謫仙)이라 하지."

"그래서 이름이 풍(風) 적선이란 거예요? 호호호."

별 우습지도 않은 이야기에 호들갑스럽게 웃는 것은 손님에 대한 직업 정신의 발로이리라.

"그런데 하필 이런 데다 칼을 맞았어요? 누군지 몰라도 참 나쁘네. 자칫 조금만 더 아랫 부분에 맞았다면… 어마!"

와장창 술상 엎는 소리와 몇몇 기녀들이 비명을 내지르는 소리가 났다.

유검은 그제야 상대방이 누구인지 알 수 있었다. 워낙 음성과 내용이 이질적이라 일순 생각해 내지 못했던 것이다.

'독심호리?'

우연치고는 참으로 공교롭다고 생각하며 서둘러 자리를 벗어나려 하는데 사람들이 몰려오는 소리가 들려왔다. 유검은 재빨리 반대 방향으로 몸을 돌렸지만 그곳으로도 사람들이 오는 소리가 났다.

허둥대다 마침 빈 방을 발견하고 일단 그곳으로 들어가 숨었다.

그러다 점점 사람들이 다가오는 소리에 문득 깨달았다. 오는 사람들은 손님일 테고 분명 빈 방인 이곳으로 들어오게 될 가능성이 높다는 것을.

'이런 곳에서 만약 소동이 벌어지게 되면… 그래서 만약 누군가 나를 알아보게 된다면……'

차라리 시치미 떼고 태연자약하게 사람들을 지나쳤더라면 오히려 나았을 것이라 후회했지만 때는 이미 늦은 것.

조금 더 일의 심각성을 느끼고 황급히 주위를 둘러보니 조그만 문이 보였다. 문을 열어보니 이런저런 잡동사니들을 모아두는 조그만 다락방이었다. 재빨리 그곳으로 들어가 몸을 숨겼다.

문이 열리며 사람들이 들어오는 소리가 났다.

유검은 자신의 재빠른 임기응변에 만족해하며 안도의 한숨을 쉬며 귀를 기울였다.

간드러진 웃음소리와 함께 비음 섞인 소리로 아양 떠는 기녀들의 말로 짐작하건대 손님은 하나인 것 같았다. 봉을 잡았다고 생각하는 것인지 기녀들은 애교 떨기 바빴고 곧 이어 술상 들어오는 소리도 들려왔다.

'청루라면 거문고도 타고 시조도 읊고 좀 더 고상한 곳 아니었나?

한편으로는 이런 기방에 들어와 보기는 처음이라 무슨 일이 일어날까 하는 호기심에 가슴이 두근거리기도 했다.

어쨌든 빨리 끝나기를 빌며 기다리는 수밖에 없는 것, 들킬까 봐 마음 졸여봤자 소용없다.

긴장을 풀기 위해 호흡을 가다듬고 몸과 마음을 느긋하게 이완시키며 고쳐 앉는데.

덜컹!

갑자기 문이 열려 버렸다.

앳되게 생긴 기녀 하나가 동그란 눈으로 자신을 바라보았다.

워낙 갑작스럽게 일어난 일이라 유검도 멀뚱히 그녀를 바라볼 수밖에 없었다.

그녀는 유검을 보고 처음에는 놀란 표정을 지었지만 곧 웃는 표정으로 바뀌었다.

"상공, 엎지른 술병은 놔두세요. 제가 곧 닦을게요."

분명 자신을 향해 한 소리는 아닐 것이다.

그녀의 손이 자신의 하체로 뻗어오자 무슨 짓인가 싶어 유검은 난감해졌다.

돌연 그녀가 허벅지를 꼬집는다.

"……!"

그리고 다른 손으로 비단 수건을 잡아당기는 모습에 유검은 자신이 그것을 깔고 앉아 있었다는 것을 깨달았다.

슬쩍 엉덩이를 들어주자 기녀는 냉큼 비단 수건을 잡아채고 나서는 웃는 표정 그대로 조그맣게 말했다.

"나중에 혼날 각오는 해둬. 이런 곳에서 게으름을 피우다니."

그리고는 문을 닫아버렸다.

'그 말은 내게 한 것인가 보군.'

다시 만난 친구

다시  친구

시끌벅적한 소리에 파묻혀 유검은 깜빡 선잠이 들고 말았다. 배짱이 좋아서라기보다는 오늘 있었던 일들에 지쳐 너무 피곤했기 때문이다.

언뜻 잠에서 깨어났을 때 주위는 조용했다.

잠시 자신의 처지를 망각한 듯 멍하니 있다가 곧 유검은 정신을 차렸다. 그리곤 바깥 일이 궁금해서 살며시 문을 열어 구경했다.

흐트러진 술상들 아래 기녀들은 잠이 들었는지 모두 쓰러져 있었다. 그사이 돌연 시야에 들어오는 한 여인의 뒷모습.

옷을 갈아입는 중이었는지 상의는 모두 벗은 채 바지를 내리는 중이었다.

두 눈을 동그랗게 뜨고 구경하다 왼쪽 어깨에 매화 모양으로 난 점을 발견한 순간 유검은 자신도 모르게 나직한 신음성을 흘리고 말았다.

"윽!"

이목이 영민한지 대번에 알아채고 황급히 가슴을 가린 채 뒤돌아보는 그녀의 얼굴을 보는 순간 유검은 멍해질 수밖에 없었다.

‘문매!’

어째서 여문이 여기 있단 말인가?

도저히 상상도 하지 못했던 만남이 주는 충격이란 무척 대단해서 유검의 머리 속을 하얗게 만들어 버렸다. 그녀가 왈칵 문을 열어버렸을 때에도 멍하니 바라보기만 했다.

“사형!”

긴장된 그녀의 안색이 처음에는 놀람, 곧 안도로 바뀌더니 다시 당혹으로 변해갔다.

“사형이 어째서 여기에……?”

대답하기보다 무슨 일인지 물어보려 했지만 주르르 그녀의 바지가 흘러내리며 쭉 뻗은 허벅지와 종아리가 드러나는 바람에 미처 말도 못 꺼내고 유검의 시선은 절로 아래로 향했다.

꽝!

그녀에 의해 다시 문이 닫혀 버렸다.

어두컴컴한 어둠 속에 그녀 모습의 잔영(殘影)이 선명하게 남아 있었다.

부시럭거리며 옷 갈아입는 소리가 들려왔다.

소리가 멈췄기에 슬쩍 문을 열어보니 어디서 가지고 왔는지 몸의 곡선이 그대로 드러나는 기녀의 복장을 입고 있었다. 꽃무늬들이 수놓아진 빨간 옷이었다.

그런 그녀의 손에는 화려해 보이는 옥색 장삼 등이 들려 있었다. 본래 입고 있었던 옷인 모양이다.

'설마 조금 전 왔던 손님이 바로 문매였단 말인가?'

옷은 다 갈아입은 듯하지만 막상 나가서 얼굴을 마주하려니 어색하기도 해서 그냥 물었다.

"문매, 여긴 웬일이냐?"

여문은 평정을 되찾았는지 담담히 대답해 주었다.

"사부님의 명으로 독심호리를 잡으러 왔어요."

"독심호리를? 여기 있는 건 어떻게 알고……?"

"본 문에서는 본래 오래전부터 비밀리에 그를 잡으려고 별러왔대요. 며칠 전 그가 여기 낙양에 나타났다는 이야기를 듣자마자 사부님은 바로 달려와 기루를 뒤지고 다니며 찾아다녔는데 오늘 마침 그를 발견했답니다."

'독심호리가 본 문의 보물을 훔치기라도 했나?'

유검은 의아해하다 물었다.

"다른 사람들도 같이 왔느냐?"

"아뇨, 사부님과 저 둘뿐이에요. 그리고 저는 바깥에서 기다리기로 되어 있었는데 사부님이 계획을 바꾸셨어요. 기녀로 분장해서 그에게 접근해 보는 게 어떠냐고……."

"바보 녀석! 그런 걸 하란다고 진짜로 하는 녀석이 어딨느냐!"

사부를 만나면 단단히 따져야겠다고 생각하는데 여문이 미소 지으며 물었다.

"제 모습이 어떻죠? 어색하진 않나요?"

유검은 길게 한숨을 쉬며 문을 열고 밖으로 나갔다.

몸의 굴곡이 그대로 드러나는 옷을 입은 그녀의 모습은 항상 도복 아니면 무복을 입고 있을 때와 많이 달라 보였다. 어쩐지 똑바로 쳐다

보기 힘들어 시선을 다른 곳으로 돌려 버렸다.

'저런 옷을 입고 부끄럽지도 않은가?

그때 여문이 유검의 어깨에 나 있는 상처를 발견했는지,

"바보처럼 어디서 다쳤어요? 이리 와 앉아봐요."

라며 강제로 잡아끌어 앉혔다.

그리고 억지로 상의를 벗기고는 상처에 세심하게 금창약을 발라주고 비단 수건으로 싸매어주었다.

그녀와 가까이 있으니 기분을 묘하게 들뜨게 만드는 향기가 났다.

'화장까지 했나?'

그나저나 꽤나 태연하다고 생각했다. 이런 상황에서 저렇게 여유있게 행동하다니.

수면제를 탄 술을 마시고 잠들어 있는 기녀들과 요리가 차려져 있는 탁자 등으로 주위가 어수선하기는 했지만 어쨌든 단둘만 있는 밀실이 아니던가.

'아마도 날 믿는 탓이겠지.'

유검은 벌떡 일어나 말했다.

"넌 빨리 이곳을 나가라. 독심호리는 내가 잡겠다."

쓸 데 없는 시비에 말려드는 것은 싫지만 여문이 위험한 행동을 하려는 것을 지켜보는 것은 더 싫었다.

"그리고 너도 사부가 시킨다고 무조건 따를 게 아니다. 바보 사부에게도 말해. 하기 싫은 걸 왜 시키냐구 말이다."

"딱히 싫지는……."

"무슨 소리냐! 네가 이런 모습으로 이곳에 있는 것을 네 약혼자가 보면 뭐라고 하겠냐?"

"걱정해 주시는 거예요?"

장난처럼 방글방글 웃으며 되묻는 그녀의 태도에 유검은 정색하고 조용히 말했다.

"하나뿐인 사매인데… 아니, 가족이 없는 나는 항상 널 여동생처럼 생각해 왔다. 걱정 안 할 리가 없지 않느냐?"

여문은 말이 없었다.

유검은 자신의 말에 공감하지 않는 듯한 그녀의 태도에 가슴이 답답해져 길게 심호흡을 했다.

그녀가 준비해 온 눈에 띄는 검을 쥐고 밖으로 나가려는데 여문이 말했다.

"아, 그것 알고 있어요?"

"뭘?"

"독심호리는 파문당하기는 했지만 본 문의 대선배였대요."

"대선배?!"

"사부님 말씀으로는 삼십 년 전 마교의 침공이 있을 때만 하더라도 정의감에 불타는 대협객이셨다고…….."

"……!"

"아직 양심이 남아 있는지 평소에는 본 문의 무공을 발휘하지 않아 무공이 대단치 않다고 소문 나 있지만 위급한 상황이 닥치면 어찌 될지 모른대요. 그리고 간혹 믿을 수 없을 정도로 강해지기도 한다고 그러더군요. 조심하세요."

"일단 너부터 밖으로 내보내야겠다. 따라오거라."

유검은 먼저 나가 버렸다.

그 뒷모습을 지켜보던 여문은 쓸쓸하게 중얼거렸다.

“어쩌면 사형을 만날지 모른다는 말에 사부의 말을 따랐지만…….”

여문은 자신의 모습을 훑어보며 어깨를 으쓱거렸다.

“여동생인 건가?”

그래도 유검이 자신을 무척이나 걱정해 주는 듯한 태도를 보여주니 기분이 나쁘지는 않았다.

재차 자신을 부르는 유검의 부름에 여문은 가볍게 대답하고 뒤따라 나갔다.

‘여문을 이런 곳에 내팽개쳐 두고 바보 사부는 도대체 어디로 가 있는 건가?

까닭을 알 수 없는 화가 치밀어 올라 사람들에게 들키든 말든 안중에도 없었다.

세상에는 공교로운 일이 참으로 많은 법이다.

회랑을 막 걸어나가려는데 독심호리가 있던 방문이 열리며 누군가 술에 취해 비틀거리며 걸어나왔다.

백발에 대춧빛처럼 붉은 얼굴의 노인이었다.

얼굴은 낯설지만 그가 누구인지는 짐작할 수 있었다.

‘독심호리!’

혼자 중얼거리는 말을 듣건대 측간으로 가는 모양이었다.

‘일단 여문을 밖으로 내보내고 나서…….’

명문의 여제자가 기녀 차림으로 들어와 있다는 것이 세상에 알려지게 되면 무슨 억측이 나올지 모른다. 유검은 도무지 사부가 무슨 생각을 하고 그런 일을 시켰는지 이해할 수가 없었다.

마주 걸어오는 독심호리.

혹여나 자신의 얼굴을 기억하고 있을까 봐 유검은 고개를 푹 숙이고 걸어갔다.

긴장을 감추기 위해 애써 몸을 이완시켰다.

비틀거리며 그가 접근해 왔을 때는 긴장되었지만 아무 일도 없는 것처럼 스쳐 지나갔다.

내심 안도의 한숨을 내쉬다 왼손에 쥐어져 있는 검을 발견했다. 하인 복장에 검을 들고 있는 모습, 아무리 술에 취해 있다 하더라도 충분히 수상하게 여길 만한 일이라는 것을 깨달았다.

그때 뒤에서 여문의 짤막한 비명 소리가 났다.

'이런!'

검을 뽑으며 뒤돌아서는 순간 세찬 경풍이 몰려왔다.

급습이었다.

황급히 몸을 뒤로 누이며 검으로 가슴패기를 보호했지만 뒤이은 공격은 없었다.

독심호리는 한 번의 공격 후 바로 유검을 스쳐 지나며 나왔던 방 안으로 들어가 버렸다.

"문매! 넌 빨리 나가거라!"

그렇게 외치고 독심호리를 뒤따라 방 안으로 들어서는 순간 만년빙(萬年氷)으로 둘러싸인 석빙굴로 들어선 듯 서늘한 한기(寒氣)를 느꼈다.

사람에게서 일어나는 기세는 아니었다. 아마도 대단한 보검을 지니고 있는 것 같았다.

방 안을 미처 살펴보기도 전에 첫 일검을 맞았다. 기녀들의 놀란 비명 소리도 같이 연주되었다.

광범위한 한기(寒氣)는 도대체 어디를 노리는지 알 수가 없었다. 하지만 생각보다 몸이 먼저 반응했다.

스스르 무너지듯 몸을 비틀어 뒤로 눕히며 검을 내세워 가슴패기를 보호했다.

하얀 궤적이 가슴 위로 스쳐 지나간다 싶을 때 있는 힘껏 몸을 굴렸다.

챙!

귓전에 검이 바닥에 부딪치는 소리가 요란했다. 어느새 횡으로 휘둘러지던 검이 종으로 변화된 것이다.

예상은 했지만 그의 검은 그보다 더 빨랐다.

엎드린 상태지만 검이 다시 자신을 향해 내려치는 것을 천 개의 눈으로 지켜보듯 온몸의 감각으로 느낄 수 있었다. 하지만 내공이 없는 이 상태에서 검의 속도에 맞춰 피하는 것은 무리인 것 같았다.

생각은 그러했지만 몸은 이미 움직이고 있었다.

손바닥으로 땅을 박차며 빙글빙글 돌다가 그 반동으로 춤을 추듯 몸을 회전시키며 일으켰다.

반쯤 허공에 뜬 자세에서 희미하게 인영의 모습이 시야에 묻어 나오자 몸이 돌아가는 반동 그대로 무릎을 뻗었다.

독심호리가 한 걸음 물러서며 피할 때 검을 쥔 손잡이에 일순간 허점이 드러났다. 뻗어가던 무릎의 탄력을 이용해서 아래로 차 내렸다.

독심호리가 다시 한 걸음 물러서며 피하자 그제야 휘청거리기는 했지만 두 다리로 땅을 딛고 설 수 있는 여유를 얻었다.

검을 곧추세우고 자세를 바로했지만.

"헉헉……."

숨이 턱 끝까지 차올랐다.

기녀들이 비명 소리와 함께 옆을 스쳐 밖으로 나갔다.

독심호리는 비릿한 웃음을 지으며 투명한 은빛을 발하는 검을 들고 있었다. 낭창낭창 휘어지는 모습을 보니 연검 형태인 것 같았다.

'본래 요대(腰帶) 삼아 차고 있었던 모양이군.'

그리고 만년빙에서 흘러나오는 듯한 한기는 그 검에서 비롯되고 있었다.

'설마… 한천검(恨天劍)?'

명검이기는 하나 그보다는 그것을 사용했던 이가 워낙 유명했기에 널리 이름이 알려진 것이 바로 한천검이다.

삼백 년 전 동서고금을 막론하고 여인의 몸으로 천하제일인으로 유일하게 불리워진 이의 별호가 바로 한천검이며 그녀가 항상 품에 안고 다니던 애검의 이름 또한 한천검이었다.

절세가인(絶世佳人)이었다고도 전해지는 미모와는 달리 그녀의 성격은 냉혹무비의 경지를 떠나 마치 얼음으로 만들어진 사람처럼 아무런 감정도 느껴지지 않을 정도였다고 한다.

분명 애인에게 버림받아서 그렇게 변해 버린 게 틀림없다는 사부의 의견에 유검은 과연 그 배짱 좋은 사람은 누구일까 한동안 고대 무림사를 뒤적거리며 몇몇을 꼽아보기도 했던 기억이 있어 한천검의 특징을 잘 기억하고 있었던 것이다.

분명 한천검은 강호를 떠돌다 어느 날 돌연 사라져 버렸다. 한동안 북해로 가서 하나의 문파를 세웠다는 소문이 강호를 떠들썩하게 만들었으나 아직까지도 그 후예를 자처하는 이는 없었기에 흐지부지 사라져 버렸다.

그런데 우연찮게 기방에서 만나게 된 독심호리가 한천검을 들고 있다니…….

'어떻게 된 일인지는 모르겠지만…….'

투명한 은빛으로 빛나는 한천검의 자태는 어떤 절세가인보다 아름다워 보인다고 생각하며 유검은 애달픈 시선으로 바라보았다.

'너는 지금의 처지가 마음에 드느냐? 난 어떠냐?'

하지만 과연 절세가인답게 한천검은 들은 척도 하지 않는 오만함으로 유검의 구애를 무시해 버리고 만다.

유검을 주위 깊게 살피던 독심호리는 돌연 코웃음을 쳤다.

"흥, 이제 보니 그 새끼였군. 안 그래도 빚을 갚으려 했는데 제 발로 들어오다니!"

한여름날의 밤은 낮과 같이 여전히 후텁지근했다.

유검은 왠지 모를 갈증이 일었다.

강호의 호객들은 이상하게도 목이 마를 때면 물이 아닌 술이 생각난다고 한다. 어쩌면 피가 그리워져 대신해 마시는 것은 아닐까?

하지만 유검이 느끼는 갈증은 종류가 조금 달랐다.

주화입마당한 이후로 더 이상 말을 걸어오지 않는 검에 대한 그리움이었다.

참으로 매력적인 저 한천검을 본 이후부터 유검은 완전히 마음을 빼앗겨 버리고 말았다. 첫눈에 반해 버린 순진한 소년처럼 마냥 반짝반짝거리는 눈빛으로 검을 주시할 뿐이었다.

그의 머리 속에는 아무것도 없었다. 단지 한 번만이라도 저 한천검을 쥐어보고 싶다는 생각뿐이었다.

이런 유검의 수상쩍은 태도에 독심호리는 미간을 찌푸렸다.

‘이놈 혹시 미친 것 아닌가?’

독심호리는 왠지 모를 짜증스런 기분을 느끼며 냅다 일검을 휘둘렀다.

유검의 눈길은 여전히 한천검에게로 향한 채 고개를 뒤로 홱 젖혔다.

휙!

스쳐 지나가는 검의 면에 자신의 얼굴이 언뜻 비춰졌다 사라지는 것을 보았다. 멍한 가운데 슬퍼 보였다.

짝사랑이란 슬픈 것이다. 상대를 변화시키지 못하기에…….

검은 유검의 유일한 친구였다.

홀로 외딴 섬에 갇혀 있을 때 뗏목을 타고 간신히 찾아와 준 단 하나뿐인 친구였다. 그리하여 세상과 대화를 나눌 수 있는 유일한 통로이기도 했다.

하지만 이제는 지난 추억에 불과할 뿐이다.

그날, 내공이 흩어져 버린 그날의 일이 주화입마인지 아닌지 그런 것들은 상관없었다. 설사 무공을 모조리 잃어버렸다 하더라도 다시 처음부터 시작하면 되니까.

하지만 그때 잃어버린 것은 단 하나뿐인 친구였다.

검은 더 이상 자신에게 말을 걸어오지 않았다.

저 멀리 새벽이 밝아오기까지 밤새도록 검을 휘둘러도 돌아온 것은 싸늘한 침묵뿐이었다.

이제 검은 친구로 남아 있지 않은 것이다.

하지만 이제 검은 친구 아닌 다른 모습으로 다가오려 하고 있었다.

독심호리는 재차 검을 휘둘러 왔다. 공기를 가르는 소리는 예리했지만 그다지 빠른 일검은 아니었다. 아직 유검의 무공 정도를 정확히 알지 못하기에 탐색차 휘둘러 보는 일검이었다.

하지만 유검은 조금이라도 더 가까이 검을 보고 싶어 아슬아슬하게 피하다 일검이 뺨을 스치고 지나갔다. 검에 스친 부위는 처음에는 화끈거렸지만 곧 싸늘한 한기가 몰려와 감각이 마비되고 말았다.

한 걸음 물러서다 발밑에 굴러다니는 술병을 잘못 밟고는 우당탕 뒤로 넘어지고 말았다. 내공이 사라져 버린 탓에 하체가 안정되지 않아서였다.

어정쩡하게 다시 일어서는 유검을 지켜보는 독심호리는 어이가 없었다. 괜히 신중하게 그를 탐색하던 자신이 바보가 되어버린 기분이었다.

"젠장! 별것 없는 놈이었잖아!"

화풀이 삼아 발로 술상을 차버리고 마치 시정잡배처럼 검을 마구 휘둘렀다. 주위의 탁자들과 기물들이 파괴되며 여기저기 나무의 파편들이 튀었다.

"어!"

그토록 사랑스런 검을 저렇게 마구 다루다니.

유검은 맹렬한 분노를 느꼈다.

조용한 분노가 차갑게 타올랐다.

유검의 감정에 따른 의지와 함께 육체는 절로 움직여졌다.

무당파 제일 기본 검술 중의 하나인 태극검(太極劍)의 기수식이 취해졌다. 상승 무공일수록 내공의 운기 조화가 필요한 법이라 내공이 없는 지금과 같은 상태에서는 기본 무공일수록 펼치기 편한 까닭이었다.

하지만 기본 무공이라 하여 다 같은 검법은 아닌 것. 누가 펼치느냐에 따라 천양지차가 아니던가.

유검의 기세가 태산처럼 장중해져 가자 독심호리는 움찔거렸다. 자기도 모르게 휘두르던 검을 멈추었다. 그리고 자신이 왜 이러는지 알 수 없다는 표정으로 천천히 검을 중단으로 치켜세우며 방어 태세를 갖췄다.

문득 자신이 기세에서 눌리고 있는 게 아닌가 하는 황당한 느낌이 들자 독심호리는 강한 반발감에 사로잡혔다.

사람들이 몰려오기 전에 빨리 상대를 해치우고 이 자리를 벗어나야 한다는 초조감도 동시에 밀려왔다.

"이 새끼! 죽어라!"

발작적으로 외치고는 단숨에 유검과의 거리를 좁히며 크게 칼을 휘두르듯 검을 내려쳤다. 단숨에 두 조각을 내어버릴 듯한 기세였다.

분명 내공을 잃어버린 유검이 피할 수 없는 일검이었다.

하지만 유검의 검끝이 일 촌(一寸) 이동하자 독심호리는 거대한 검이 밀려드는 환각에 훌쩍 뒤로 물러서고 말았다.

"이런, 사술(邪術)을 아는 놈이었군!"

바람이 통하지 않는 방 안인데도 차가운 미소를 띤 독심호리의 백발은 나부끼기 시작했다. 이에 투명한 은빛의 한천검에 푸르스름한 검기가 감돌아간다.

'혹시 태청신공(太淸神功)인가?'

검기를 발할 정도라면 초식의 교묘함으로는 더 이상 어찌해 볼 도리가 없다.

당장이라도 목숨이 달아날 지경인데도 유검은 여전히 한천검에 집착하고 있었다. 태청신공의 기운이 주입된 한천검은 보다 아름다워 보였지만 절세가인에게 맞는 의복은 아닌 듯싶었다. 그리고 독심호리가 펼치는 초식도 불만스러웠다. 절세가인의 우아한 행동거지에 맞지 않는 것이다.

문득 꿈속에서 들은 말이 머리 속을 스쳐 지나갔다.

'하나는 둘, 둘은 셋, 셋은 모든 것… 그래서 하나?'

뭔가 알 듯 말 듯 강렬하게 끌어당기는 충동에 나뭇가지가 햇빛을 향해 가지를 뻗듯 유검은 한천검을 향해 한 걸음 나섰다.

움직이나 전혀 움직이는 느낌이 없었다. 폭포수가 떨어져 내리지만 항상 그 자리에 있는 것처럼 보이듯이, 허공을 나는 매가 날개를 펼친 채 대기를 미끄러지듯이 날지만 가만히 있는 것처럼 보이듯이.

독심호리는 전신을 감싸는 묵직한 느낌에 자기도 모르게 멍하니 유검이 다가오는 모습을 지켜만 보고 있었다. 그러다 유검이 밟은 나뭇조각이 내지르는 비명 소리에 화들짝 정신을 차렸다.

유검의 검은 조용히 타오르는 등잔불이 내놓는 빛의 경계선을 따라 무심하게 그어지고 있었다.

분명 자기 목을 향해 날아오는데도 너무나 당연해 보였고 타인의 일처럼 독심호리는 도무지 실감할 수가 없었다.

"이, 이런 사술 따위에!"

분명 경력이 일지 않음이 느껴졌다. 공력을 일으킨다면 일검을 맞더라도 별 타격은 없을 것이라 생각하면서도 독심호리는 일단 한 걸음 뒤로 물러섰다.

유검은 무심한 표정으로 몸을 던지듯 독심호리를 향해 달려들었다.

"죽어라!"

더 이상 참을 수 없게 된 독심호리는 전 공력을 끌어올려 호신지기(護身之氣)를 형성하며 유검의 전중혈(膻中穴)을 향해 한천검을 찔러넣었다.

하지만 유검의 신형은 마치 허깨비처럼 아래로 꺼져 버렸다.

결코 빠르게 움직인 것은 아니지만 어깨를 미세하게나마 움찔거린다든지 하는 아무런 기척도 없었기에 너무도 갑작스러워 그렇게 보인 것이다.

또한 무(無)에서 유(有)가 창조되듯 돌연 솟아난 검 역시 아무런 기척도 없이 시야의 사각 지대에서부터 찔러왔기에 눈치 채기도 전에 이미 자신의 목을 찌르고 있었다.

'초식은 그럴듯하다만!'

본래 조금이라도 위험한 행동은 피하고 보는 그였지만 지금은 기호지세(騎虎之勢)라 애당초 생각대로 밀고 나갈 수밖에 없었다.

들어오는 검은 급히 왼쪽 팔뚝을 들어 올려 막았지만 이미 좌측 목줄기에 느껴지는 검봉의 뾰족함에 호신지기는 이미 끌어올려져 있지만 만일을 대비해 목을 비틀어 그 충격을 최소화시키고 동시에 유검이 있으리라 짐작되는 곳을 향해 직도황룡(直道黃龍)을 펼쳤다.

위이이잉!

세찬 검풍과 함께 걷어 올린 검끝에 묵직한 느낌이 전해지자 독심호리는 회심의 미소를 지었다.

한천검이라는 천하의 명검에 필생의 공력을 넣었으니 설사 검으로 막았다 하더라도 바로 두 동강이 나버리리라.

이어 몸을 비틀며 연이은 검로(劍路)를 펼치려 했건만 알 수 없는 강력한 저항에 부딪쳐 멈출 수밖에 없었다. 돌려진 그의 시야에 잡힌 광경은 어이없는 것이었다.

투명한 은빛에 푸르스름한 검기까지 어려 있는 한천검의 검날이 멍청한 새끼의 손에 절에 간 새색시처럼 꼼짝없이 잡혀 있는 게 아닌가?

유검이 무언가에 취한 것처럼 멍하니 검만 뚫어져라 바라보고 있는 모습에 독심호리는 황당함을 넘어 오히려 아무 생각이 들지 않았다. 세상에는 왕왕 믿기 힘든 일도 많고 어이없이 상식이 무너지곤 한다지만 지금 눈앞에 펼쳐진 광경은 정말로 믿기 힘들었다.

독심호리는 자신이 믿고 있던 무학의 상식이 파괴되는 충격에 멍하니 있었고 유검은 홀린 듯한 표정으로 한천검을 바라보고 있었다.

그런 유검의 몸에는 기이한 변화가 있었다.

하늘에서 내려온 수기(水氣)와 땅에서 솟아난 화기(火氣)가 유검의 몸 안에서 부딪쳐 소용돌이치다 한천검을 쥐고 있는 그의 손으로 몰려가고 있었다. 면면부절(綿綿不絶) 끊임없이 이어지는 이 두 가지 기운은 비록 유검이 의식하진 못했지만 그의 성(性)에 내재된 명(明)에 의해 인도되어 한천검을 부드럽게 감싸 안고 있었다.

서로 엇갈리는 두 사람의 의식 흐름 속에 방 안은 순간 세상이 정지되어 버린 듯 기묘한 정적이 흐르는데.

끼아아아악!

돌연 터져 나오는 날카로운 비명 소리가 있었다.

이에 화들짝 정신을 차린 독심호리의 뇌리를 순간 스쳐 지나가는 생각이 있었다.

'혹시 이놈 대단한 고수가 아닐까?'

그런 생각이 들자 등골이 오싹해졌다.

모든 것을 내팽개치고 달아나고 싶은 충동을 느꼈지만 그렇다고 한천검을 포기할 수는 없는 노릇이었다.

독심호리는 전력으로 검을 잡아당기며 동시에 발로 유검의 복부를 찼다.

펑!

가죽 공 터지는 소리가 났지만 변화된 것은 별로 없었다.

독심호리는 허탈한 마음에 뻗은 다리도 거둬들이지 못하고 한천검을 놔두고 도망칠까 어찌할까 갈등을 느끼고 있는데 커다란 두건으로 얼굴을 푹 뒤집어쓴 기녀 하나가 겁도 없이 방 안으로 살랑살랑 엉덩이를 흔들며 들어왔다.

그녀는 유검 앞으로 가더니 슬쩍 치마를 들어 올렸다.

한천검만을 뚫어져라 바라보던 유검의 눈동자가 슬그머니 그쪽을 향했다. 하지만 시야에 들어오는 것은 털이 북실북실한 사내의 다리.

"……."

독심호리는 쥐고 있던 한천검이 헐렁해짐을 느꼈다. 전력으로 당기고 있던 참이기에 몸이 뒤로 쏠렸다.

졸지에 벌어진 일이 의아스럽기는 했지만 호기를 놓칠 수는 없는 법. 이때다 싶어 뻗은 다리를 힘 주어 차고는 냅다 천장을 향해 일장을 날렸다.

"커억!"

유검은 짤막한 비명과 함께 뒤로 퉁겨났고 독심호리는 먼지구름과 함께 기와 조각들이 우르르 떨어지고 있는 구멍 뚫린 천장으로 달아나 버렸다.

기녀가 뒤집어쓴 두건을 벗으니 드러나는 얼굴은 사부인 청풍이었다.

"괜찮으냐?"

청풍의 걱정스런 질문에 유검은 울컥 한 모금 피를 토해냄으로써 답했다. 그리고 사부의 치마를 힐끔 쳐다보며 소름 끼친다는 듯 몸을 부르르 떨었다.

"너무하시군요."

유검의 잔뜩 불만 어린 투정에 청풍은 웃으며 말했다.

"바람둥이 녀석, 단단히 반한 게로구나."

무슨 말인가 싶어 유검은 어리둥절해하는데 사부의 기녀 차림이 곤혹스러운 듯 아미를 찌푸리며 들어오던 여문이 그 말을 들었는지 반문했다.

"바람둥이?"

자신을 바라보는 여문의 시선에 유검은 '난 몰라!' 라는 표정을 짓다 문득 떠오르는 것이 있어 자신의 두 손을 멍하니 바라보았다.

"아……!"

청풍이 여전히 웃으며 말했다.

"첫 경험이라 아직 영문을 알긴 힘들겠지만 좀 더 살다 보면 자연히 알게 될 게다."

그리고 기녀의 복장을 벗어버리고는 황급히 독심호리의 뒤를 쫓아 천장으로 몸을 날렸다.

뒤이어 사부의 전음이 들려왔다.

―아, 마신 술값 부탁하마.

아무것도 아닌 것처럼 얼렁뚱땅 무리한 부탁을 내놓고 사라져 버린 사부의 말에 유검의 얼굴이 일그러졌다.

"정말 너무하시는군. 그런데 기녀 복장이라니, 도대체 왜 저러시는……?”

여문을 향해 고개 돌려 묻는데 그녀의 안색은 찬바람이 풀풀 날릴 정도로 차가워져 가고 있었다.

그녀는 딱딱한 어조로 말했다.

“독심호리가 예전 무당의 보물을 하나 훔쳐 갔는데 그걸 되찾아야만 한다고 했습니다. 그래서 그의 소굴을 알기 위해서는 눈치 못 채게 놓아줘야 한다면서 기녀의 옷을 빼앗아 입었습니다. 그 후는 보신 바대로……”

말을 마친 후 그녀는 밖으로 나가 버렸다.

왜 저러는지 몰라 멍하니 있다가 사부의 전음이 생각나 다급히 뒤따라가며 외쳤다.

“아, 술값… 은자…….”

한바탕 소란이 끝났다는 것을 아는지 때마침 사람들이 우르르 몰려오고 있었다.

그중에 다락방에서 눈이 마주친 기녀가 유검을 알아보고 다가와 귀를 잡아당겼다.

“어딜 도망가는 거야?”

여문은 그런 모습을 냉정한 시선으로 바라보다 미련없이 뒤돌아서서 가버리고 말았다.

멍하니 있던 유검은 기녀가 계속 귀를 잡아당기자 어쩔 수 없이 끌려가다 문득 깨달아지는 것이 있었다.

‘아, 사부의 말에 오해를…….’

그나저나 사부가 마신 술값이 얼마나 나올까 계산해 보다 파손된 기물비 등과 훔쳐 간 기녀 옷값까지 모두 떠맡게 될 것에 생각이 이르렀다. 빈 호주머니를 생각하면 난감하기 그지없었다.

밖으로 나와 기녀는 어깨가 떡하니 벌어지고 험상궂게 생긴 대한을 만나자 반색하며 말했다.

"소하(小蝦), 마침 잘 만났네. 이 녀석… 응?"

쥐고 있던 유검의 귀 대신 손 안에 있는 것은 조그만 나무 토막이었다. 그리고 그 위에는 검으로 새긴 듯한 글씨가 적혀 있었다.

다음에 반드시 갚겠소.

언제까지라는 기한은 물론 이름조차 남기지 않는 그야말로 무책임한 약속.

그보다 기녀는 놀라 귀신이라며 비명을 지르는 덕분에 또다시 한바탕 소동이 벌어졌다.

소란스러움이 싫은지 달은 구름에 숨어버리고 한여름 밤의 짧은 소동은 그렇게 끝이 났다.

신농산장(神農山莊).

낙양에서 백마사(白馬寺)로 향하는 동쪽으로 가다 보면 끝 무렵에 이르러 신농산장이 나온다.

의원(醫員)들 사이에서는 금원사대가(金元四大家) 이래 이동원(李東原) 선생의 학파를 이어받고 의학의 시조이신 신농이 남겼다고 하는 신농본초경(神農本草經)을 주류로 연구하는 의가(醫家)로 알려져 있으나 강호인들에게 있어서는 다른 의미로 유명했다.

환명단(還命丹).

절상(折傷) 등의 어혈(瘀血) 치료 및 내가진기로 인한 내상(內傷)을 전문적으로 다스리는 비전의 영약으로 이름이 높다. 이미 삼십 년 전 마교의 발호 때 그 약효가 널리 인정된 이래 한 알에 황금 한 냥이라는 높은 가격에도 불구하고 수많은 강호인들이 이 환명단을 구하기 위해 이 신농산장을 찾았다.

그 영약의 비밀을 지키기 위해 신농산장에서는 몰래 하오문을 통해 사람을 사서 일을 시키지만 전문적인 의학 지식을 쌓은 의원들은 어쩔 수 없이 공개적으로 시험을 통해 구하고 있었다.

본래 의원의 입장에서 보자면 신농산장은 그야말로 출세의 지름길 에 해당되는 곳이었다. 이곳 출신이라면 환명단을 공급받아 팔 수가 있기에 중원 어디서 문을 열더라도 성공은 보장받은 셈이니까.

저 멀리 동녘이 터 올 무렵 유검은 조그만 언덕 위에서 턱을 괴고 앉아 피곤한 눈으로 한 채의 산장을 내려다보고 있었다.

검은 묵빛 편액에 황금빛 전서체(篆書體)로 신농의가(神農醫家)라는 네 글자가 적혀 있고, 그 아래 붉은 대문의 좌우로 두 명의 문지기가 팔짱을 끼고 느긋한 자세로 의자에 앉아 있었다.

"공교롭군. 오늘이 마침 시험 날이라니……."

유검은 밤새도록 여문을 찾아 돌아다니다 새벽에 돌아왔고, 마침 일어난 화의 권유에 바로 이 신농산장으로 오게 되었다.

유검은 화에게 물었다.

"그런데 괜찮을까? 난 정식으로 의학을 배운 적이 없다구."

술이 덜 깨었는지 두 눈이 빨개져 있는 화는 힘없는 소리로 답했다.

"괜찮아요. 이것이 있으니까."

화는 두 장의 봉투를 꺼내 들었다.

겉면에는 용사비등(龍蛇飛騰)한 초서체(草書體)로 '추천서(推薦書)'라고 적혀 있었다.

유검은 머리를 긁적거리며 그중의 하나를 받아 들었다.

날이 서서히 밝아지면서 젊은 청년들이 하나둘씩 산장 앞으로 몰려들고 있었다.

유검은 화가 새로 사준 유삼에 묻은 먼지를 훑어내며 자리에서 일어났다. 그리고 한껏 기지개를 켜고 나서 물었다.

"비정기적으로 시험을 본다더니… 많이들 모여드는데?"

"우린 상관없어요. 가죠."

꽤 힘이 없어 보이는 발걸음으로 화는 먼저 언덕을 내려갔다.

"술에 약한 것인가?"

유검은 문득 어젯밤 경험했던 감각이 떠올라 눈에 보이지 않는 검을 들고 있는 양 두 손을 이리저리 휘둘러보았다. '이게 아닌데!' 라는 듯 고개를 갸웃거렸다.

"휴우……."

길게 한숨을 쉬고는 화의 뒤를 따라 서둘러 언덕을 내려갔다.

신농산장의 붉은 대문은 아직 열리지 않고 있었고 모여든 청년들은 저마다 삼삼오오 모여서 이야기를 나누며 초조하게 대문이 열리기를 기다리고 있었다. 한 청년이 문지기에게 대문이 언제 열리는지 공손히 물어보았지만 돌아온 것은 퉁명스런 '기다려' 라는 대답뿐이었다.

날이 밝아져 가면서 사람들이 점차 모여들더니 이제는 수가 제법 많이 모여 대략 육십여 명 정도 되었다.

유검은 어리둥절해서 화에게 물었다.

"열 명 정도 뽑는다고 하지 않았나?"

"우린 상관없대두요."

퉁명스런 대꾸에 유검은 머쓱해져 머리를 긁적거렸다.

주위를 돌아보니 저들의 얼굴에는 저마다 꼭 들어가야 한다는 간절함이 어려 있었다.

붉은 대문이 천천히 열리기 시작했다.

삐이걱!

대문 안에서 청삼을 입은 사십 대 중반의 중년인이 걸어나왔다. 그는 주위를 둘러보더니 크게 외쳤다.

"소개장이나 추천서를 가지고 온 자들은 지금 들어오시오! 나머지는 기다리시오!"

중년인의 외침에 여기저기 몇몇의 청년들이 서로 눈치를 보다가 품속에 고이 간직해 뒀던 봉투를 꺼내 들고는 중년인에게로 다가갔다. 중년인은 소개장을 훑어보고 그들을 안으로 들여보내기도 하고 고개를 젓기도 했다.

그렇게 하나둘씩 안으로 들어가는데 화가 말했다.

"우리도 가요."

그리고 추천서를 가지고 성큼성큼 중년인에게로 걸어갔다.

유검도 뒤따라가려는데 옆에서 누군가가 조그만 소리로 중얼거렸다.

"쳇, 만약 소개서를 가지고 온 사람들이 정원을 넘어버리면 우린 시험도 못 쳐보겠군."

말머리처럼 길쭉한 얼굴의 청년이었다. 그의 말끝에 비아냥거림과

자포자기의 체념이 함께 묻어 있었다. 남아 있는 다른 사람들도 불만스런 표정이었지만 괜히 나서게 되면 불리함을 당할까 봐 소리 죽여 불만을 삭이고 있었다.

"더 이상 없소?"

중년인이 유검이 들고 있는 봉투를 주시하며 소리쳤다.

화는 이미 통과한 듯 대문 너머에서 빨리 오라고 손짓하고 있었다.

유검이 머뭇거리자,

"유세하는 것도 아니고 원……."

한 청년은 그렇게 중얼거리다 시선이 마주칠까 두려운 듯 슬쩍 고개를 돌렸다.

유검은 머리를 긁적거렸다.

"열 명 중 여섯 명이 들어갔나? 네 명 남았군."

유검은 자신의 손에 들려 있는 추천서를 멍하니 바라보다 하늘을 올려다보았다.

하늘에 구름은 군데군데 끼어 있었지만 따가운 햇살을 막아줄 정도는 못 되어 보였다. 오늘도 날은 무척이나 더울 것 같았다.

"네 명이라… 왜 셋이 아닌 거지?"

유검은 쪼그려 앉더니 조그만 돌을 주워 땅에 뭔가를 그리기 시작했다.

동그라미를 그렸다가 이리저리 선을 치기도 하고 뭔가 마음에 안 드는 듯 모조리 지웠다가 다시 그리는 짓을 반복했다.

"저게 뭔 짓이냐?"

난데없는 유검의 기행에 짜증스러운 듯 한마디씩 내뱉는 사람들, 호기심으로 지켜보는 사람들… 제각각이었다.

화가 다가와 말을 걸기 위해 유검의 어깨를 살짝 건드렸다.

유검의 신형은 바람에 뒹구는 나뭇잎처럼 땅바닥 위를 데구르르 굴렀다. 몸이 멈춰지자 유검은 땅바닥에 대 자로 뻗어 하늘을 올려다보았다.

하늘을 보는지, 아니면 그 너머 머나먼 세계를 바라보는 것인지 유검의 시선은 막연하기 그지없었다.

유검은 돌연 벌떡 일어나더니 가지고 있던 추천서를 돌돌 말아서는 검을 쥐듯 움켜잡았다.

순간 태산처럼 무거운 기도가 일어났다.

한마디씩 지껄이던 사람들의 입이 절로 다물어졌다.

유검은 온몸의 힘이 다 빠져 버린 사람처럼 축 늘어진 채 힘겹게 둘둘 말린 봉투를 들고 있었다. 얼마나 무거워 보였던지 지켜보던 주위 사람들조차 온몸이 무거워 견딜 수가 없었다.

'실제 저 봉투는 정말로 무거운 게 아닐까?' 라는 생각을 할 정도였다.

세상은 한 장의 화폭(畵幅)에 옮겨 담아진 듯 모든 것이 정지되어 있었다.

유검의 시선이 조용히 움직였다. 사람들의 시선도 따라 움직였다.

시선이 멈춘 곳은 화.

화는 멍하니 유검의 행동을 지켜보고 있다 자기에게로 모든 사람들의 시선이 집중되자 당혹해했다.

화의 조그만 움직임에 세상은 다시 움직이기 시작했고, 이에 유검의 돌돌 말려진 봉투는 자연스럽게 움직이기 시작했다. 물흐르듯 조용한 흐름이었지만 그 무엇도 막지 못할 것처럼 무거워 보였다.

그 검로의 선상에 있는 화는 도망치고 싶었지만 온몸이 결박당한 듯 꼼짝할 수가 없었다. 안색이 창백해져 갔다.

위이이이잉!

실제 아무런 파공성도 들려오지 않았지만 물속 깊은 곳에서 무거운 압력을 받고 있는 것처럼 사람들의 귀는 그런 소리로 가득 찼다. 자기도 모르게 한두 발자국 물러서 버렸다.

사람들은 뭔가 끔찍한 것을 보게 될 것 같아 온몸을 부르르 떨었다.

유검의 일수에 하늘이, 땅이 갈라지고 있었다. 그리고 그 갈라짐은 화의 몸을 향하고 있었다.

'사, 살인이다!'

화의 몸이 두 조각 나는 환상에 사람들은 내심 비명을 질렀다.

일 로(路)는 끝이 났다.

하지만 변화된 것은 아무것도 없었다.

단지 유검의 일수가 좌에서 우로 한바탕 움직인 것에 불과했고, 화는 창백한 얼굴로 서 있었으며, 군중들은 '내가 뭘 잘못 봤나?' 하는 얼굴로 멍하니 있을 뿐이었다.

종막을 알리는 듯한 미풍이 불어오자 유검의 손에 쥐어져 있는 봉투는 스르르 먼지가 되어 허공으로 흩어져 버렸다.

유검은 만족한 미소를 지었다.

"이거였군!"

낙양으로 향하던 관도 옆 숲 속에서 마지막 순간 느꼈던 일검을 불현듯 찾아온 영감(靈感)에 이제야 다시 깨닫게 된 것이다.

한참 영감에 심취되어 자신이 무슨 짓을 했는지조차 자각 못하고 있던 유검은 주위를 돌아보고 어리둥절한 표정을 지었다.

"다들 왜 저래?"

그제야 제정신을 차린 사람들은 속았다는 기분에 저마다 얼굴을 찡그렸다.

"젠장!"

뭐라 딱히 꼬투리 잡을 것이 없어 사람들은 한두 마디씩 투덜거리다 그냥 없었던 일인 양 고개 돌려 버렸다.

유검은 머리를 긁적거리다 얼굴이 창백해져 있는 화에게 다가갔다.

"얼굴이 왜 그래?"

화는 주춤 한 걸음 뒤로 물러섰다.

"왜, 왜 날 죽이려 하는 거죠?"

"무슨 소리야?"

화는 두려움에 가득 찬 눈빛으로 유검을 바라보다 조금 전 느꼈던 공포가 되밀려오는 듯 몸을 부르르 떨었다.

유검은 하늘을 바라보며 고개를 갸웃거렸다.

'날이 벌써 서늘해졌나? 하지만 추운 것 같지는 않은데?'

문득 추천서가 생각나 화에게 말했다.

"아, 근데 내 힘으로 시험 쳐보고 싶은데 안 될까? 이 추천서는… 어라? 어디 갔지?"

유검은 들고 있던 추천서가 먼지가 되어버린 것을 깨닫지 못하고 찾아 헤매었다.

화는 조심스레 물었다.

"정말 절 죽이려 한 게 아닌가요?"

화의 얼굴이 진지한 것을 보고 유검은 온화하게 웃으며 말했다.

"넌 내가 누군지 알고 있지? 무당파의 제자가 왜 함부로 다른 사람을 죽이려 들겠니? 네가 천인공로할 악행을 저지른 마두(魔頭)라도 된다면 몰라도. 하하.”

화는 머뭇거리다 말을 꺼내었다.

“만약…….”

“음?”

“만약에… 내가 잘못한 게 있다면 어쩌실 거죠?”

“이런이런.”

유검은 혀를 차며 말했다.

“난 별로 좋은 사람이 못 돼. 누가 잘못을 저질렀다고 해서 오지랖 넓게 일일이 간섭할 사람은 못 된다구. 알겠니? 게다가 며칠밖에 되진 않았지만 너와 이미 아는 사이가 되어버렸어. 난 본래 친한 사람의 잘 잘못은 잘 못 보는 편이지. 하하.”

친한 사람이라는 말에 화의 표정이 풀렸다.

“그럼 약속은 아직 유효한 거죠? 절 도와주겠다는…….”

유검은 크게 고개를 끄덕였다.

“물론!”

대문이 열리고 청삼중년인 대신 삼십 대로 보이는 대한이 나타나 말했다.

“이제부터 시험을 치르실 분들은 열 명씩 조를 짜서 들어와 주십시오.”

화는 유검의 등을 떠밀며 말했다.

“그럼 시험에 합격해 봐요.”

“그래.”

“아, 그리고 그 추천서는 황금 다섯 냥짜리에요. 시험에 합격 못하면

갚아야 하는 거 잊지 마세요.”

“…….”

화는 냉큼 대문 안으로 들어가 버렸고, 사람들은 대한을 따라 열 명씩 조를 짜서 장원 안으로 들어섰다.

유검을 꺼리는 듯 사람들은 아무도 같이 조를 이루려 하지 않았기에 맨 마지막까지 남아 있다가 어쩔 수 없이 홀로 들어섰다.

“왜들 이러나…… 내 얼굴에 뭐가 묻었나?”

그렇게 투덜거리며 들어가 보니 안은 생각보다 훨씬 넓었다.

잔디밭을 가로질러 청석(靑石)이 깔려져 있고 주위에는 석등(石燈)들이 반기듯 놓여져 있어 만약 그 길을 걷는다면 귀빈 대우를 받는 느낌이 들 것 같았다.

좌우로는 연못과 정원수 등으로 단장되어 있어 고아한 운치가 엿보였다. 일개 의가라기보다는 대부호의 장원이나 무림의 세가(世家)처럼 보였다.

유검을 비롯한 오십여 명의 청년들은 청석으로 된 길이 아니라 대한의 인도에 따라 대문 옆 좌측으로 나 있는 샛길을 걸었다.

숲으로 들어서 조금 더 걷다 보니 커다란 공터가 나타났다.

그곳에는 우람한 덩치의 대한이 팔짱을 낀 채 기다리고 있었고 그 앞에는 커다란 독 열 개가 놓여져 있었다.

‘저 사람은……’

낙양의 골목길에서 독심호리를 쫓던 바로 그 거한이었다.

‘왠지 느낌이 불길하군.’

청년들이 들어오자 감독관인 대한이 고개를 끄덕였다.

“환영하오.”

우르릉 멀리서 뇌성이 울리듯 낮게 깔린 목소리로 보아 내공을 상당한 경지까지 연마한 것 같았다.

대한은 예리한 시선으로 사람들을 훑어보며 말했다.

"본인의 이름은 장모(張謨), 소림의 속가제자로 철담호협(鐵膽豪俠)이란 과분한 외호를 가지고 있소이다. 여러분들의 시험 감독관을 맡게 되었소."

말하던 중 그는 유검과 시선이 마주쳤다. 흠칫하는 기색으로 보아 알아본 것이 분명했다. 하지만 코웃음을 치고 난 뒤 무시해 버리고 다른 곳으로 시선을 돌려 버렸다.

철담호협 장모는 물독을 가리키며 말했다.

"각 조마다 한 명씩 독으로 들어가시오. 독 안에는 물이 채워져 있으니 그 안에 들어가 있으면 되오."

의원을 뽑는 시험에 무림인이 나와 감독관을 한다는 것도 이상했지만 난데없이 물독으로 들어가란 소리는 전혀 생각지도 못했던 상황인지라 사람들은 당혹할 수밖에 없었다.

삼삼오오 모여 웅성거렸지만 그 누구도 불만을 토로하지는 못했다.

유검은 내심 고개를 갸웃거렸다.

무림인을 주된 고객으로 삼는 의가(醫家)이니 소림의 속가제자가 있다 한들 이상할 것은 없지만 도대체 의원을 뽑는 데 무엇을 시험하고자 하는 것일까?

장모의 지령에 첫 조의 사람들은 물에 젖을 만한 소지품은 내려놓고 독에 놓여진 사다리를 타고 그 안으로 들어갔다.

"입수(入水)!"

장모의 호령에 사람들은 망설이다 한껏 숨을 들이 삼키고는 풍덩 하는 소리와 함께 물속으로 잠수했다.

그렇게 아무런 설명 없이 다짜고짜 물속으로 사람들을 넣어두고는 시험 문제를 내놓았다.

물독 안으로 들어간 이들은 물론 남겨진 사람들도 어떤 문제인가 싶어 귀를 쫑긋 세우고 주의를 기울였다.

"신농본초경(神農本草經)에는 삼백육십오 가지 약재를 상(上), 중(中), 하품(下品)으로 나눠놓았소. 그중 상품(上品)에 해당하는 약재를 모두 외우는 사람만 일어서시오."

내공을 실은 우렁찬 음성이 쩌렁쩌렁 울려 퍼졌다. 이에 물살 갈라지는 소리와 함께 두 사람이 벌떡 일어섰다.

유검은 내심 길게 한숨을 쉬었다.

'그런 걸 다 외운단 말인가?'

두 사람이 약재 이름을 읊조리는 동안 다른 사람들은 물속에 있어야만 했다. 제법 시간이 걸렸기에 그사이 숨을 참지 못하고 헥헥거리며 물 밖으로 일어서는 사람들도 생겨났다. 그들은 주위를 둘러보다 푹 어깨를 숙이고 밖으로 나왔다. 아무 소리도 없었지만 분위기로 보아 지레 탈락이라 생각한 듯했다.

하지만 미련이 남은 듯 자신이 있던 자리로 돌아가 혹시나 있을 다음 기회를 기다렸다.

"입수!"

두 사람의 읊조림이 끝나자 맞다, 틀렸다라는 말도 없이 다시 물속으로 들어가게 하고는 문제를 내었다.

"영추경(靈樞經)에 오장(五臟)과 상칠규(上七竅)와의 관련에 대해 말해 놓았소. 이를 논하실 수 있는 사람만 일어서시오."

유검은 머리를 긁적거렸다.

'황금 다섯 냥이라… 화에게 내놓을 변명거리나 생각해 봐야겠군.'

내심 경락(經絡)이나 혈도(穴道)에 대해 나온다면 여느 의원 못지 않을 자신이 있었으나 이렇듯 의학의 원론(原論)적인 이야기를 꺼내게 되면 도무지 어떻게 해볼 도리가 없는 것이다.

두 번째 문제에 대한 답을 말하는 동안 여태껏 숨을 참고 있던 나머지 한두 사람도 결국 견디지 못하고 일어서고 말았다.

통과한 두 사람은 별도의 자리에 가서 대기했다.

첫 번째 조는 그렇게 끝이 났고, 두 번째 조가 물독으로 들어갔다.

입수 후 장모는 다른 문제를 내놓았다.

유검은 '머리도 좋군. 그런 복잡한 문제도 다 외우다니!' 라며 감탄했다.

이번에는 한 사람만이 남아 두 번째 질문에 대한 대답이 끝나갈 무렵 사람들이 웅성대기 시작했다. 그들의 시선은 세 번째 물독에 집중되어 있었다.

누군가 손가락을 가리키며 말했다.

"저기 아직 사람이 안 나온 것 같은데?"

"설마… 거의 반 각(半刻:대략 15분)이 다 되어가는데?"

"헉! 물에 빠져 죽은 거 아냐?"

장모가 내놓은 질문에 대답을 모두 마친 이는 물독에서 빠져나와 첫 번째 조에서 합격한 두 명에게로 갔고, 장모는 싸늘한 시선으로 그 세 번째 물독을 쏘아보았다.

그리고 퉁명스레 말했다.

"나오시오. 통과했소."

그제야 세 번째 물독에서 흠뻑 물에 젖은 모습으로 한 사람이 천천히 몸을 일으켰다.

별다른 특징 없는 사람이었다. 시내를 걷다 어디선가 한 번쯤 보았으리라 생각되는 평범한 용모였다. 하지만 반 각 동안이나 숨을 멈출 수 있는 사람이 평범할 리는 없는 것.

'무림인이로군.'

유검은 그렇게 생각했고 장모도 그렇게 생각하는 듯했다.

'그런데 무림인이 왜 의원이 되고자 하는 거지?'

자신도 그리하려 한 주제에 그런 의문을 떠올렸다.

다음 세 번째 조가 들어가고 있었다.

날은 차츰 더워져 가고 있었기에 물속으로 들어가는 것이 한편으로는 시원해 보이기도 했다.

'그나저나… 숨만 참을 수 있으면 통과 가능하구나.'

라는 생각에 한껏 숨을 들이마셨다가 참아보았다. 하지만 이백을 헤아리기도 전에 숨을 토해내고 말았다.

사람은 호흡을 통해 천기(天氣)를 받아들이고 곡물(穀物)의 지기(地氣)와 합쳐 후천지기(後天之氣)를 만들어낸다. 이로써 오장육부(五臟六腑)와 피육맥근골(皮肉脈筋骨)이 움직일 수 있게 된다.

무림인의 경우는 오랜 시간 단련을 통해 지닌 바 내공이 심후해지게 되면서 한 모금의 호흡만으로도 오랫동안 생명을 유지할 수가 있게 된다. 그래서 자연스레 오랫동안 숨을 참는 것도 가능해지게 되는 것이다.

유검의 경우 비록 오랜 시간 수련해 왔다고는 하나 현재 내공이 모두 흐트러져 있으니 숨을 참는 데 있어서는 보통 사람과 별반 다를 바가 없었다.

세 번째 조가 들어가고 이번에는 두 명이 통과되었다. 몇몇 사람들은 끝까지 숨을 참아보려고 버티었지만 대부분 두 번째 질문이 시작되기도 전에 견디지 못하고 일어서 버렸다.

네 번째 조에서는 한 명이 통과되고, 다섯 번째 조에서도 한 명이 통과되었다. 둘째 조에서처럼 끝까지 숨을 참는 이는 더 이상 없었다.

마지막으로 남은 이는 유검 외 세 명.

유검은 어떡할까 망설이다 물독으로 걸어갔다. 합격되기 힘들다는 것은 이미 알았지만 그래도 다른 사람들과 같이 행동하는 것이 나아 보여서였다.

물독으로 들어가려는데 장모가 코웃음을 치며 물었다.

"흥, 뭘 원하는 것이오?"

사람들의 시선이 유검에게로 모아졌다. 감독관이 시험 치러 온 사람에게 아는 척 말을 걸기는 처음이었던 것이다.

대중의 시선을 받자 유검은 머쓱해졌다.

'이거 꽤나 불편한걸?'

무당파의 제자란 것이 알려지면 더 낯이 뜨거워질 것 같았다.

딱히 시험 치러 온 것이 크게 부끄럽거나 감출 일은 아닌데도 힐끔 장모의 표정이나 태도를 보니 마치 자신을 구걸하러 온 거지를 바라보는 듯했다.

유검은 쓸 데 없는 입씨름이 벌어질까 봐 얼른 물독으로 들어갔다. 한껏 숨을 삼키고는 물속으로 잠수해 가부좌를 틀고 앉았다.

"황제내경 제이편 사기조신대론(四氣調神大論)에 각 계절별 섭생법을 말해 놓았소. 하지만 북방(北方)과 남방(南方)의 지역은 각기 차이가 있는 법, 이에 대해 자신의 의견을 말하시오."

내공을 실었는지 웅웅거리긴 했지만 정확히 귓전을 파고드는 음성. 하지만 역시 들어봐도 도무지 알 수 없는 내용들이었다.

유검은 답변은 포기하고 조금 있다 숨이 차면 나가리라 생각했다.

차츰 공기가 무더워지기 시작하며 은근히 땀이 배어 나오던 무렵이었기에 물독 안으로 들어오니 시원하기 그지없었다.

문득 수련 후 항상 뛰어들곤 했던 천주봉 아래 있던 폭포가 생각났다.

한여름날에도 온몸이 으슬으슬 떨릴 정도로 물은 차갑기 그지없었다. 천근만근 떨어지는 폭포 줄기 아래 정신을 모아 운기조식(運氣調息)하노라면 언제 시간이 흘렀는지 모르게 지나가 버렸다. 어떤 때는 한참 무아지경에 빠져 있다 나와 보니 태양이 있던 위치 그대로라 이상하게 생각했다. 나중에야 꼬박 하루가 지나 버렸다는 것을 알고 얼마나 어이없었던가.

남궁세가에서 대연검법을 배워온 뒤로는 자주 폭포를 거슬러 오르며 승천하는 용(龍)이 되기도 하고 정상에 올라서는 산하(山河)를 굽어보며 가슴이 확 트이는 호연지기에 장소성을 내지르기도 했다.

그럴 때 곁에는 항상 검이 있었다.

검이 있어 용이 될 수가 있었고 산하를 굽어볼 수가 있었으며 태양 아래 참으로 광명(光明)한 마음이 될 수 있었다.

지금은 어떤가?

'하지만 그 일검을 펼칠 때면……'

오늘 대문 앞에서 자신도 모르게 펼쳤던 일검을 떠올렸다.

예전과는 달리 당시의 느낌이 선명하게 와 닿았다. 어젯밤 있었던 한천검을 쥐었을 때의 감각도 함께 겹쳐졌다.

하늘에서는 수기가 드리워지고 땅에서는 화기가 펼쳐져 우주가 되어 있는 몸속에서 서로 똬리를 틀며 하나가 된다. 하나와 둘이 더하여 삼이 되고 새로운 세상이 만들어진다.

그리하여 유검은 알게 되었다, 그 일검을 펼칠 때면 친구는 이미 자신의 몸속으로 들어와 있음을.

친구는 웃으며 말했다.

'바보! 넌 어딜 찾아 헤매는 거냐?'

뭔 소리를 하더라도 반갑기 그지없었다.

다만 일검을 펼친 후에는 홀연히 사라져 버렸기에 단순히 환각을 본 듯 허무하기 이를 데 없었다. 그러다 지금에 이르러 다시 떠올려 보니 이제야 제대로 실감이 났다.

그것이 사실인지 어떤지 확인해 보고 싶어졌다.

그 충동은 돌연 일어났지만 워낙 강력하여 잠시도 견디기 힘들었다.

번쩍 눈을 뜬 유검은 그제야 자신이 물독 안에 있음을 자각했다.

'이런… 바보처럼!'

얼마나 시간이 지났는지 모르겠지만 전혀 숨이 찬 느낌이 없었다.

어쨌든 이젠 의원 시험 따위가 문제가 아니었다. 당장이라도 빨리 나가서 확인해 보고 싶었다. 떠오른 이 느낌이 사라져 버릴까 두려웠다.

친구를 다시 만난다는 흥분 속에 유검은 벌떡 일어나려 했다.

그때 독이 흔들렸다. 피부에 와 닿는 물살의 흐름이 급박했다. 지진일 리는 없겠고 아무래도 누군가 독을 흔들고 있는 모양이었다.

눈을 뜬 이후부터 갑작스레 숨도 막혀왔다.

몸의 중심을 잡고 일어서려는데 돌연 독이 옆으로 넘어졌다. 물이 쏟아져 나가며 그 물살에 유검도 같이 밖으로 휩쓸려 나왔다.

"쿨럭쿨럭!"

갑작스러운 사건에 몇 모금의 물을 들이켰고 사레가 들려 기침이 나왔다.

몸을 일으키는데 누군가 물독에 한 발을 올려놓고 자신을 내려다보고 있었다. 이십 대 초반으로 보이는 한 흑의(黑衣)청년이었다.

그는 비릿한 웃음을 지어 보였다.

"흥! 어지간히 합격하고 싶은 모양이군."

명백히 비웃음의 어조였다.

"이봐, 물에 빠져 죽고 싶다면 황하(黃河)로 뛰어가라구. 여긴 시체 치워주는 곳이 아니니까."

청년은 은자 한 냥을 튕겨주며 계속 비아냥거렸다.

"흥, 이건 가는 길에 술값이나 하라구."

공짜로 주는 은자이니 마다하지는 않았지만 도대체 무슨 소리를 하나 싶어 유검은 어리둥절했다.

청년은 호응을 바라는 듯 주위를 돌아보며 키득거렸다.

"흐흐, 해마다 꼭 이런 놈이 있지. 아는 건 하나도 없어서 무조건 죽자살자 버티다 기절해 버리는 놈 말야. 그래도 이 녀석은 멀쩡한 편이군 그래."

다른 사람들은 그 말에 억지 웃음을 지었다.

'그런 식으로 버틴 것 같지는 않은데……'

내심 그렇게 생각을 했지만 힘이 없는 그들로서는 갑자기 나타난 신분이 범상치 않아 보이는 흑의청년의 말에 호응하지 않을 수 없었다.

"장 사부는 어떻게 생각해? 이 녀석 정성을 봐서라도 합격시켜 주는 게 어떨까?"

그러면서 슬쩍 유검의 표정을 살폈다.

"소 장주님께서 명하신다면."

포권과 함께 정중한 태도로 장모가 답하자 사람들은 그제야 청년의 신분을 알아차렸다. 어떤 이는 조금 전 그의 말을 진짜로 믿고 숨이 막혀 기절을 해서라도 관심을 끌었어야 했다며 후회했다. 그리고 유검을 부러운 눈으로 바라보기도 했다.

몸에 달라붙는 옷의 물기를 짜고 있던 유검은 사람들의 시선이 자기에게 집중되자 어리둥절했다. 조금 전 새삼 깨닫게 된 일검을 시험해 보리라는 생각으로 가득 차 있었기에 흑의청년이 방금 무슨 말을 했는지 전혀 귀를 기울이지 못했던 것이다. 어쨌든 당장 인적없는 곳으로 가고 싶은 마음뿐이었다.

유검은 사방으로 포권하며 아무렇지도 않다는 듯 웃어 보였다.

"이거 죄송합니다. 다들 시험 치는 데 방해가 된 것 같군요. 그럼 저는 이만……."

서둘러 자리를 벗어나려는데 청년이 어깨를 잡아챘다. 그의 얼굴이 묘하게 일그러져 있었다.

"어이, 날 모르나?"

그 말에 유검은 아는 사람인가 싶어 방해꾼의 모습을 살펴보았다.

제법 고급스런 비단으로 만든 흑의 차림에 흙이 전혀 묻지 않은 깨끗한 장화를 신고 있었고, 흑의의 가슴패기에는 조그만 보석을 박아 수놓은 붉은 장미가 새겨져 있었다. 꽤나 단순하면서도 멋을 부린 제법 여유가 있는 집안의 자제 같아 보였다.

얼굴의 생김새는 제법 볼 만했지만 남을 내려다보는 듯한 시선이라든지 비웃듯 비틀린 입매무새 등 별로 친하게 지내고 싶지도, 기억해 두고 싶지도 않은 얼굴이었다.

어쨌거나 아무리 사람 얼굴을 기억하는 데 소질이 없다 하더라도 분명 처음 본 사람인 듯싶었다.

유검은 어깨를 잡은 그의 손을 털어내고 정중히 말해 주었다.

"아마 사람을 잘못 보신 모양이군요. 이만……."

청년은 어이가 없는 듯 입을 벌리고 멍하니 서 있다 서둘러 돌아서는 유검의 어깨를 다시 잡아채고 물었다.

"어이, 이봐! 진짜 날 모르겠냐? 신농산장의 유일한 후계자이자 당대의 명의(名醫), 훗날 대의성(大醫聖)으로 추앙받을 나 조행진(曹行盡)을 모른단 말이냐!"

마치 자신을 모르고 있는 사람이 있을지 몰랐다는 듯 황당한 표정이었다. 그리고 말투가 아주 자연스럽고 익숙한 것을 보아 잘난 척하는 데는 무척 이골이 나 있어 보였다.

'아무래도 아는 척해 주길 바라는 모양이군.'

시끄러운 것을 바라진 않았고 게다가 급히 빠져나가고 싶었기에 양보를 결심했다.

"아, 대단한 분이시군요. 그럼 이만……."

유검은 포권까지 해주었지만 청년은 별로 만족한 눈치가 아니었다.

모여 있던 의원 후보생들 가운데 말머리처럼 길쭉한 얼굴의 청년이 벌떡 일어서 외쳤다.

"이봐, 너무 몰염치한 것 아니냐? 여기 신농산장에 시험 치러 온 주제에 활불신의(活佛神醫) 조행진님을 몰라보다니! 당장 오체복지(五體

伏地)하지 못할까!”

호랑이 위세를 빈 강아지처럼 짖어대자 가만히 지켜보던 다른 사람들도 일어나 한두 마디씩 지껄였다.

“처음부터 지켜봤는데 저 녀석 아는 게 하나도 없더라구. 저렇게 무식한 주제에 시험 치러 오다니, 뻔뻔하기도 하지.”

“어디서 사람 백정 하다 온 놈처럼 보이는 놈이 감히 의원이 되려고 하다니! 당장 꺼져 버려라!”

“흥, 보나마나 저 녀석 분명히 환혼단의 비결을 훔치러 온 도둑놈이 분명해! 당장 잡아서 고문을 해봐야 한다구!”

사람들은 대문 앞에서 유검에게 왠지 사기당한 기분을 느꼈고, 그때 아무 트집도 못 잡고 그냥 주눅 들어버린 것이 억울했었던지 나오는 말들은 점점 과격해져 갔다.

조행진은 만족한 웃음을 띠며 슬며시 한 손을 들어 보였다.

은근히 위세를 자랑하며 조용히 하라는 신호를 보낸 것이지만 사람들은 알아채지 못하고 계속 떠들었다.

짝!

장모가 내공을 일으켜 손뼉을 치자 그제야 사람들은 입을 다물었다.

사람들의 호응에 조행진은 한껏 기세가 고무되었다. 그는 느긋하게 팔짱을 끼고 ‘어떠냐?’ 라는 듯 은은한 미소를 띠며 유검에게로 시선을 돌렸다.

유검은 모두가 자기를 잡아먹을 듯 으르렁거리는 시선으로 바라보자 떨떠름했다.

‘내가 뭘 잘못했지?

하늘은 맑고 청명했지만 후텁지근하긴 마찬가지다.

주위를 돌아보면 각양각색의 표정으로 자신을 비웃는 이들이 옹기종기 모여 있다. 그리고 이상한 녀석 하나는 서둘러 먼 길을 떠나려는데 바짓가랑이 붙잡는 여편네마냥 끈적끈적한 시선으로 자신을 바라본다.

이들이 모여 마치 한바탕 연극을 벌이고 있는 듯했다.

그렇다면 그 속에 있는 자신은 어떤 역을 맡고 있는 것일까?

스스로 신농산장의 후계자라 밝힌 저 청년은 아마도 무심결에 취한 자신의 태도로 인해 자존심에 조그만 생채기가 난 모양으로 그것을 참지 못해 저리 행동하는 듯했다.

만약 조행진이라는 저 청년이 이 연극의 주인공이라면 혹시 자신은 놀림받아 퇴장하는 역을 맡은 게 아닐까?

이럴 때 사부라면 근사한 대사를 내뱉고 장엄하게 떠나는 역을 멋지게 해낼 것이라는 생각이 들자 웃음이 나왔다.

유검은 검을 쥐고 싶어 불끈 힘이 들어가 있는 오른손을 들어 올렸다.

'검은 이미 내 마음속에 있는데 나는 무엇에 조급해하는 것인가?'

조용히 마음속을 들여다보니 관도 옆 숲 속에서 만난 한 괴인의 영상이 자리하고 있었다. 정확히는 그가 펼쳤던 일검.

언제부터 들어와 있었을까?

이미 있었으되 애써 떠올리지 않으려 한 것에 불과할 뿐 아닌가. 아마도 도가(道家)의 무위이화(無爲而化)함을 어릴 적부터 배워왔으니 무엇이든 집착될 바가 있으면 애써 흘려 버리려 하는 것이 이미 습관화되어 버린 탓일 게다. 안 잊혀진다면 그런대로 놔두면 될 것을 무엇에 구애받았던가? 세상사 물 흐르는 대로 가면 될 것을……

검을 쥐고 싶은 충동은 여전했지만 그 마음을 조용히 관조하며 지켜보니 오히려 편했다.

유검은 손을 내렸다.

후텁지근한 더위도 다시 느껴보니 의외로 상쾌했다.

유검은 기분이 좋아 미소를 띠었고 조행진은 뭐 씹은 얼굴이 되었다. 자신의 예상과 전혀 다른 유검의 반응에 심기가 뒤틀린 것이다.

"이 자식, 정신이 좀 이상한 것 아냐? 욕이 꽤 맛있는 모양이지? 왜 히죽히죽 웃는 거야?"

조금 흥분했는지 얼굴이 벌게져 갔다.

이때 쥐고 싶던 검은 이미 유검의 마음속에서 세워지고 있었다.

이에 기도는 엄정해지기 시작했고 눈빛은 깊어져 갔다. 조용히 한 걸음 옮기니 태산이 움직이듯 장중하기 이를 데 없었다.

가히 명문의 제자다운 모습이요 일류고수의 품격이 보였다.

조행진은 자신도 모르게 한 걸음 뒤로 물러서고 말았다.

"뭐, 뭐야! 감히 붙겠다는 거냐!"

무공을 모르는 듯 엉성한 자세로 위세를 잡는다.

실제 유검이 행동한 것은 한 걸음 앞으로 나간 것뿐이었으니 그런 그의 과잉된 행동거지는 겁을 먹은 쥐새끼처럼 경박해 보였다.

곧 그는 주위를 돌아보며 장모가 자신을 지켜보고 있는 모습에 노골적으로 안도감을 드러내었다.

"흥, 감히 신농산장에 시비를 일으키겠다는 거냐?"

자신의 주위 세력을 믿는 듯 이제는 깔보는 듯한 어조였다.

유검은 정중히 포권지례를 취했다.

"무당파의 제자 유검, 삼가 가르침을 청하오. 제게 무슨 가르침을 주시고자 하는 겁니까?"

"무, 무당파?"

깜짝 놀라 반문하며 장모를 향해 고개 돌렸다. 사실 여부를 묻는 것.

장모는 어쩔 수 없다는 표정으로 조행진에게 다가가 어젯밤 독심호리를 쫓던 일과 소림의 굉무와 안면있는 자 같더라는 이야기를 해주었다.

"무당파의 제자가 왜……?"

조행진은 난처한 표정으로 말끝을 흐리다 반발감에 소리쳤다.

"젠장, 무당파면 어쩌란 거냐! 흥, 무당파의 이름을 대면 본 산장이 두려워할 줄 알았더냐? 여기 있는 이분만 하더라도 대소림사의……."

"본인은 의학을 배우러 왔소. 그래서 시험을 치렀으나 가진 바 재주가 모자람을 통감하고 떠나려 하오."

조행진의 흥분했던 얼굴 표정이 멈췄다.

"잉?"

곰곰이 유검의 말뜻을 생각해 보니 자신의 아래로 들어오고자 하는 것 아닌가?

그것을 깨닫자 그의 얼굴 근육은 천천히 이완되어 갔다.

"흐음, 그으래?"

말투까지 느긋해졌다.

"본 산장에 의술(醫術)을 배우러 왔단 말이지? 흐음… 하하하! 좋아, 좋아. 배움에 귀천은 없는 법! 배우고 싶다는데 문을 닫아둘 만큼 본 산장은 째째하지 않지. 으하하하하!"

조행진은 호탕하게 웃으며 말했다.

"좋아, 배우고 싶으면 마음대로 배워보라구. 만 중생을 구제하는 학문인데 그 배움을 어찌 막을쏜가! 으하하하하하!"

뭐가 그리도 유쾌한지 계속해서 호탕한 웃음을 터뜨렸다.

유검은 그의 말에 상관없이.

"하나 능력이 안 되니 어쩔 수 없군요. 이만……."

한마디 해주고는 무심히 돌아섰다.

뜨악해진 조행진은 다급히 뒤따라가서 붙잡았다.

"이, 이봐! 너, 본 장에 들어오고 싶어했잖아? 그런데 왜 그리 성급하게 포기하는 거냐? 응?"

유검이 잠시 걸음을 멈추고 몸을 돌리는 것이 말을 들어줄 듯한 태도이자 조행진은 자신의 코를 가리키며 자신만만하게 말했다.

"후후, 나로 말하자면 본 신농산장의 유일한 후계자! 너 하나 정도는 쉽게 들여보내 줄 수 있는 신분이지. 후후후, 어떠냐?"

유검이 미처 대답하기도 전에 이미 부탁은 받았고 자신은 승낙한 양 크게 고개를 끄덕였다. 아무래도 자신이 잘난 것을 알아주지 못하는 것이 꽤나 섭섭했던 모양이었다.

그는 유검이 고개를 흔들까 봐 두려운 듯 서둘러 품속에서 하나의 옥패를 꺼내었다.

"이건 본 장의 신물, 본래 반년 동안 배우고 나서 세 명 이상의 장로에게 인정받아야만 받을 수 있는 귀한 것이지. 그런 것을 나는 이렇게 쉽게 줄 수가 있단 말이거든."

이미 자기 사람으로 생각하는 듯했다.

그리고 한참 자기 자랑을 늘어놓으려 하는데.

"도련님!"

갑자기 커다란 음성이 들려왔다. 내공도 싣지 않은 듯한데 귀가 멍하니 울릴 정도로 커다란 음성이었다.

갑자기 조행진의 안색이 변했다.

쿵! 쿵!

지면을 울리는 소리가 가까이 다가오자 안색은 흙빛에 가까워졌다.

"유, 유모!"

어림짐작으로도 삼백 근은 넘어 보일 듯한 중년 여인이 정원수를 돌아 그 모습을 드러내자 조행진은 냅다 반대 편을 향해 달리기 시작했다.

유모는 조행진을 발견하자 코뿔소처럼 돌진하기 시작했다.

"도련님!"

딸랑딸랑!

커다란 음성과 지축을 울리는 발걸음 소리, 그리고 그녀의 목에 달린 방울 소리가 함께 울리며 조행진의 뒤를 쫓고 있었다.

조행진은 달아나는 급한 상황 하에서도 유검에게 소리쳤다.

"자, 잘해보라구! 떠나지 마! 떠나면 안 돼! 열심히 해서… 억!"

속도에 워낙 차이가 났기에 조행진은 바로 목덜미를 잡히고 말았다.

유모는 그의 목덜미를 잡은 채로 걸어가며 잔소리를 시작했다.

"장주님께서 부르셨잖아요. 왜 이런 곳에서 미적거리시는 겁니까? 에휴, 이럴 적에는 이불에 지도도 그리곤 했지만 말도 잘 듣는 착한 아이였는데……."

"으아아아아악! 그런 소린 제발 하지 마!"

"어머! 어쩌면 제게 그러실 수가 있어요? 흑흑… 도련님이 다섯 살 무렵 똥통에 빠져 죽을 뻔했을 때 제가 구해주지 않았다면 도련님은 이미……."

"으아아아아악! 제발 그만 해, 그만! 시키는 대로 할 테니까 제바알!"

홀로 남겨진 유검은 잠시 멍하니 있다가 결국 참지 못해 가가대소(呵呵大笑)하고 말았다.

"좋아, 황금 다섯 냥도 굳힐 겸… 여기 있는 것도 제법 재밌겠는걸?"

그리고 화를 만나볼까 생각하며 걸음을 옮기려는데.

퍼억!

이상한 소리에 손바닥을 펴보니 조행진에게 받았던 옥패가 가루가 되어 손아귀 사이로 흘러내리고 있었다.

"……?"

남겨진 나머지 사람들은 자신들도 혹 특혜를 받지 않을까 하는 기대에 찬 눈으로 장모를 바라보았다. 하지만 나머지 세 명을 가리기 위한 이차 시험을 치러야 한다는 냉정한 이야기를 들을 뿐이었다.

"세상은 본래 그런 법이다."

사람들의 불만스런 표정에 장모가 무뚝뚝하게 내뱉었다.

먼저 도와달라고 한
사람은 누구였나

먼저 도와달라고 한 사람은 누구였나

"하하하하하!"

한껏 즐거운 듯 호탕한 웃음소리는 잘 다듬어진 정원수 사이 세워진 한 채의 누각(樓閣)에서 흘러나오고 있었다.

굵은 네 기둥만 세워져 있을 뿐 사방이 뚫려 있어 햇빛은 막되 시원한 바람은 그대로 통했다. 보기에도 무척이나 시원해 보이는 건물이었다.

편액에는 선향각(仙鄕閣)이란 세 글자가 적혀 있었다. 신농산장에서 귀한 손님을 접대할 때 자주 애용되는 곳이었다. 그곳에 대여섯 명의 사람들이 하나의 탁자를 마주하고 앉아 차를 마시고 있었다.

호탕한 웃음소리가 끝난 후에도 금의중년인은 턱수염을 쓸어 내리며 여전히 만족스런 미소를 감추지 못했다. 그 옆에 조행진은 고개를 푹 숙이고 있었다.

"과찬, 과찬입니다. 물론 마교의 발호가 끝난 이래 삼십 년 동안 평화스러운 날들이 이어져 왔고… 흠흠, 이에 본 장의 이 조 모가 알게 모르게 공헌한 일은 참으로 많았습니다만은……."

금의 중년인은 그렇게 운을 뗀 다음 전혀 안색조차 변하지 않은 채 일순간의 망설임도 없이 스스로 자화자찬하기 시작했다. 목소리까지 근엄하게 바꾸어서.

"그것은 강호의 앞날을 걱정하며 탄식하는 대협객으로서뿐 아니라 만 중생이 고된 병마에 시달림을 보며 안타까워하는, 그래서 참된 의술을 펼치고 싶어하는 한 의원으로서 마땅히 해야 할 일이었지요. 하하 하하하!"

어조의 높낮이뿐 아니라 음색까지 적절하여 진심으로 느껴질 정도로 능숙하기 이를 데 없었다.

듣고 있던 좌중의 다른 이들은 눈앞의 금의 중년인이 정말로 강호의 대협객이자 참된 의술을 펼치는 고명한 의원이 아닐까 하는 착각까지 일 정도였다.

잠시간의 침묵이 흐른 후 맞은편에 앉아 있던 유생의(儒生衣)를 입은 한 노인이 어눌한 말투로 맞장구쳐 주었다.

"그렇군요. 허허허……."

다른 이들도 굳어져 있는 얼굴을 풀며 맞장구쳐 주었다.

"맞습니다, 맞아요. 하하……."

금의중년인은 돌연 의아스럽다는 듯 미간을 찌푸리며 진지하게 물었다.

"그런데 그 사실을 어떻게 아셨소이까? 선행(善行)을 함에 아무도 모르게 하고 싶었고 남에게 굳이 밝히고 싶지 않았거늘……."

'네 입으로 실컷 자랑해 놓고서 무슨 소리냐!'

유생의를 입은 노인 옆에 좌석한 호랑이 눈을 하고 있는 대한은 내심 터져 나오는 생각과는 달리 억지로 미소 지으며 대꾸했다.

"발 없는 말이 천 리를 가지요. 장주님의 덕(德)을 입은 이들이 감격을 금치 못해 한두 마디 하다 보면 어쩔 수 없이 알려지는 법 아니겠습니까? 하하!"

일견 허탈해 보이는 듯한 그의 미소.

명성은 익히 들었습니다라는 흔한 인사말을 먼저 꺼내어 홍수처럼 쏟아지는 자찬사를 듣는 고역을 자초한 이가 바로 그였던 것이다.

"그렇습니까? 이것 참……. 하하하하!"

호랑이 눈의 대한은 장주가 또다시 자찬사를 시작하기 전에 서둘러 본론을 꺼내었다.

"장주님께서 말씀하신 바대로 마교의 발호가 있은 지 삼십 년이 흘렀고 현 강호는 평화스럽기 그지없지만……."

"그것은 강호(江湖)를 모르는 소리!"

본론을 꺼내기는커녕 미처 서두가 끝나기도 전에 신농산장의 장주 조후식(曹厚識)의 일갈에 말을 멈추어야 했다.

"길고 긴 강호의 역사를 돌이켜 보건대 단 십 년 만이라도 피바람 불지 않은 적이 언제 있었단 말인가?"

돌연 바뀌어진 근엄한 말투에 사람들은 어안이 벙벙했다.

어떻게 반응해야 할지 몰라 웃다 굳어진 얼굴로 머뭇거리는데 유생의를 입은 노인이 고개를 끄덕이며 말했다.

"안령비천도(雁翎飛天刀) 곡(曲) 대협의 말씀이군요."

"예, 예. 과연 매대선생(梅大先生)다우신 박학함이십니다."

조 장주는 웃으며 감탄했고 유생의를 입은 노인 매대선생도 마주 웃었다.

'무슨 영문으로 그런 말을 꺼내었는지는 몰라도 마침 내가 하고자 하는 말의 서두로 적당하군.'

호랑이 눈의 대한은 내심 그렇게 생각하고 재빨리 입을 열었다.

"하하, 삼십 년 전 마교의 발호를 물리치고 난 후 앞으로 강호는 평화를 되찾을 것이라는 말이 흘러넘치자 그렇게 반박했다지요. 과연 강호가 무엇인지 아는 곡 대협다운 말씀……."

"아닙니다."

조 장주는 단호히 말했다.

"벌써 삼십 년이 흘렀습니다. 그동안 강호의 식자(識者)들은 항상 마교는 다시 발호할 것이라며 우려를 금치 못했습니다만 보십시오. 삼십 년 동안 강호는 계속 평화스러웠지 않습니까? 이제 각 문파마다 인재는 넘쳐 나고 사마외도(邪魔外道)는 아예 발을 디딜 여지조차 사라져 버리고 말았습니다. 그야말로 무림의 중흥기라 하더라도 손색이 없을 정도지요."

틀린 말은 아닌지라 호랑이 눈의 대한은 고개를 끄덕일 수밖에 없었다.

"그렇… 군요."

조 장주는 웃으며 말을 이었다.

"뭇 사람들에게 존경받는 곡 대협이셨지만 그 한마디만큼은 틀렸다고 하지 않을 수 없지요. 하하하!"

웃다 말고 다시 정색해서 말했다.

"아, 죄송합니다. 이거 제가 말을 끊어버렸군요. 그런데 하시고자

했던 말씀이? 설마 하니 또다시 마교가 발호하여 강호에 피바람이 불지 모르니 그에 대해 대비를 해야 한다. 그래서 많은 양의 환혼단을 미리 비축해야 하니 공짜로 내달라는… 그런 이야기일 리는 없을 테고…….”

매대선생은 마시던 차를 내려놓고 조용히 일어섰다.

“오늘 장주님의 좋은 말씀 많이 들었습니다. 너무 시간을 많이 빼앗은 것 같군요. 다음 기회에 금과옥조와 같은 장주님의 말씀을 더 들어보기로 하고 오늘은 이만…….”

“당 장로(唐長老)님!”

호랑이 눈의 대한이 ‘이대로 물러나자는 겁니까?’ 라는 표정으로 외치자 매대선생은 무슨 말을 하려는지 짐작한다는 듯 고개를 저었다.

조 장주는 애석해하는 표정으로 혀를 찼다.

“이거 변변찮게 대접도 못해 드렸는데 벌써 가시려 하다니…….”

말과는 달리 벌떡 일어나 ‘잘 가시오!’ 라는 듯 포권까지 해보였다.

호랑이 눈의 대한, 무림맹 산하 순찰 당주 고맹(高猛)은 모욕을 견디지 못해 주먹을 불끈 쥐고 부르르 떨었다.

―이게 무림맹의 현 위치라네. 잘 알아두게나.

매대선생 당 장로의 전음에 고맹은 울분을 삼켰다.

삼십 년 전 마교와 싸울 때는 모든 강호인들의 구심점이 되어 최선봉에 섰던 무림맹이 이제는 여기저기서 구박받는 명색뿐인 처지로 몰락해 버린 것이다.

지원해 왔던 각 문파의 고수들은 모두 본 파로 돌아가 버리고 돌아갈 자리가 없는 강호 떠돌이들 대부분이 남아 무림맹을 지키고 있을 뿐이었다.

그중에는 매대선생과 같이 진정 강호의 앞날을 걱정하여 무림맹을 유지시켜 두려는 이도 있었지만 어쨌든 현재는 그 누구도 권위를 인정해 주지 않는 유명무실한 처지가 되어버린 것이다.

매대선생과 고맹이 떠나자 고개를 푹 숙이고 있는 조행진이 천천히 고개를 들었다.

조 장주는 싱긋 웃으며 물었다.

"후후, 어떠냐? 이 아비의 당당한 모습이 말이다."

조행진은 '그게 당당한 모습이었나?' 라고 생각하며 조심스레 입을 열었다.

"그런데 저… 너무 심하신 게 아닙니까?"

아무리 이빨 빠진 종이 호랑이라고는 하지만 그래도 무림맹이다. 이렇게 사이가 틀어져 버린다면 자신이 다음 장주가 되었을 때 무림에서의 입장이 껄끄러워질까 봐 조금 걱정된 것이다.

조 장주는 코웃음을 치며 말했다.

"흥, 그놈들 힘이 있을 때 우리를 한낱 의생(醫生)이라며 얼마나 무시했는지 아느냐? 옛날 마교와 싸울 때 조부님은 환혼단을 내놓으셨다. 물론 정당한 대가로 은자를 받았지. 그때 그놈들은 우리를 마치 더러운 사기꾼 바라보듯 했더란다."

"하지만 한 알에 황금 한 냥은 좀 비싼 게 사실이었으니까……."

"무슨 소리냐! 조부께서 그 비방을 만들기 위해 들인 시간과 땀과 노력을 안다면……."

"비방은 우연히 어떤 책에서 발견했다고 들었는데……."

"으음… 하지만 그 비방에 적힌 대로 약을 만든다는 게 보통 쉬운 일이었는지 아느냐? 그 속에 적혀져 있는 영약(靈藥)을 구하기 위해 천하 중 떠돌지 않은 곳이 없었다.”

조 장주는 인상을 찡그려 더 이상 조행진이 입을 열지 못하게 한 뒤 가슴을 활짝 펴고 외쳤다.

“어쨌거나 이제야 그 한을 푼 것이다. 그 장엄한 복수를 보여주기 위해 친히 너를 부른 것이고!”

조 장주는 근엄하게 외쳤다.

“명심하거라!”

그리고는 격앙된 어조로 말을 이었다.

“오랜 세월 평화를 누리는 동안 사람들 사이에 ‘싸우고 싶다!’ 라는 기분이 이미 누적되어 있다. 그 호전성은 언젠가 반드시 터져 나올 것이다. 강호를 떠도는 무림인의 본성이 바로 그런 것이니까! 그때 본 장은 태풍의 눈에 있어야 한다. 주위에는 온갖 피바람이 불어도 본 장은 그 속에서 오히려 안정을 취하고 발전해 나가야 하는 것이다. 알겠느냐?”

조행진은 눈을 멀뚱멀뚱거리며 물었다.

“저… 발전해야 한다는 뜻은…….”

“당연히 은자를 많이 버는 것이지!”

“아, 과연!”

조행진은 그제야 납득이 된다는 듯 고개를 끄덕였다.

조 장주는 문득 생각난 듯 옆 자리에 아무 소리 없이 앉아 있는 염소 수염의 노인에게 물었다.

“문 집사, 독심호리는 어찌 되었는가?”

“예? 아, 예. 그 도, 독심호리는…….”

“그놈이 훔쳐 간 환혼단 오백 알은 모두 황금 오백 냥 어치, 자네 녹봉에서 삭감시키기엔 조금 많은 것 같은데……."

"바, 반드시 잡아오겠습니다!"

문 집사는 식은땀을 훔치며 그렇게 대답했다.

*　　　　*　　　　*

"당 장로님, 이건… 이건……."

시녀의 배웅조차 받지 못하고 그냥 내쫓기듯 떠나는 기분이라 고맹은 쌓인 울분이 풀리지가 않았다.

"제기랄! 강호인들의 피를 빨아먹으며 커온 주제에 어디서 감히……."

매대선생은 조용한 눈빛으로 웃었다.

고맹은 곤혹스러운 듯 얼굴을 찌푸리며 물었다.

"어째서 그런 웃음을 보여주시는 겁니까? 당 장로님께선 분하지도 않으십니까?"

매대선생은 조용히 길을 따라 걷기만 했다.

신농산장의 하인들은 뭐가 그리 바쁜지 부산스럽게 주위를 오가고 있었고 한 텁석부리 대한은 어디서 상처를 입었는지 한쪽 팔뚝에서 피를 꽐꽐 흘리며 걸어 들어와 당장 의원 나오라고 소리치고 있었다.

점심 무렵이 다 되어가는지 밥 짓는 냄새가 풍겨오고 있었으며, 대여섯 살 난 꼬마들이 나무 칼을 휘두르며 우르르 몰려다니고 있었다. 한 의원이 꼬마들을 붙잡고는 정원수를 망가뜨리면 안 된다고 일장 훈계를 했다. 손바닥만한 침을 꺼내어 그것으로 위협을 하니 꼬마들은 두려움에 질려 말뚱말뚱 눈알만 굴렸다.

정신없이 바쁜 모습들 속에 생기(生氣)가 넘쳐흘렀다. 평화스러워 보였다.

매대선생은 말했다.

"눈앞의 이득에 밝은 자일세. 맡은 식솔이 많으니 그럴 수밖에 없겠고……. 그런 그가 우리를 홀대한다는 것은 그만큼 강호가 평화스럽다는 뜻도 되는 게야."

"……?"

"난 가끔 곰곰이 생각해 본다네. 혹 마교의 뿌리는 정말 사라져 버린 게 아닐까 하고 말일세. 그럼 우리는 쓸모없는 밥벌레가 되어버리고 말겠지. 허허……."

"그, 그건……."

"자네는 어떻게 생각하나? 평화를 바라는가, 아니면 자신이 소용 닿는 사람이고 싶은가?"

고맹은 끄응거리며 심각하게 고민하기 시작했다.

매대선생은 그저 웃기만 했다. 세간의 일이 그처럼 단순히 한두 마디 말로 설명할 수 있다면 얼마나 좋으랴. 괜히 쓸데없는 앙심을 품을까 봐 매대선생은 그처럼 그의 관심을 돌린 것이다.

대문 가까이 이를 무렵 매대선생은 잠시 걸음을 멈추었다.

그의 시선이 머문 곳에는 유순해 보이는 인상의 한 청년이 쪼그리고 앉아 멍하니 땅을 바라보고 있었다. 그리고 그 옆에는 얼굴 선이 가는 한 소년이 같이 땅을 들여다보고 있었다.

유검과 화였다.

"아는 청년입니까?"

고맹은 의아해하며 그렇게 물었고 매대선생은 낯은 익은데 잘 기억이 나지 않는 듯 눈살을 찌푸렸다.

"아는… 소년입니까?"

고맹은 다시 화를 가리키며 물었다. 말을 잠시 멈춘 이유는 화를 보고 언뜻 남장 여인이 아닐까 생각해서였다. 하지만 멍청해 보이는 것인지 무표정해 보이는 것인지 모호한 얼굴 표정 때문에 딱히 뭐라 말하기 어려웠다.

고맹의 물음에 화에게로 시선을 돌린 매대선생은 아련하면서도 뚜렷이 정체를 드러내지 않는 희미한 기억 때문에 더 깊이 미간을 찌푸렸다.

땅에 흩뿌려져 있는 옥패 가루는 햇빛에 물빛처럼 반짝거렸다. 그 옆에는 회색 빛 돌가루들이, 그리고 그 옆에는 다 타버린 재와 같은 것이 각기 한 줌 정도 쌓여져 있었다.

"흐음… 왜 이렇게 되는 걸까?"

쪼그려 앉은 채 유검이 혼잣말로 중얼거리자 화는 불쑥 손을 내밀었다. 그녀의 손바닥 위에는 흑진주 한 알이 놓여져 있었다.

"이걸로 해봐요."

"조금 더 싼 게 낫지 않을까?"

"주위에 있는 것 중에서 돌멩이랑 나뭇가지는 이미 해봤잖아요. 일단 해봐요."

유검은 조심스레 흑진주를 들어 자신의 오른손바닥 위에 올려놓고 기다렸다.

아무런 변화가 없었다.

천천히 손바닥을 오므려 움켜쥐었다.

하지만 역시 아무런 변화도 일어나지 않았다.

"이상하네?"

유검은 고개를 갸웃거렸고 화는 다른 것을 내놓았다.

"이걸로 다시 해봐요."

화가 꺼내놓은 것은 금으로 만든 비녀였다. 끝머리 부분은 봉황의 형상이었으며 새겨진 화려한 문양을 보건대 상당히 가치있어 보였다.

유검은 멀뚱히 그것을 바라보다 '괜찮겠어?' 라는 듯 화의 얼굴을 한 번 보고는 조심스레 집어 들었다.

오른손바닥 위에 올려놓고 천천히 쥐어갔다.

쥐고 나서 셋을 헤아리기도 전에 금비녀는 황금 빛을 강하게 발하더니 순식간에 녹아내렸다.

"이런!"

유검은 황금빛 물이 되어 땅바닥으로 녹아 흐르는 것을 왼손으로 황급히 받으려 했다.

"엇, 뜨거!"

유검은 이미 화상을 입어버린 손바닥을 입으로 후후 불고 침도 바르며 난리를 피웠다.

화는 곰곰이 생각했다.

"이걸로 다시 해봐요."

그러면서 조금 전에 실험했던 흑진주를 또다시 꺼내놓았다.

"무슨 생각인 게냐?"

"이번에는 그냥 손바닥 위에 올려놓지 말고 다섯 손가락을 모아서 한 번 집어봐요."

유검은 일단 화가 시키는 대로 해보았다.

조심스레 다섯 손가락을 모아 흑진주를 집는 순간.

퍽!

둘을 헤아리기도 전에 가루가 되어 허공에 날린다.

"……?"

화는 고개를 끄덕이더니 유검의 왼손을 잡아끌며 말했다.

"이번에는 이걸로 해봐요."

"전에 이마 얻어맞은 보복인 게냐?"

"그런 건 벌써 잊었어요. 그리고 설마 하니 자신의 손인데 무슨 일 있겠어요? 조금이라도 이상하면 바로 떼버리면 되잖아요."

화의 눈빛은 진지했다.

생각해 보니 무심결에 자는 동안 자신의 오른손이 몸에 닿을 수도 있지 않은가? 그렇다면 위험하더라도 미리 알아두는 게 나을 성싶었다.

유검은 조심스레 자신의 왼손을 잡아보았다.

다행히 아무 일도 일어나지 않았다.

"휴우… 이 정도면 그럭저럭 사는 데는 지장없겠군. 자, 실험은 끝인가?"

"아뇨. 한 가지만 더……."

화는 불쑥 자신의 손을 내밀었다.

"설마 네 손을 잡아보라는 거냐?"

화가 고개를 끄덕이는 것을 보고 유검은 벌떡 일어섰다.

"밥이나 먹으러 가자꾸나. 내일부터 장원에 머물러야 한다니까 오늘까지는 객잔에서 머물러야 해."

화는 유검의 옷자락을 붙잡았다.

“해봐요.”

“자랑은 아니지만 여태껏 사람을 죽여본 일은 없어.”

“겁쟁이.”

무심한 어조로 내뱉는 그 소리에 유검은 울컥 화가 치밀어 올랐다.

조금 이상한 녀석이라는 것은 알고 있었지만 어떨 때는 무모해 보일 정도로 자기 몸에 대해 애착을 가지지 않았다. 그런 모습에 왠지 동정심이 일기도 하고 때론 짜증도 일었지만 지금 느낀 것은 분노에 가까웠다.

“해봐요.”

무표정한 얼굴로 자신을 바라보는 화의 모습 때문인지 전혀 위험한 분위기가 형성되지 않았다.

“휴… 죽지는 않을지 몰라도 지금까지의 결과로 보자면 최소한 네 손을 잡는 순간 타버리거나 할지도 몰라. 안 된다!”

유검의 단호한 어조에 화는 더 이상 조르지 않았다. 대신 지나가는 사람들이 쳐다보는 상황에서도 당당하게 정원수의 나뭇가지 하나를 꺾어가지고 왔다.

“그럼 이것을 다시 쥐어봐요.”

유검은 일단 화가 고집을 꺾은 것을 다행이라 생각하며 순순히 말을 들어주었다.

“조금 전과 같이?”

“손가락 하나를 빼고 쥐세요.”

유검은 시키는 대로 두 번째 검지를 펼친 채로 나뭇가지를 쥐었다.

“이번에는 괜찮군. 어떻게 된 일이지?”

화는 품속에서 주머니를 꺼내 뒤적거리더니 조그만 골무를 꺼내었다.

“앞으로는 이걸 끼고 다니세요. 좀 작을지 몰라도 나중에 크기가 맞는 것을 살 때까지는 어쩔 수 없어요.”

“……?”

희한하게도 골무를 검지에 끼고 나서는 무엇을 쥐거나 잡더라도 괜찮았다. 몇 번을 더 시험해 보고 나서야 이 상태로는 안전할 것 같아 겨우 안심할 수 있었다.

화가 말했다.

“그러니까 요는 다섯 손가락을 함께 쥐지만 않으면 되는 거예요.”

그러면서 다시 자기 손을 내밀었다. 조그맣고 하얀 손.

유검은 조심스레 쥐었다. 조금이라도 세게 쥐면 부서져 버릴 듯 부드러웠다.

‘이 녀석… 역시 여자였나?

맞잡은 손은 어떤 변화도 일어나지 않았다.

안도의 한숨을 내쉬다 문득 네 번째 손가락에 끼어져 있는 낡은 구리 반지를 보았다.

뭔가 흐릿한 기억이 희미하게 스쳐 지나갔다.

“너 혹시…….”

화의 얼굴을 보며 막상 말하려고 보니 떠오른 기억이 무엇인지 전혀 감이 오지 않았다.

유검이 뒷말을 잇지 못하고 가만히 바라보자 화는 약간 얼굴이 달아올랐다.

“손… 언제까지 잡고 있을 거죠?”

“아, 미안…….”

유검은 황급히 잡고 있던 손을 놓았다. 그리고 고개를 갸웃거리며 물었다.

"너 혹시 예전에 나를 만난 적 없었나? 어쩐지 예전에 보았던 것 같은 느낌이 드는데……."

"글쎄요."

"흠… 이 구리 반지를 보고 있으려니 어떤 무시무시하게 생긴 아저씨랑… 또……."

그때 돌연 지옥의 바닥으로 떨어져 내리는 듯한 비명 소리가 들려왔다.

"으아아아아악!"

대문 너머 문지기들이 난데없이 하늘을 유람하다 떨어져 내렸다. 동시에 '펑!' 하는 소리와 함께 대문이 왈칵 열렸다.

돌연 일어난 소란에 사람들의 시선이 모두 집중되는 가운데 한 사람이 천천히 걸어 들어오고 있었다.

등 뒤에 거의 일 장(一丈)은 될 듯한 거대한 칼을 비껴 메고 있는 그의 매섭게 생긴 두 눈에서는 무엇이든 꿰뚫어 버릴 듯한 무시무시한 안광이 흘러나오고 있었고 각진 턱에 한일 자로 굳게 다문 입술은 그 무엇도 꺾을 수 없는 강철 같은 의지를 담고 있었다.

그르릉그르릉!

그가 걸어오자 등에 비껴 멘 칼이 끌리며 청석으로 깔린 바닥이 파헤쳐졌다. 꽤나 무거운 칼이었다.

사람들은 그에게서 풍기는 위압감에 주춤주춤 뒤로 물러서기만 했다.

유검은 멀뚱히 그를 바라보다 두 눈을 크게 떴다.

"그래, 저 모습이야, 저 모습!"

마침내 한 가닥 기억의 자투리를 잡은 기쁨에 돌아보니 화의 얼굴은 창백하게 질려 있었다.

"왜 그래?"

화는 뭔가 말하고 싶은 듯 입을 열었지만 얼어붙어 버렸는지 아무 소리도 내지 못했다.

난데없이 신농산장을 침입한 괴한은 발걸음을 멈추더니 크게 외쳤다.

"나오라!"

지붕이 들썩거리고 땅에서는 흙먼지가 일 정도로 굉량하고 엄청난 목소리였다.

화는 힘이 빠져 버렸는지 바닥에 털썩 주저앉아 버렸다.

여태껏 유검을 보며 곰곰이 생각에 잠겨 있던 매대선생은 괴한의 목소리에 깨어났다.

그리고 그를 향해 돌아보고 깜짝 놀랐다.

"철혈문주(鐵血門主) 하도광(河刀狂)!"

고맹은 여간한 일로는 침착을 잃지 않는 매대선생의 놀란 모습에 더 놀라 버렸다.

주위를 전혀 아랑곳하지 않는 듯한 하도광의 태도에 유검은 혀를 차며 중얼거렸다.

"안하무인(眼下無人)이군!"

화는 이제 정신이 들었는지 무덤덤한 어조로 대답했다.

"본래 그런 분이죠."

"아, 역시."

유검은 그렇구나 하며 고개를 끄덕이다 곧 의아해하며 물었다.

"어라? 알고 있는… 분이셨나?"

"제 아버님이죠."

"아, 과연……."

"무슨 의미죠?"

"별로."

유검은 묵묵히 하도광의 거대한 칼을 보며 내심 잡초로 뒤덮여 버린 기억 창고를 뒤적거렸다.

'아마… 십 년 전이었던가?'

유검이 저 무시무시한 얼굴의 하도광을 본 것은 사부의 심부름으로 하남성을 다녀오던 길에서였다.

해가 질 무렵 유검은 무척이나 배가 고파 다 쓰러져 가는 조그만 주점을 찾았고 그곳에서 하도광을 본 것이다.

하도광은 항상 온화한 미소를 머금고 있는 중년 부인을 향해 무시무시한 얼굴로 화를 내고 있었다.

아마도 부모님을 기억지 못하는 유검에게 그 중년 부인의 온화한 미소가 어머니를 떠올리게 만들었기 때문일까? 유검이 난데없이 끼어들게 된 것은…….

하도광은 버럭 화를 내며 거대한 칼을 휘둘렀고 그렇게 시작된 싸움은 쉽게 끝나지 않았다.

일진일퇴(一進一退)를 거듭하며 한 치의 양보도 없이 한참을 싸우는데 난데없는 꼬마아이의 울음소리가 끼어들었다. 대략 일곱 살 정도

되어 보는 아이는 자고 있다가 칼 부딪치는 소리에 깨어난 모양이었다.

중년 부인이 정색하며 싸움을 말렸고 하도광은 너무 쉽게 칼을 거두었다. 유검은 그제야 그들이 부부임을 깨닫고 멋쩍게 물러섰다.

싸움이 끝이 나도 꼬마 아이는 울음을 멈추지 않았다.

중년 부인이 자신의 새끼손가락에서 구리 반지를 빼내어 주자 그제야 꼬마 아이는 울음을 멈추었다.

그런 반지는 계집아이나 끼는 것이라며 하도광은 버럭 화를 냈지만 중년 부인이 한 번 고집을 세우자 어쩔 수 없다는 듯 물러섰다.

무슨 이유로 두 부부가 싸웠는지 생각나지 않는, 그렇게 스쳐 지나간 희미한 기억이었다. 하지만 지금도 기억에 남아 있는 것은 당시 하도광의 도법에 크게 감탄했기 때문이다.

좁은 주점 안은 일 장이나 되는 거대한 도(刀)를 휘두르기에는 적당하지 않았다. 게다가 옆에 부인과 자식이 함께 있었지 않은가. 그럼에도 불구하고 오히려 자신의 사정을 봐주는 듯 여유가 있었던 것이다.

당시 하도광은 분명 자신이 무당파의 제자임을 알았던 것이 틀림없다고 유검은 생각했다. 일 파(一派)의 종주(宗主)가 될 법한 고수가 무당의 검법을 알아보지 못할 리 없었을 테니까.

그로부터 몇 달 동안은 밀려드는 패배감 속에 그의 도법이 머리 속을 떠나지 않았었다.

유검은 멍하니 있는 화를 보며 고개를 갸웃거렸다.

'이 녀석이 그때의 꼬마 아이였나?

그러다 문득 떠오른 의문에 유검은 자신이 끼고 있는 구리 반지를 보고 미간을 찌푸렸다.

'계집아이나 끼는 것이라고?'

"주인은 썩 나오지 못할까!"

하도광의 웅후한 외침에 사람들은 괴로운 표정으로 귀를 막았다. 음성에 공력이 실려 있어 그들의 몸이 부르르 떨렸다. 하도광의 위세에 눌려 아무도 감히 누구냐고 묻지를 못했다. 그 소란 때문에 사람들은 매대선생이 토해낸 철혈문주라는 말을 듣지 못했다.

곧 감독관을 하던 장모를 선두로 맨주먹의 호위 무사들이 허겁지겁 달려왔다. 그동안 하도광은 오연히 팔짱을 끼고 하늘을 올려다보고 있었다.

장모는 상대의 정체를 알지 못했지만 보통 인물이 아님을 느끼고 신중히 대처했다.

장모는 정중히 포권하며 물었다.

"저는 본 장의 호위를 맡고 있는 장모라 하오. 각하께서 본 장을 방문하신 까닭을 말씀해 주시면 장주님께 전해 올리겠습니다."

하지만 하도광은 전혀 들은 척도 않고 오만하게도 여전히 하늘만 올려다볼 뿐이었다.

장모는 내심 끓어오르는 것이 있었지만 억지로 참고 다시 정중히 말했다.

"제 목소리가 작.아.서 잘못 들으셨나 보군요. 죄송합니다. 다시 말하건데 저는 본 장의 호위를 맡고 있는 장모라 하오. 비록 귀.하.의 이름 석 자를 밝히지 않는다 하더라도 일단 무슨 일로 본 장을 방문하셨는지 그 까.닭.만이라도 말씀해 주시면 이 미천한 몸이 직접 장주님께 전해 올리겠습니다."

자신을 바라보는 수하들의 이목도 있고 해서 나름대로 위풍당당하지만 정중히라는 공식에 맞춰 그렇게 이야기했지만 하도광은 웬 옆집 개가 짖느냐는 식으로 하등의 변화가 없었다.

이렇게까지 자신의 체면을 돌보아주지 않는다면 이제 장모도 참을 수 없다.

한껏 공력을 끌어 올리자 장모의 장포는 마치 바람이 든 듯 부풀어 올랐다. 금방이라도 일장을 뻗어내며 달려들 것처럼 보였다.

장모는 내공을 실어 외쳤다.

"다시 묻겠소! 귀하께서는 무슨 이유로 본 장에 난입(亂入)한 것이오?"

쾅량하고 우렁찬 음성이었지만 조금 전 하도광의 일갈에 비해서는 확실히 손색이 있었다. 주위 사람들은 물론 장모 본인도 그것을 확실히 자각할 수 있었다.

'제기랄!'

하도광의 시선은 여전히 아래로 내려올 줄을 몰랐다.

호위 무사들은 긴장된 표정으로 상황을 지켜보며 장모의 지시를 기다렸다.

장모는 떨떠름한 표정으로 외쳤다.

"흥, 강호는 힘이 말해 주는 법! 그 오만에 걸맞는 실력이 있는지 확인해 봐야겠소!"

성큼 내딛는 한 걸음에 거의 이 장(二丈) 거리가 단숨에 좁혀졌다. 동시에 나한기공(羅漢氣功)을 담은 강맹한 일권이 하도광을 향해 뻗어나갔다. 하지만.

펑!

무형의 막에 부딪친 듯 하도광의 몸에 닿기도 전에 허무하리만치 쉽게 뒤로 퉁겨나 버렸다.

울컥!

내상을 입은 듯 한 모금의 피를 토해내고 난 장모는 믿기 힘들다는 듯 경악한 표정으로 하도광을 올려다보았다.

"호, 호신강기(護身剛氣)?"

장모는 그가 자신의 상대가 아님을 깨달았다.

'굉덕 사형께선 하필 이럴 때 본 사로 돌아가 버리시다니…….'

멀뚱거리며 구경하고 있는 유검의 모습이 눈에 밟혔다. 저 녀석과 만나고 난 후 굉덕은 황급히 소림사로 돌아가 버린 것이다.

장모는 거구를 벌떡 일으키며 외쳤다.

"소림 삼십칠대 속가제자 장모, 다시 한 번 가르침을 청하오!"

당랑거철(螳螂拒轍) 사마귀가 마차 바퀴를 세우려 들듯 무모하게 다시 덤비려 하는 장모의 모습에 매대선생은 씁쓸한 어조로 중얼거렸다.

"철혈문주의 모습은 유명한데 왜 알아보지 못하는 것인지……."

어쩌면 설사 안다 하더라도 어쩔 수 없었을 것이다.

본래 사람은 한자리 차지하게 되면 그때부터 자신의 행동은 꼭 본인의 의사 때문이라고는 보기 어렵다. 본인이 가진 자리의 책임과 주위 사람들의 이목에 의해 행동이 이끌어져 나오는 법이니까.

무모함을 알고도 다시 덤비려 하는 장모의 행동도 마찬가지 아니겠는가?

매대선생은 조용히 장모에게 다가가 말렸다.

"잠시만 기다려 주게나."

그리고 하도광을 향해 천천히 걸어갔다.

"하 형, 이 당 모를 기억하시겠소?"

말과 함께 슬쩍 왼손을 떨치자 하늘 위로 은빛 광채들이 솟아나더니 꽃송이 모양을 이룬다.

하늘만 바라볼 뿐 절대 내리지 않을 듯한 고개가 처음으로 꺾어졌다.

"매대선생이구려."

지금까지의 오만함과는 달리 차분하고 정중한 어투였다. 굳어진 얼굴에 은은한 미소까지 어렸다.

"허허… 천하의 철혈문주께서 이 몸을 아직까지 기억해 주시다니 영광이외다."

매대선생이 내놓은 철혈문주라는 말에 대개는 어리둥절해했지만 그 의미를 알고 있는 몇몇 나이 든 이들은 깜짝 놀라 한두 걸음씩 뒤로 물러섰다.

조금 전까지 다시 한 합을 겨뤄보리라며 이를 갈던 장모의 시꺼먼 얼굴은 어리둥절해하다 곧 까맣게 타버렸다.

삼십 년 전만 하더라도 넓고 넓은 천하에서 굳이 열 손가락 안에 꼽히는 고수를 들라 했을 때 반드시 빼놓을 수 없는 이름이 바로 일도번천(一刀翻天) 하도광이었다.

마교의 발호 때 홀로 총단으로 쳐들어갔던 이야기는 아직까지 만담가(漫談家)의 주된 이야깃거리가 되고 있어 귀에 익숙했지만 어디까지나 옛이야기에 등장하는 전설적인 인물이었지 현실에 존재하는 사람으로는 인식하지 못했던 것이다.

고개를 갸웃거리고 있던 염소수염의 노인 문 집사는 화들짝 놀라 하도광에게로 달려갔다.

"아이구, 낯이 익어 누구신가 했더니 하 문주님이셨군요. 아랫것들을 시켜 오신다고 전갈을 주셨더라면 미리 영접했을 텐데……."

쉴 새 없이 허리를 굽히면서 정말 반가운 듯 연신 환한 웃음을 지었다.

그리고 손가락을 헤아려 보며 한껏 과장된 표정으로.

"그나저나 이게 얼마 만입니까? 근 십몇 년 만에 존체(尊體)를 뵙는 것 같습니다그려! 어이쿠, 내 정신 좀 보게나."

서둘러 호위 무사들은 철수시키고 정신없이 하인들을 다그치며 지시를 했다. 제일 운치 좋은 선현각을 서둘러 청소하라는 둥 설명을 겸한 것은 말하자면 생색내기.

그리고는 다시 친근한 미소와 함께 말을 붙였다.

"장주님께도 전갈을 드렸으니 곧 나오실 겁니다. 헤헤… 그런데 그당시 오실 때는 만삭이 되신 부인과 함께 오셨는데 오늘은 어떻게 홀로……."

스르릉!

하도광의 등 뒤에 매달린 칼이 어깨에 달린 쇠고랑을 빠져나오고 있었다. 보통 사람 키의 근 두 배에 가까운 칼이 번쩍 하늘을 가르며 세워졌다.

멍하니 칼끝을 올려다보던 문 집사는 그제야 하도광의 안색이 싸늘하게 굳어져 있는 것을 보고 사색(死色)이 되어 뒤로 물러섰다.

하도광은 칼을 천천히 겨누며 말했다.

"당시 내 칼에 대고 맹서(盟誓)를 했고 이제 그 책임을 묻고자 한다."

"무, 무슨……?"

무슨 말인지 몰라 물으려다 하도광의 시선이 자기 너머로 향함을 깨닫고 황급히 뒤로 물러섰다.

철혈문주가 왔다는 말에 서둘러 달려오던 조 장주는 하도광이 자신에게로 칼을 겨누자 깜짝 놀라 그 자리에 멈춰 서 있었다.

환한 햇빛 때문에 안력이 좋은 이가 아니라면 알아보기 힘들었지만 일 장이나 되는 거대한 칼에는 푸르스름한 도기(刀氣)가 은은히 어려 있었다. 보아하니 아직 제대로 공력을 끌어올린 것도 아닌 듯한데 마음이 일자 자연스레 도기가 발출되고 있는 것이었다.

칼이 주인의 마음을 알고 저절로 반응하는 느낌이랄까…….

빨리 마음껏 휘둘러지고 싶다는 도명(刀鳴)이 울려오는 것 같았다.

유검은 호기심이 생겼다.

'십 년 동안 과연 얼마나 변했을까?'

십 년 전의 그와 싸울 때 그가 휘두르던 도법이 생생하게 떠올랐다.

보통 사람이라면 들고 있지도 못할 거대한 칼을 움직이는데도 불구하고 칼의 움직임은 여인의 몸을 애무할 때처럼 부드럽기 그지없었고 천변만화 일어나는 칼끝의 변화는 뱀의 꼬리처럼 영활하기 짝이 없었다.

이 어찌 평범할 수 있으랴.

십 년이 지난 지금에 이르러 그의 도법은 더욱 원숙해졌을 것이다.

그 생각에 이르자 가슴 깊은 곳에서 '겨루어보고 싶다!' 라는 호승심(好勝心)이 일다 알게 모르게 떠오른 그 기분은 어느새 전신을 뒤덮더니 당장 하도광을 향해 뛰쳐가고 싶은 충동으로 이어졌다.

전신이 불타오르는 것 같았다.

부르르!

내게 검을 달라며 오른손이 전신을 떨며 부르짖는다.

당장 튀어 나가려는 오른손을 왼손으로 억지로 붙잡았다.

'그만둬!'

말렸지만 그 떨림은 오히려 전신으로 번져 나갔다.

마음속에 잠들어 있던 검이 깨어나 말한다.

[이번에 새로 깨달은 일검을 펼쳐 보고 싶었지 않은가?]

마침 적당한 상대가 나타났다.

[무엇을 망설이는가?]

유검은 내심 고개를 저었다.

'넌 달라진 건가? 예전의 너였다면 그런 식으로 말을 하지 않았을 것이다.'

[검이란 남과 싸우기 위해 태어난 존재. 겨뤄보고 싶다는 것은 당연한 거다. 나는 너의 거울, 도대체 무엇을 바라는 것인가?]

유검은 입술을 꽉 깨물었다가 길게 한숨을 내쉬었다.

하도광은 여전히 칼끝을 조 장주에게로 겨누고 있었다. 칼에 새겨진 맹서를 떠올리라는 것일까.

심호흡을 하며 심기를 안정시킨 유검은 미소 지으며 화에게 말했다.

"다행인가? 일단 널 찾으러 온 건 아닌 모양이니까……."

화를 돌아보니 얼굴이 시뻘겋게 변해가고 있었다.

"어라? 왜 그래?"

화는 입술을 꽉 깨물고 하도광을 쏘아보고 있을 뿐 유검의 말은 귀에 들어오지도 않는 것 같았다.

'더위 먹었나?'

하도광은 조 장주를 향해 싸늘하게 외쳤다.

"정확히 십.칠. 년 전, 넌 무엇이라고 했던가? 그때 넌 태어날 아기가……."

얼굴이 달아올라 시뻘겋게 변해 있던 화는 '아기' 라는 말이 나오자 더 이상 견딜 수 없다는 듯 돌연 뛰쳐나갔다.

양손에는 어느새 품속에서 꺼내 든 칼날을 쥐고 있었는데 표홀(飄忽)한 신법으로 달려나가는 동안 칼날은 손에서 만자(卍字) 형태로 펼쳐졌다.

"그만두지 못해요! 바보 아빠 같으니!"

유검은 놀라면서도 어리둥절했다.

화가 상당한 무공을 지니고 있었다는 것에 일단 놀랐고, 본래 아버지인 하도광을 두려워하는 것으로 생각했는데 얼굴이 뻘게진 채로 무기를 뽑아 들고 달려가는 모습을 보니 그건 아닌 것 같아 어리둥절할 수밖에 없었던 것이다

"아화(阿和)야!"

하도광은 화가 나타나자 전혀 짐작지 못한 듯 깜짝 놀란 표정이었다. 순간적인 그 외침에는 반가움과 놀람, 그리고 아버지가 자식을 바라볼 때의 따뜻함이 함께 깃들어 있었다.

하지만 '바보 아빠' 라는 소리에 바로 안색이 싸늘하게 굳어졌다.

"너는 도대체 어디 있다가 나타난 게냐? 난데없이 집을 나가 걱정을 끼치더니 이제는 그 따위 말버릇이라니!"

하도광은 쉴 새 없이 공격해 오는 화의 만자탈명인(卍字奪命刃)을 거대한 칼을 조금씩 움직이는 것으로 손쉽게 막으며 그렇게 나무랐다.

거대한 칼에 부딪칠 때마다 회는 뒤로 퉁겨났다가 다시 오뚝이처럼 공격하기를 반복해 가며 날카롭게 소리쳤다.

"서찰에 분명히 자초지종을 상세히 써놓고 왔잖아요! 그런데도 변 아저씨를 시켜 저를 쫓아다니게 만들더니 결국 여기까지 오시다니……."

"뭘 상세히 적어놓았다는 거냐? 전혀 알아들을 수도 없는 소리만 잔뜩 써놓고선!"

"옛 고사(故事)를 빌어 말한 거예요! 그러니까 그건 아빠가 무식해서 못 알아들은 거라구요!"

"이……!"

하도광은 화가 치밀어 오른 듯 방어만 하던 칼을 냅다 땅을 향해 후려쳤다.

꽝!

바닥에 깔려져 있던 청석들은 돌 조각이 되어 사방으로 비산했다. 일이 이상하게 되어가는 것을 구경하던 주위 사람들은 '엇, 뜨거라!' 싶었는지 황급히 피했다.

"좋다! 네가 집을 나간 건 그렇다 치고 내가 여기 온 것은 맹세를 지키기 위해서다!"

자욱한 흙먼지 속에서 하도광은 그렇게 외치고는 곧 영문을 몰라 멀뚱히 두 사람의 싸움을 지켜보고 있는 조 장주를 가리키며 말했다.

"이 아비는 한 입으로 두 말하는 사람이 아니다. 저놈은 분명 십칠 년 전 저 기름 칠한 주둥이로 말했다. 곧 태어날 네가 열여섯 되는 해……."

"그만둬요!"

화는 돌연 칼날을 자신의 목에 대더니 날카롭게 외쳤다.

"더 이상 말하면 전 죽어버릴 거예요!"

하도광은 주먹을 부르르 떨면서 한껏 얼굴을 찌푸렸으나 어쩔 수 없는 듯 더 이상 입을 다물고 말았다.

그때 조 장주가 문득 깨달았다는 화를 보며 탄성을 질렀다.

"아, 그때의 아기씨가 바로……."

화가 매서운 시선으로 그를 돌아보았고 하도광은 마침 분풀이를 할 곳을 찾았다는 듯 무시무시한 안광(眼光)을 내뿜으며 조 장주를 쏘아보았다.

"왜, 왜들 그러시는지……?"

흘러내리는 식은땀을 연신 훔치면서도 조 장주는 얼굴에 미소를 잃지 않고 있었다.

아마 '설마 웃는 얼굴에 침 뱉으랴' 라는 생각일지 몰라도 하도광은 그런 상식이 전혀 통하지 않는 자였다.

"네놈은 네 죄를 알렷다!"

외침과 함께 하도광은 번쩍 칼을 치켜들었다.

햇빛에 번쩍번쩍거리는 것이 사람 목 같은 것은 단숨에 날려 버릴 듯 무시무시해 보였다.

"무, 무슨 죄를……?"

조 장주는 자기도 모르게 주춤 뒷걸음질쳤다.

'설마 무공도 모르는 내게 저 칼을 휘두르지는 않겠지?

호위 무사들이 몰려와 자신을 에워싸고 있고 내심으로 그렇게도 생각해 봤지만 불안감을 물리치는 데는 전혀 도움이 되지 않았다.

그러다 매섭게 자신을 쏘아보고 있는 화를 보고는 언뜻 생각나는 게 있어 급히 외쳤다.

"열일곱 살… 열일곱 살! 이미 천계(天棨)가 지(至)하여……."

휘익!

날카로운 파공성과 함께 만자 형태의 칼날이 맹렬히 회전하며 목을 향해 날아왔고 누군가의 손가락이 그것을 쉽게 잡아버렸다.

조 장주는 자신이 염라전에 다녀왔다는 것도 모르고 멍하니 있다가 화의 한 손은 비어 있고 매대선생의 손에 칼날이 쥐어져 있는 것을 보고서야 비로소 전후의 상황을 깨달았다.

화는 딱딱한 어조로 말했다.

"한 마디만 더 해도 그대 목숨을 빼앗아 버릴 겁니다. 무슨 수를 써서라도!"

"그, 그건… 읍!"

조 장주는 뭔가 말하려다 화의 위협에 냉큼 입을 다물었다.

화는 하도광을 향해 말했다.

"아버지, 당장 돌아가세요. 한 달 이내에 집으로 돌아가겠습니다."

하도광은 고개를 저었다.

"나는 칼에 대고 한 맹세를 지켜야 한다!"

"꼭 오늘로 정해놓은 건 아니잖아요! 설사 그렇다 한들 제 목숨보다 소중한가요?"

그러면서 화는 남은 만자탈명인을 자신의 목으로 가져갔다. 하지만 칼날은 누군가에 의해 잡혀 버렸다.

"좀 더 지켜보려 했지만… 이 장난감은 조금 위험해 보여서 말이야."

유검은 아무것도 아니라는 듯 미소 지으며 그렇게 말했다.

“손을 놓지 않는다면 다칠 거야.”

이미 칼날을 쥐고 있는 그의 오른손에는 골무가 벗겨져 있었다. 다만 검지를 세우고 있을 뿐.

화가 돌아보는 것을 확인한 후 유검은 검지를 천천히 굽혔다. 화는 흠칫하며 칼날을 놓았다.

유검의 검지가 마저 닿자 만자탈명인이라 불리는 칼날은 서서히 빨개져 갔다. 하지만 다섯을 헤아리기도 전에 ‘치이익!’ 하는 소리와 함께 곧 새하얗게 변하더니 서리가 내려앉았다.

다시 후끈한 열기를 내뿜으며 빨개져 가다가 다시 서리가 앉기를 반복하는데 그 교체되는 속도가 점차 빨라지더니 종국에 가서는 ‘쨍그랑!’ 소리를 내며 유리 조각처럼 부서져 버렸다.

이런 현상이 벌어질 줄은 유검 역시 예측 못했기에 멍하니 구경하고 있는데…

철썩!

난데없이 날아온 손바닥에 뺨을 얻어맞고 말았다.

“남의 집안 일에 왜 간섭하는 거죠? 오지랖 되게 넓으시군요!”

화(和)가 화가 나서 외치는 소리에 유검은 어안이 벙벙했다.

유검은 얻어맞아 화끈거리는 뺨을 어루만지며 내심 고민했다.

‘내가 오지랖이 넓은 것인가? 먼저 도와달라고 한 사람은 누군데…….’

그리고 고민되는 이유는 자신이 어떻게 반응할지 곤혹스러워서였다.

남자라면 마땅히 화를 내며 한바탕 훈계를 해줘야겠지만 만약 여자라면… 자신이 참을 수밖에 없다.

"넌 누구냐?"

하도광이 싸늘한 눈빛으로 유검을 훑어보며 물었다.

함부로 끼어들었음에도 일단 칼이 아닌 말로 물음은 조금 전 유검이 보여주었던 기공(氣功)에 내심 감탄하는 바가 있어서였다. 음양이기(陰陽二氣)를 한꺼번에 끌어올리는 것만으로도 충분히 놀랄 만한데 단지 그 기공만으로 만년한철을 정련하여 만든 만자탈명인의 칼날을 유리 조각내듯 부숴 버리다니…….

천하에 많은 사람들이 있다 하나 그가 눈여겨볼 만한 이는 만에 하나도 많았다. 더욱이 그를 감탄시키게 만든 이는 한평생 살아가며 손가락에 꼽을 정도였다.

그런데 겨우 약관을 넘은 나이로 자신을 감탄시키다니, 하도광은 유검의 정체가 궁금하기도 했고 또한 화와 아는 사이인 듯하자 은연중에 호감도 느꼈다.

하지만 습관적으로 튀어나오는 말투가 투박한 것은 어쩔 수 없는 것.

유검은 화에게 어떻게 해야 할지 모르던 참이었는데 마침 그가 물어오자 반색했다. 어쨌든 함부로 자기 목에 칼을 들이대는 어린 녀석보다는 그래도 어른을 상대하는 것이 조금 낫지 않겠는가?

유검은 하도광을 향해 정중히 포권하며 말했다.

"저는 유검이라 하옵고 부녀지간(父女之間)의 일에 방해해서 죄송합니다만……."

은연중 부드러운 시선으로 유검을 바라보던 하도광의 태도가 그 말에 갑자기 급변했다.

하도광은 버럭 화를 내며 소리쳤다.

“부녀? 누가 딸이란 말이냐?”

“그럼 제가 아들이란 말이에요?”

하도광의 말이 끝나기도 전에 화가 화난 목소리로 맞받아쳤다.

유검은 곤혹스러웠다.

‘도대체 누가 옳은 것인가?’

헷갈리지만 일단 화를 아들로 보는 하도광의 의사를 존중하기로 했다.

다시 하도광을 향해 포권하며 말했다.

“부자지간(父子之間)에 어떤 사연이 있는지는 모르오나…….”

픽!

뒤통수에 갑작스런 충격을 받게 되면 대개의 사람들은 하던 말을 멈추게 된다. 유검 역시 예외는 아니었다.

눈살을 찌푸리며 범인을 찾아 고개를 돌렸다. 유력한 용의자라 생각했던 화는 무표정한 얼굴로 자신을 쏘아보고 있었다.

일순 화가 범인이라는 확신이 흔들렸다.

화가 무뚝뚝한 어조로 물었다.

“제가 남자로 보여요?”

“…….”

다행히 화가 범인이었구나 하는 확신을 되찾을 수 있었지만 그에 합당한 응징은 미룰 수밖에 없었다.

유검은 다시 화를 살펴보았다.

부드러운 계란형의 얼굴 선과 이목구비(耳目口鼻)는 전체적으로 가늘고 섬세했으며 특히 큰 두 눈은 지금 보니 요사스러울 정도로 맑고 투명했다. 어깨는 좁고 허리는 한 손에 안길 듯 가늘었으며 풍덩한 옷으로 가리고는 있지만 엉덩이는 큰 편, 게다가 전체적인 골격 구조를 보니 가냘프기 그지없다.

가슴이 없긴 하지만 아직 덜 자라 그럴 수도 있는 것이고…….

게다가 잡아보았던 손만 하더라도 너무 부드러워 금방이라도 부스러질 것 같지 않았던가? 당연히 그게 남자의 손일 리가 없다.

살펴볼수록 화가 남자일지도 모른다고 생각했던 것이 이해가 되지 않을 정도다.

유검은 머리 속이 맑아지는 것을 느끼며 고개를 끄덕였다.

화의 손을 잡았을 때 일순간 마음이 진탕됨을 느낀 자신이 변태가 아니었음을 이제야 확인하게 된 것이다.

자신의 정체성을 되찾은 기쁨에 비하면야 한 대 맞은 데 대한 분노는 아무것도 아니지 않은가?

유검은 밝게 웃으며 화에게 말했다.

"넌 과연 남자가 아니라……."

'여자였구나!' 라는 말을 전부 다 하지 못했다. 뒤통수에 느껴지는 압력 때문이었다. 곁눈질로 돌아보니 하도광이 무시무시한 안광을 뿌려대고 있었다.

분명 말을 끝까지 잇는다면 또다시 하도광과 시비가 붙게 되리라는 것은 여태까지의 흘러온 상황으로 보아 자명!

유검은 황급히 입을 다물었다.

하지만 주위 분위기는 그를 가만 내버려 두지 않았다.

화는 반짝반짝 눈빛을 빛내며 다음 말을 기다리고 있었고 하도광은 여전히 무시무시한 눈빛을 뿌려 대며 천천히 칼을 고쳐 잡고 있었다.

게다가 주위 사람들까지도 모두 자신을 주시하며 다음 말을 기다리고 있었다.

　한 사람의 성별(性別)을 누군가의 입을 통해 듣는다는 것이 묘한 호기심을 자극하는 데다 유검이 어떻게 말할 것인지에 따라 무법자 하도광의 다음 행동이 결정될 터이니 군중들이 긴장해서 기다리는 것도 당연했다.

　이래저래 도저히 뭔가 말하지 않을 수 없는 분위기.

　'왜 이렇게 된 걸까? 남자든 여자든 그게 무슨 상관이란 말인가? 난 오지랖이 넓은 걸까? 왜 이런데 끼어들어 화를 자초했단 말인가!'

　주위는 조용했다. 나뭇잎 떨어지는 소리도 들릴 듯했다. 기침 소리 하나 나지 않는다. 지나가던 하인들도, 아픈 몸을 이끌고 산장을 찾은 환자들도, 모두들 심상치 않은 분위기에 입을 다물고 덩달아 유검의 다음 말을 기다리고 있었다.

　햇살은 따갑고 더위는 여전한데 바람 한 점 불지 않는다.

　"아… 그러니까……."

　무언의 압력을 견디지 못하고 일단 입을 여니 주위의 긴장은 순식간에 고조되었다. 일촉즉발(一觸卽發). 당장이라도 터져 버릴 것 같았다.

　"으으으… 아악!"

　누군가 긴장을 이기지 못하고 발작을 했다.

　아마도 산장을 찾은 환자 중 한 명인 듯싶은데 지병인 간질(癎疾)이 발작한 모양이었다.

　땅바닥에 쓰러진 채로 게거품을 토해내고 사지가 비틀리고 있는 그를 누군가 머리를 때려 기절시켜 버림으로써 소란은 금방 가라앉았다.

　다시금 찾아든 정적.

　유검은 내심 생각했다.

'잠이 쏟아져서 이만 실례하겠다고 말하면 어떨까?'

하지만 최소한 저녁노을이 곱게 황금빛으로 물든 저녁 때라면 몰라도 이렇게 환한 대낮에 그런 말은 전혀 통하지 않을 것이다.

어떤 것이든 현 상황에서 설득력없기는 마찬가지였지만…….

유검은 애써 현실 도피하고픈 충동을 자제했다. 그리고 결심했다.

본래 남아라면 자신의 말에 책임을 질 줄 알아야 한다. 그리고 다른 이에 의해 하고픈 말을 하지 못해서야 어디 될 법한 말인가? 자신이 본대로 아는 진실을 있는 그대로 말하면 그뿐이다. 어떤 결과가 나오든 온몸으로 그 책임을 지면 되는 것이다.

유검은 가슴을 쫙 폈다. 그리고 화를 보고 걱정 말라는 듯 고개를 살짝 끄덕여 주고는 당당히 중인들을 향해 외쳤다.

"제가 본 바로…….."

휘리릭!

아무것도 없는 허공에서 난데없이 길쭉한 물체가 날아왔다. 정확히 유검을 향해서였다.

유검은 뭔가 싶어 낚아챘다.

손바닥에 느껴지는 묵직함!

날아온 물체의 정체는 길이 석 자가 조금 넘어 보이는 한 자루 검이었다. 평범해 보이는 묵빛의 검집. 오색 구슬이 박힌 손잡이가 눈에 익었다.

'설마?'

슬며시 검을 뽑아보니 은빛 투명한 검신(劍身)이 그 고귀한 나신(裸身)을 드러냈다.

우우웅!

손잡이를 꽉 쥐자 반가운 듯 검명(劍鳴)을 토해낸다. 보통 검이었다면 벌써 조각나거나 가루로 화했으리라.

유검은 한동안 멍하니 바라보다 자신도 모르게 소리쳤다.

"한천검!"

귓가로 익숙한 전음이 들려왔다.

─무슨 일인지는 모르겠으나… 싸워라! 무인(武人)이라면 모름지기 검으로 말하는 법이다!

사부의 음성이었다.

'……'

도와주러 온 것인지, 아니면 일을 더 크게 벌이고 싶은 것인지…….

일반인들이야 제아무리 유명하다 하나 일개 검의 이름을 일일이 기억해 둘 리 없다.

하지만 무림인들은 다르다.

뱃속에 든 먹물이 없어 공자가 옆집 사람인지 술집 계집 이름인지는 알지 못하더라도 소림사 역대 방장의 이름은 꿰뚫고 있고, 게다가 기진이보(奇珍異寶)에 관해서라면 대학사(大學士) 못지 않은 박식함을 자랑하는 이상한 족속의 무리들이 아니던가.

과연 주위를 돌아보니 일부 무리들의 눈빛이 진한 탐욕으로 물들어 있었다.

누군가 괴성을 지르며 유검을 향해 달려들었다. 왼손은 나무판자를 댄 것으로 보아 팔이 부러져 치료받고 있던 사람인 모양인데 근 백여 근은 나갈 듯한 철괴를 오른손만으로 휘두르며 달려나오고 있었다.

한 사람이 일단 일을 벌이자 사람들은 누가 먼저랄 것 없이 한꺼번에 유검을 향해 달려들기 시작했다. 하도광의 위세에 겁을 먹고 있던 무리들도 이 순간만큼은 전혀 그를 안중에도 두지 않은 듯싶었다.

점입가경(漸入佳境)이라 해야 할지, 아니면 첩첩산중(疊疊山中)이라 해야 할지… 어느 것도 현 상황에는 맞지 않은 듯싶었다.

어쨌든 유검은 사부를 탓하지 않았다.

어디까지나 자신을 위해 한 일이 아니던가? 설사 자신은 무심코 던진 돌에 맞아 죽은 개구리가 될지라도 어디까지나 사부가 벌인 일에 사랑스런 제자를 해치고자 하는 의도는 '절대!' 없는 것이다.

스걱!

유검은 평화주의자가 결코 아니었기에 날아드는 철괴를 향해 검을 휘둘렀다. 쳐내고자 한 의도였지만 철괴는 두부처럼 손쉽게 두 조각나 버렸다.

철괴를 휘두르던 대한은 한 손으로 유지하던 무게 중심을 잃어버려 넘어지고 말았고 뒤이어 달려드는 사람들에 연이어 밟히면서 일어서지도 못했다.

유검은 뒤에서 날아드는 칼날을 피해 검을 휘둘렀다. 일단 사람이 상하게 되면 피치 못할 은원 관계를 맺게 되는 법, 그래서 검을 옆으로 뉘어 휘둘렀다. 각기 어깨와 목덜미에 검을 얻어맞은 두 사람은 괴이한 괴성을 지르면서 부르르 몸을 떨더니 정신을 잃고 쓰러져 버렸다.

직접 날아드는 무기보다 더 정신없는 것은 귓가로 쏟아져 들어오는 수없이 많은 호통과 욕설들이었다.

"내놔라! 네놈에게 그 검을 가질 자격은 없다!"

그렇게 처음에는 나름대로 논리를 세우던 말들이…

"죽어라, 이 개자식!"

"떠그랄 녀석!"

단순한 욕지거리로 변해가고 있었다.

이제는 도무지 일의 선후를 분간할 수가 없었고 누구의 잘잘못도 따질 수 없는 난전(亂戰)이 되고 말았다.

급박한 흐름 속에서 유검은 무의식적으로 검을 휘두르고 있었다.

무엇이든 닿는 대로 베어버렸고 잘라 버렸다.

거칠 것이 없었다.

처음에는 상대를 해칠까 우려하여 멈칫멈칫하던 검로(劍路)가 차츰 유려하게 변해가고 있었다. 마치 살아 있는 생명체처럼 제 갈 길을 찾아드는 것이다.

순식간에 유검의 주위로 일 장 반경의 빈 공간이 생겨났다. 그 속에서 유검은 홀로 검무(劍舞)를 추고 있었다.

우우우우웅!

울려 퍼지는 검명은 하늘을 뒤흔드는 천신(天神)의 노성(怒聲) 같았다.

투명한 은빛의 검신은 햇빛에 반짝이며 주위로 빛무리를 두른다. 무한한 빛의 길을 따라 지켜보는 사람들의 마음은 탐욕에서 벗어나 새로운 경외감으로 채워지고 있었다.

알 수 없는 두려움 속에 하늘과 땅이 새로이 뒤바뀌는 것을 지켜보는 듯했다.

무한히 이어져 가는 검로(劍路)를 따라 그들의 마음은 절로 제 갈 길을 찾아들고 있었다. 불현듯 예(藝)와 도(道)에 이르더니 감격에 취해 눈물을 흘리는 이도 있었다.

어느덧 검무는 끝이 났다.

유검은 자신이 무슨 짓을 했는지 자각조차 못하고 멍하니 서 있었고 지켜보던 중인들 역시 망연하기 이를 데 없는 저마다의 느낌 속에 갇혀 있었다.
　휘리릭!
　허공에서 한 가닥 밧줄이 날아와 유검의 몸을 휘감더니 파리를 낚아채는 뱀의 혀처럼 날름 잡아당겼다. 언뜻 중인들이 제정신을 차렸을 때는 이미 썰렁한 한줄기 바람만이 빈자리를 스치고 있었다.

무상검이라
부르겠습니다

"어쩌다 무림공적(武林公敵)이 되어버린 게냐?"

"사부님 덕분이죠. 자랑스러우시겠습니다."

인적 없는 숲 속, 유검은 몸을 휘감고 있는 밧줄을 낑낑대며 풀고 있었다. 아무리 애써봐도 풀어지지가 않아 커다란 나무 넝쿨에 앉아 있는 사부를 돌아보니 밧줄의 나머지 한끝을 쥐고는 흐뭇한 미소를 띠고 있었다.

"어떠냐? 쓸 만해 보이지?"

현풍은 살짝 손목을 떨쳤다. 밧줄은 살아 있는 것처럼 요동을 치더니 순식간에 휘감고 있던 유검의 몸을 벗어나 현풍의 손목을 둘둘 감는다.

유검은 멀뚱히 바라보다 물었다.

"독심호리를 쫓던 중 아니셨습니까?"

현풍은 손목에 감겨져 있는 밧줄을 들어 보이며 자랑했다.

"이무기의 가죽으로 만들어졌다고 하는데… 꽤나 쓸모있어 보이지 않느냐?"

"독심호리는 어떻게 되었습니까? 그의 종적을 쫓아 본거지를 알아내신다더니……."

현풍은 품속에서 다른 물건을 꺼내었다. 검은 가죽과 검은 쇠를 조합해서 만든 장갑이었다.

그는 왼손에 장갑을 끼고 손등을 가리키며 말했다.

"여길 봐라. 평소에는 그냥 평범해 보이는 장갑이지만……."

"……."

현풍이 주먹을 꽉 쥐자.

철컥!

장갑의 손등 부위에서 이 촌(二寸) 길이의 칼날 세 개가 튀어나왔다.

"이렇게 되는 거지!"

현풍은 만족한 웃음을 지었다. 그리고 또 다른 물건들을 주섬주섬 꺼내놓기 시작했다. 옥피리에서부터 반지, 보석에 이르기까지 다양하기 이를 데 없었다.

"그것들 혹시?"

유검의 궁금해하는 표정에 현풍은 호탕하게 웃으며 말했다.

"하하하! 물론 독심호리에게서 얻은 것이지. 그 한천검도 마찬가지고. 하하하!"

유검은 일단 검지에 골무를 끼우고 한천검을 허리춤에 매달며 말했다.

"안 들키게 조심하세요."

"물론! 이미 안심하고 맡길 곳을 물색하고 있……."

현풍은 흔쾌히 맞장구치다 제자 앞에서 자신의 언행이 조금 문제가 있다고 느꼈는지 말을 멈추고 천천히 몸을 일으켜 세웠다.

뒷짐을 지고 하늘을 올려다보며 근엄한 목소리로 말했다.

"이것들은 어디까지나 그를 쫓다 보니 자연히, 어쩔 수 없이 얻어지게 된 것들이다. 전쟁에 비유하자면 전리품(戰利品)에 해당되는 것들이지. 그러니까 큰 문제될 것들은 아닌 게야."

"누가 뭐랬습니까?"

유검은 대충 상황을 짐작했다.

사부는 분명히 미행하다 독심호리에게 들켰을 것이다. 아니, 어쩌면 당당히 모습을 드러낸 채로 미행했을지도 모른다. 아마도 독심호리는 분명 인적 없는 곳으로 사부를 유인했을 것이고 그곳에서 암습을 가하다가 오히려 한천검을 빼앗겨 버렸을 것이다. 사부의 무공 실력은 때때로 이해할 수 없을 정도로 높아 사백들조차 몇 수 접어주는 처지였으니 분명 그런 상황이 되었을 것이 틀림없었다.

다급한 김에 독심호리는 자기가 지닌 기보들을 꺼내어 공격했고 그때마다 아마 사부에게 빼앗겼을 것이다.

나중에 사람들에게는 '독심호리를 뒤쫓는 데 바빠서 그 기보들이 어디로 사라졌는지 알 수가 없다'라고 시치미 떼면 그뿐 아닌가.

'제압하고 난 뒤에 빼앗게 되면 강탈, 싸우는 와중에 획득하면 전리품……. 과연 그런 거였군.'

그러다 유검은 한 가지 의문이 들었다.

사부가 사람들 앞에 모습을 나타내지 않고 달랑 한천검만 던져 준

것도 어쩌면 치밀한 계략의 일부가 아닐까?

어쩌면 그럴 수도 있다는 생각이 들었다.

하나를 내놓아 전체를 가리자는 거대한 음모!

오리 잡아먹고 제자에게 닭다리 주기!

'설마 그럴 리야 없겠지. 사부님의 인격을 좀 더 믿어보자. 옛날 마을에서 수박 서리할 때도 그랬지. 주인에게 들켰을 때 나에게 슬며시 참외 꼭지를 주길래 이것으로 시치미 떼라는 것인 줄 알았지만… 알고 보니 그전에 이미 참외 서리를 했던 거였어. 수박 서리는 그냥저냥 넘어갔지만 나중에 참외 주인에게 붙들려 얼마나 호된 꼴을 당했던가! 그래도 사부의 인격은 믿어야만 해!'

유검은 허리춤의 한천검을 꽉 쥐었다.

무슨 일이 있더라도 일단 손에 쥔 한천검을 한시도 다시 떨어뜨려 놓기는 싫었다.

현풍은 유검의 내심을 이미 파악하고 있다는 듯 우는지 웃는지 알기 어려운 이상한 미소를 짓고 있었다.

유검은 자신이 타 죽을 줄도 모르고 불을 찾아드는 불나방 같다는 생각을 애써 지우며 물었다.

"그나저나 지금 독심호리는 어디 있습니까?"

현풍은 그제야 뭔가 떠오른 모양이다.

다급한 표정으로 땅에 널브러진 물건들을 재빨리 챙기고 유검의 손을 잡아끌며 말했다.

"그놈은 밤새도록 낙양 주위를 빙빙 돌더니 백마사(白馬寺)로 들어가더구나."

현풍은 경신술을 펼치며 빠르게 나무 사이를 빠져나갔다. 유검의 몸은 바람에 나부끼는 연처럼 대롱대롱 매달렸다.

입속으로 파고드는 세찬 풍압에 유검은 입을 열기 힘들었다. 검을 펼칠 때는 몰라도 평소에는 여전히 내공이 흐트러진 상태였다.

"그런데 왜 여기로?"

"음… 내가 뒤따라 들어갔을 때는 이미 그놈의 종적은 사라지고 없었다. 빠져나온 것을 못 봤기에 여기저기 뒤지다가… 비밀 통로를 하나 발견했지. 그곳을 통해 나와보니 여기더란 말이지."

숲을 빠져나와 멈춘 곳은 하나의 가산(家山) 앞으로 그 옆에 일 장 높이의 폭포수가 흘러내리고 있었다. 현풍은 폭포수를 가리키며 말했다.

"비밀 통로는 저 뒤로 이어져 있었다."

그리고 현풍은 뭔가 비밀을 이야기해 줄 때처럼 목소리를 낮춰 조심스레 말했다.

"아마 내 생각에 그 녀석이 노리는 게 따로 있는 모양이다. 얼마 전 환혼단을 훔쳐 갔다고 들었다만 사실은 다른 것이었을지도 모르지. 생각해 보거라. 그놈이 모아놓은 재물이 한 개의 성(城)을 사고도 남을 지경인데 왜 굳이 환혼단을 훔치려 애를 쓰겠느냐?"

듣고 보니 과연 그럴듯했다.

하지만 사부의 입에서 나온 이야기인 이상 한 번쯤 더 되새겨 봐야 할 것 같았다.

"그런데 그 녀석이라니……. 아무리 파문당했다지만 본 문의 대선배이신데 너무하지 않습니까?"

현풍은 흠칫하더니 유검의 머리를 가볍게 쥐어박았다.

"쓸데없는 데 신경 쓰지 마라."

　현풍은 다시 유검의 손을 잡고 계속해서 경신술을 펼쳤다. 둘의 그림자는 언뜻 환영처럼 보였다. 구름이 흘러가는 듯 산들바람이 부는 듯 종적은 없고 현묘하기 이를 데 없었다. 몇몇 호위 무사들이 보초를 서고 있었지만 멀뚱히 눈만 뜨고 있을 뿐 전혀 깨닫지 못할 정도였다.

　가산을 넘고 조그만 호수를 넘어 웅장해 보이는 삼층 전각(殿閣) 앞에 이르자 멈춰 서고는 재빨리 커다란 나무 위로 올라가 무성한 나뭇잎 사이로 신형을 감췄다.

　"여기는……."

　현풍이 입을 여는데 전각 안에서 귀청이 찢어질 듯한 고함 소리가 들려왔다.

　"도련님, 여기서 도대체 뭘 하시고 계신 거예요?!"

　지축을 울리는 소리와 함께 거대한 몸집의 여인이 전각 밖으로 나왔다. 하늘을 향해 번쩍 들어 올린 양손으로 각기 조행진의 목덜미와 예쁘장하게 생긴 시녀복 차림의 여인의 허리를 붙잡고 있었다.

　조행진은 당혹한 표정이었고 시녀는 얼굴이 빨개진 채로 눈 둘 곳을 찾아 헤매고 있었는데 가슴패기의 옷자락이 흐트러져 있었다.

　"어릴 때부터 매일 시녀들 목욕하는 것을 훔쳐보더니 이제는……. 이 사실을 장주님이 아신다면 얼마나 분통해하실지 생각해 보셨어요?"

　유검은 내심 생각했다.

　'아마 부러워하지 않을까?'

　조행진은 주위에 사람이 몰려들까 두려워하며 소리 죽여 애원했다.

　"유모, 내려줘. 제발, 제발! 다시는 안 그럴게! 응?"

　유모는 전혀 들은 척도 하지 않았다.

"지금 괴적이 쳐들어온 것을 모르세요? 장주님께서 한참 곤욕을 치르고 계신데 도련님은 어쩜 이러실 수 있나요? 하여간 장주님께서 지금 어려운 처지시니 빨리 가서 도와야죠!"

흥분한 듯 몸을 떠는데 거대한 목청과 함께 목에 걸린 방울이 요란하게 울렸다.

"백화십이매(白花十二妹)!"

유모의 외침이 끝나기도 전에 전각 안에서 우르르 일단의 소녀들이 뛰쳐나왔다. 제각기 머리에는 흰 띠를 두르고 있었는데 빗자루, 먼지떨이, 주전자, 찻잔 등을 들고 있었다. 모두들 입술을 꽉 깨물고 단단히 결심을 한 표정들이었다.

"하나!"

"둘!"

"셋!"

재빨리 한 줄을 만들며 번호를 부르는데 열하나에서 끝이 났다.

"열하나?"

유모는 미간을 찌푸리며 주위를 돌아보았다. 시녀들의 시선이 자신의 손으로 향해 있었다.

유모는 손에 들려 있는 시녀를 내려놓으며 비장하게 외쳤다.

"열둘! 자, 장주님을 구하러 가자! 이제야말로 장주님의 은혜를 갚을 때다!"

그리고 조행진을 내려놓으며 그의 손에 장검을 쥐어주었다.

"도련님, 당당하게 앞장서세요!"

조행진이 얼떨결에 장검을 받아 들자 시녀들은 마치 전장을 앞에 둔 병사처럼 흥분해서 비명을 질렀다.

그 소리에 조행진은 한껏 고무되어 가슴을 쫙 펴고 장검을 번쩍 치
켜든 채 힘껏 외쳤다.

"자, 가자! 본 장의 운명은 우리 손에 달렸다!"

조행진과 유모, 열두 명의 시녀들이 우르르 달려가는 모습을 유검은
멍하니 지켜보았다.

현풍은 빙긋 미소 지으며 말했다.

"저 여인, 꾀가 대단하구나. 하도광이 어떤 자인지를 알고 있어."

"어떤 자입니까?"

"후배나 무공이 낮은 녀석과 싸우면 자신의 격이 떨어진다고 생각하
는 녀석이지. 하물며 무공도 모르는 계집아이들과 다투려 하겠느냐?
하하하!"

"그렇군요. 그런데 녀석이라니……. 사부님보다 최소한 한 배분은
높은 무림의 선배이실 텐데……."

"쓸데없는 데 신경 쓰지 말거라."

나뭇가지 위는 나름대로 있을 만했다. 엉덩이가 배기기는 했지만 한
손을 다른 나뭇가지에 걸쳐 중심을 나누니 조금 더 편했다.

좀 더 편안히 있을 수 있는 방법은 없을까 궁리하다 왜 자신이 나뭇
가지 위에 있어야 하는가에 생각이 이르렀다.

유검은 눈앞의 삼층 전각을 가리키며 물었다.

"저긴 어딥니까? 기보가 감춰져 있을 가능성이 가장 높은 곳인가요?
그래서 이곳으로 독심호리가 나타날 것이라 생각하는 것입니까?"

"아, 깜빡했군."

다른 생각에 잠겨 있다 깨어난 현풍은 유검에게 오히려 되물었다.

"흠… 네 생각은 어떠냐? 네가 장주라면 어디다 보물을 감춰두겠

느냐?"

일반 사람의 눈이 쉽게 미치지 않는 곳, 그리고 쉽게 접근할 수 없는 곳, 그러면서도 항상 자신의 눈 아래 둘 수가 있는 자신만의 공간이라면… 그렇다면…….

"설마 장주의 침소에 비밀 석실이 있어 그곳에 감춰두었다고 생각하는 것은 아니겠지?"

"아닌가요?"

현풍은 한심하다는 듯 혀를 차며 말했다.

"너조차도 쉽게 짐작할 수 있는 곳을 독심호리가 생각 못할 리 있겠느냐? 그는 일단 한 번 침입해 왔다. 그리고 실패했다. 그렇다면 그가 생각하지 못했던 곳에 보물이 숨겨져 있는 게 틀림없다."

반짝반짝 두 눈빛을 빛내며 열변을 토하는 사부의 모습에 유검은 머리를 긁적거렸다. 과연 독심호리를 잡기 위해서인지 보물을 탐내는 것인지 알 수가 없었다.

그런데 한 가지 의문이 더 들었다.

사부의 말이 모두 사실이라 쳐도 독심호리는 쫓기고 있는 다급한 와중에서도 당장 그 보물을 노려야만 하는 필연적인 이유가 있는 걸까? 일단 추적을 벗어나는 것이 급선무 아닐까? 신농산장으로 온 것은 단지 빠져나갈 비밀 통로가 있어서일 뿐이고 지금쯤은 어디론가 멀리 달아나 버린 것은 아닐까?

그런 여러 가지 의문이 들자 사부가 말한 기보 이야기 역시 별로 실감있게 와 닿지 않았다.

유검이 별 관심도 없이 멍하니 삼층 건물을 바라보는데.

"흠, 흠…….."

괜한 헛기침 소리에 힐끔 사부를 돌아보니 초롱초롱한 눈빛을 반짝이는 모습이 자신의 추측을 자랑하고 싶어 안달인 표정이었다.

이럴 때는 역시 예의상 묻지 않을 수 없다.

"사부님의 예리한 추측 끝에 당도한 이 건물은 어떤 곳입니까?"

현풍은 흐뭇한 미소를 띠며 자랑스럽게 말했다.

"흐흐… 네 머리로는 도저히 짐작할 수 없었던 모양이로군. 잘 들어 둬라. 이곳은……."

"병사(病舍)… 인가요?"

"무슨 소리를 하는 게냐? 여기는……."

간질 발작을 일으켰던 사내와 조금 전의 소동에 부상을 당한 사람들이 실려오고 있었다. 그 옆에서 같이 뛰어오는 유생의에 태극건을 두른 몇몇 의원들이 저마다 침통과 몇 가지 구급 약재통을 지닌 채 하인들에게 재빨리 지시를 내리고 있었다.

소란함도 잠시, 모두들 삼층 건물 안으로 들어가 버렸다.

"병사(病舍)… 였군."

현풍은 팔짱을 끼고 진지한 얼굴로 그렇게 뇌까렸다.

유검은 사부에게 돌아보며 물었다.

"어디라고 생각한 거죠?"

"……."

현풍은 못 들은 척 팔짱을 낀 채 하늘로 눈길을 돌렸다.

가끔 산들바람이 불어와 나뭇잎 스치는 소리가 났다. 따가운 햇살도 나뭇잎을 뚫고 들어오지는 못했다.

싱그러운 나무 냄새가 코끝을 스치고 더 강렬하게 후각을 자극하는 밥 짓는 냄새……. 뱃속에서는 꼬르륵거리는데 멀리서 사람들의 웅성거리는 소리가 아련하게 들려왔다.

현풍과 유검은 저 멀리 옅은 하늘색 위로 뭉게뭉게 피어 있는 구름들을 멍하니 바라보았다.

세상 일이 어떻게 되어가든 지금은 평화스럽다.

유검은 그런 느낌 속에서 멍하니 검무를 추었을 때를 되새기고 있는데 현풍 사부의 입이 열렸다.

"검의 경지에는 모두 세 단계가 있다."

"……."

"아, 물론 내가 나눈 것이다. 흔히 알려져 있는 구분과는 다르지."

현풍은 여전히 시선을 먼 하늘에 둔 채 계속해서 말을 이어 나갔다.

"음… 보통 세인들이 흔히 말하는 검의 경지란 초식(招式)의 정묘함과 진기(眞氣)의 운용, 그리고 마음의 자세 등을 구분해서 나눈다. 그 극한의 경지에 이르러 검강(劍罡)과 이기어검술(以氣馭劍術), 심검(心劍) 등을 발휘하기도 하지. 나는 이 모든 것을 다 합쳐 첫 번째 단계로 본다. 이렇게 하나로 뭉뚱그려 이야기하는 것은 이들과 아예 다른 차원의 단계가 있기 때문이다. 그것이 내가 보는 두 번째 단계……."

현풍은 누구에게랄 것 없이 무심하게 이야기를 잇고 있었다. 심심해서 그냥 이야기해 본다는 식이었다.

"그 두 번째 단계를 특별히 구분 지어 나누는 것은 무공이 월등히 강해져서… 라는 것 따위는 아니다. 월등하게 강해져서 하늘을 뚫고 땅을 무너뜨릴 수 있다는 것 따위가 아니고 어디까지나 본인밖에 알 수 없는 경험적인 것인데… 굳이 역(易)의 표현을 빌면 지천태(地天泰)의 경지라고나 할까."

“……?”

“말 그대로 하늘과 땅이 뒤집어져 음양이 교태되는 경지… 라기보다는… 뭐라고 할까……. 비유해서 말하자면 일반적인 검의 경지에 오름을 새끼 호랑이가 나중에 커서 맹수가 되는 것이라 볼 때 이 단계로 들어서게 된다는 것은 고양이가 아예 호랑이나 혹은 독수리로 변신하는 정도의 차이라고 볼 수 있다. 이를 보통의 대다수 무인들은 전혀 알지 못한다. 장님이 어떻게 눈을 뜬 자가 보는 것들을 상상할 수 있겠으며 어찌 호랑이가 독수리가 바라보는 세상을 짐작이라도 할 수 있을까. 이 두 번째 단계는 사람마다 들어서는 곳이 달라 일괄적으로 어떻다고 말할 수는 없다. 하지만 분명한 것은 무공을 보는 눈 자체가 변화되어 버린다는 것이다. 그래서 여태까지 보아왔던 무공의 초식들과 진기의 흐름들을 모두 자신의 뜻에 맞춰 재해석하게 된다. 보통의 무인들이 일검을 휘두를 때 적을 베려는 뜻을 품고 있다면 이 단계에 들어선 자는 바람을 베고, 정을 끊고, 악을 소멸시키고, 세상의 도리를 품기도 하고, 해와 달, 하늘과 땅, 혹은 스스로를 베기도 한다. 그렇게 일 파(一派)를 개설한 대종사(大宗師)들은 거의 이 단계에 이르게 되어 새 무공을 창조하게 되는 것이다.”

유검은 사부의 말이 이어질수록 낙양으로 향하는 관도에서 만났던, 괴이한 일검을 보여줬던 흑의청년이 자꾸만 눈앞에 아른거렸다.

현풍은 유검을 향해 돌아보며 말했다.

“여태까지 배워왔던 것들에 집착하지 말거라. 말에 얽매이지 말고 오직 뜻을 취하거라. 농부들이 쟁기질을 열심히 하는 것은 가을에 수확을 하기 위해서이다.”

유검은 몸가짐을 바로하고 정중히 고개를 조아렸다.

"사부님의 말씀을 깊이 명심하겠습니다."

그리고 나서 물었다.

"그 다음 단계는 무엇입니까?"

"말로 표현할 수는 없음이다. 단지 무상검(無常劍)이라 부르도록 하자꾸나. 언젠가 네가 그 경지에 이르게 된다면 자연히 알게 되겠지."

유검은 곰곰이 생각하다 물었다.

"혹시… 저는 두 번째 단계에 들어선 것입니까?"

현풍은 나직한 신음성을 흘리며 다시 먼 하늘을 바라보았다. 한참 후에야 대답했다.

"그렇다. 너는 두 번째 단계로 들어섰다. 하지만……."

현풍은 탄식하듯 말했다.

"너무 빠르구나. 너무 일찍 들어서 버렸어. 아무리 빨라도 사십 대 이전에는 힘들 것이라 보았는데……."

문득 유검의 뇌리에 낙양으로 향하는 관도에서 보았던 그 흑의청년의 모습이 다시 아른거렸다. 그는 삼십 대 정도로 보였는데…….

유검은 그의 모습을 지우며 물었다.

"너무 빨리 들어서서 안 좋은 점이 있습니까?"

"너는 이미 경험했지 않느냐? 주화입마를 당하고 내공은 모두 흐트러져 버렸으며 그로써 지닌 바 무공을 모두 잃게 되어버렸다. 미리 대비할 만한 경험과 지식이 모두 부족했던 탓이지. 너는 이제 처음부터 다시 시작해야만 한다. 이제부터 네가 익혀 나가야 할 무공은 너 스스로 창안하는 수밖에 없다. 예전에 익혔던 것들이 참조는 될 수 있을지언정 지침은 되지 못한다. 거추장스런 짐이 될 뿐이다. 다시 말해 너는 초심자의 마음으로 돌아가야만 한다. 이제부터 너의 사부는 하늘이요 땅이다. 어디서 무엇을 깨닫고 무엇을 배울지는 오직 스스로에게 달려 있다. 나의 이 말을 알아듣겠느냐?"

"이 제자 우둔하여 현오(玄奧)하신 사부님의 말씀을 제대로 깨닫지 못하겠나이다."

"예의로 하는 소리냐, 아니면 정말로 못 알아들은 게냐?"

"당연히 예의지요."

심심풀이 삼아 꺼낸 화젯거리가 바닥난 것처럼 둘은 묵묵히 전각의 삼층 창문을 들여다보았다. 먼 하늘만 바라보기엔 왠지 지겨운 걸까.

무더운 여름날, 한낮에 창문을 닫고 있을 리는 없었고 몇몇 여인의 모습이 창문가에 아른거리다 사라졌다. 그중 한 여인이 무척 더웠던지 창가로 얼굴을 내밀고는 웃옷 자락을 펄럭여 바람을 일으켰다.

유검은 그 광경을 아무 생각 없이 멍하니 구경하다 문득 궁금증이 생겨 사부에게 물었다.

"왜 이제야 알려주시는 겁니까?"

현풍이 대답했다.

"이제야 네가 다시 검을 찾았으니까."

유검은 검지에 골무가 끼워져 있는 오른손을 들여다보았다.

자신의 손이되 왠지 낯설었다. 익숙하면서도 생소하고, 뜻대로 움직여지면서도 자기 것은 아니다. 누군가를 너무 많이 생각하다 보면 막상 그 사람을 만났을 때 오히려 낯설어 보이는 것처럼…….

별로 실감은 나지 않았지만 어쨌든 사부의 말은 사실인 모양이다. 마음속에서 검이 웃고 있다.

현풍은 조용히 미소 짓다 물었다.

"무엇이라 이름 붙일 테냐?"

"예?"

"네가 처음 득의(得意)한 그 일검 말이다."

"아!"

유검은 잠시 생각해 보았다.

자신이 깨달은 일검을 무엇이라 하면 좋을까?

무엇이든 벨 수가 있을 듯하다.

하지만 베기 위해 검을 휘두르는 것은 아니다. 일월(日月)의 변함없는 행로(行路)처럼 당연히 검이 가야 할 길을 간다는 느낌에 가까울 것이다.

일월이라 이름을 붙일까?

유검은 고개를 저었다. 그건 너무 현오하고 굉장한 검법처럼 보인다.

검식을 펼치고 나면 사람들이 물을 것이다.

"그 검법은 무엇이라고 하오?"

"일월이라 합니다."

"오, 굉장하구려. 해와 달이라……. 대우주의 운행 이치를 보고 만든 검법인 모양이구려. 근데 어느 분께 사사받으셨소?"

"보잘것없으나마 제 스스로 깨달은 것입니다."

"오, 과연!"

겉으로는 찬탄하는 체하겠지만 속으로는 비웃을 것이다. '제법 쓸만해 보이는 검법이지만 일월이라니… 너무 광오하지 않은가?' 라면서.

남들이 어떻게 봐주는 거야 둘째 치고라도 어쨌거나 굉장한 느낌을 주는 이름만은 피하고 싶었다.

어딘들 가지 못하는 곳이 없는 바람 풍(風) 자를 넣어보면 어떨까? 하지만 어찌 사부의 도호를 감히 넣을 수 있으랴.

그렇다면 아예 평범하게 횡소천군(橫掃千軍)이라 이름 붙이면 어떨까? 실제 펼쳐지는 모양새는 유사한 편이니까.

유검은 다시 고개를 저었다.

그래도 뭔가 소박하나마 자신만의 의미가 담겨 있고 제법 운치있는 이름이고 싶었다.

이렇게 이런저런 생각을 굴리다 보니 차츰 '정말이구나!' 하는 느낌이 밀려오는 파도처럼 왔다가 스러지곤 했다.

검의 또 다른 세계……

들을 때는 전혀 실감이 나지 않았는데 지금 다시 되새겨 보니 갑자기 가슴이 두근거리기 시작했다. 여태까지 느끼고 보아왔던 것과는 전혀 다른 검의 세계를 보게 된다는 말이 아닌가? 어렴풋이 무엇을 의미하는지 감(感)은 왔지만 그렇다고 확연히 체감할 수는 없었다.

하지만 차츰 알게 될 것이다. 어떤 신세계가 눈앞에 펼쳐질 것인지……

새로운 세계는 과연 자신에게 무엇을 보여주고 무엇을 말해 줄 것인가?

마치 홍미진진한 여행을 떠나는 기분이었다. 미지의 세계에 대한 두려움보다는 새로움에 대한 강렬한 호기심과 모험심이 더 강했다.

마음이 통하는 검과 함께라면 어떤 일이 벌어진다 한들 문제있을 리 없다.

문득 떠오른 생각.

'이 여행의 끝에는 무엇이 있을까?'

그 생각에 이르자 유검은 가슴속에서 알 수 없는 열정이 치밀어 오르는 것을 느꼈다.

마치 태어날 때부터 애당초 자신은 이 길을 택했던 것 같았다. 아니, 이 길을 걷기 위해 자신은 태어난 것 같았다.

검의 끝, 과연 무엇이 기다리고 있는 것인가?

유검은 결심한 듯 주먹을 꽉 쥐고 진지하게 말했다.

"이름을 정했습니다."

"무엇으로?"

"무상검(無常劍)…… 무상검이라 부르겠습니다!"

현풍은 두 눈을 동그랗게 떴다.

창문으로 보이는 여인이 더위 탓인지 살짝 옷깃을 풀어헤치고 있었다. 그 때문에 잠시 유검의 말을 놓쳐 버렸다.

"음… 무엇으로 정했다고?"

다시 되묻는 말에 유검은 맥이 풀려 버렸다.

"무상검요."

유검의 대답에 현풍은 잠시 아무 말이 없었다.

잠시 후 현풍은 자신들이 숨어 있는 처지라는 것을 망각하고 순간 소리 지르고 말았다.

"그 이름은 아직 백 년은 이르다, 이 바보 녀석아!"

"저 나무에서 무슨 소리가 들리지 않았나?"

입구에 있던 한 호위 무사가 손가락으로 현풍과 유검이 숨어 있는 나무를 가리키며 외쳤다. 몇몇 다른 사람들도 귀머거리는 아닌지라 이미 눈길이 그곳을 향해 있었다.

두 명의 호위 무사가 그 나무로 다가가 위를 살펴보았으나 아무것도 발견할 수 없었다.

"귀신의 짓인가?

삼층 전각의 지붕 위, 유검과 현풍은 서로를 탓했다. 그늘진 나무 아래서 뙤약볕이 내리쬐는 지붕으로 오게 된 것이 서로 상대방에게 잘못이 있다고 생각했으니까.

아웅다웅 말씨름을 하다 별로 재미가 없어 그만둬 버렸다.

현풍과 유검은 삼층 전각의 꼭대기라고 할 수 있는 거대한 용두상 (龍頭象) 위에서 가부좌를 틀고 앉자 아래를 굽어 보았다.

신농산장의 전경이 한눈에 들어왔다.

현풍은 지나가듯 물었다.

"이제 어떡할 거냐? 무당산으로 돌아와도 뭐라고 할 사람은 없다."

유검은 잠시 생각하다 입을 열었다.

"돌아가지 않습니다."

"연을 끊겠단 말이냐?"

"지금 당장은 말입니다. 언젠가는 돌아가겠죠."

"무당산을 마치 저승 같은 곳으로 생각하나 보구나."

"염라대왕만 있다면……."

현풍은 잠시 유검을 돌아보고 위 아래를 훑어보다 조심스레 말을 꺼내었다.

"너 말이다. 혹시……."

"같이 이야기꾼이 되자는 제의라면 사양하겠습니다."

“예리한 녀석.”

현풍은 입맛을 다셨다.

저 멀리에서는 아직도 아웅다웅거리는지 사람들이 모여 있었다. 자신이 떠나온 자리였다. 하도광의 고함 소리가 간간이 바람을 타고 들려왔고, 마치 화답하듯 유모의 목청 소리도 연이어 울려 퍼졌다.

여기 멀리까지 소리가 들릴 지경이니 가까이 있는 사람들은 두 손바닥으로 귀를 막고 한껏 인상을 찌푸리고 있을 것이다.

그런 상상에 유검은 자기도 모르게 미소 짓는데 사부가 혼잣말처럼 중얼거렸다.

“이제부터… 시작이구나.”

시작이라…….

유검은 가슴을 폈다. 시선이 위로 향했다. 드넓은 창공이 두 눈 가득 들어왔다.

하늘은 여전히 푸르렀다. 가끔 불어오는 바람은 멈췄고 은근히 몸에 땀이 배어왔지만 나쁜 기분은 절대 아니었다.

입가에 절로 미소가 어렸다. 왠지 나른한 기분이 들어 잠시 눈을 감았는데 그대로 잠이 들고 말았다.

*　　　　*　　　　*

하도광, 그의 얼굴은 분노로 인해 벌겋게 달아오른 채 오연히 하늘만 바라보고 있었다. 팔짱을 낀 두 팔은 당장이라도 칼을 뽑아 들듯 부르르 떨렸으나 동앗줄로 꽉 옭아맨 듯 풀어지지는 않았다.

그의 주위로 열댓 명의 소녀들이 우르르 몰려들어 저마다 악을 쓰고
있었다.

"덤벼! 덤비라구! 이 덩치만 큰 녀석아!"

"니가 뭔데 여기 와서 행패야? 니가 그렇게 잘났어?"

"웬 불한당이냐? 어디서 감히 장주님께 협박하고 그래? 맛 좀 볼래?
응?"

"쳐봐! 쳐봐! 겁먹었니? 쳐보라는데 왜 가만있어? 쳐보라니까!"

그녀들은 주전자를 때리기도 하고 빗자루로 바닥을 치며 장단을 맞
추기도 하며 지칠 줄 모르고 시끄럽게 악을 쓰고 있었다.

하도광은 그야말로 진퇴양난(進退兩難)이었다. 무공도 모르는 계집
아이들에게 손을 쓴다는 것은 있을 수도 없는 일이고, 말대꾸조차 체
면에 손상 가는 일이니 오로지 시선을 하늘로 두고 모르는 체하는 수
밖에.

평소 쓸모없는 밥버러지들이긴 하지만 그런 수하들이라도 대동했다
면 이런 일은 없었을 것이라며 내심 후회했다.

그나마 다행인 것은 주위에 사람들이 그다지 많지 않다는 것 정도였
다.

유검을 공격하다 부상을 입은 이들은 모두 병사로 옮겨졌으며 나머
지는 유검이 지닌 한천검을 찾아 여기저기를 헤매고 다니느라 이 자리
에 남아 있는 이들은 별로 없었던 것이다.

하지만 매대선생이 옆에서 은근한 미소를 띠며 구경하고 있으니 무
척 심기에 거슬렸다. 지금의 상황이 강호에 알려지게 된다면 체면이
뭐가 되겠는가?

하도광은 무슨 영문인지 모른다는 듯 두 눈을 동그랗게 뜨고 시치미
떼고 있는 장주의 얄미운 얼굴과 한세월 고생해서 힘들게 키워놨더니
이젠 아비를 아예 무시하려 드는 괘씸한 자식 녀석의 얼굴을 번갈아
쳐다보았다.

"에잇!"

차마 치미는 분기를 이기지 못해 자칫 손을 써버릴까 봐 하도광은
등을 돌려 버렸다. 비겁한 녀석 어쩌고저쩌고 아직까지 악을 쓰고 있
는 계집아이들을 뒤로하고 그 자리를 벗어나 버렸다.

성큼성큼 걸어 대문을 향해 가니 문지기 녀석 하나가 의자에 앉아
꾸벅꾸벅 졸면서 길을 가로막고 있었다.

"비켜!"

천둥이 치는 듯한 그 외침에 문지기는 깜짝 놀라 잠에서 깨어났다.
허둥지둥 우왕좌왕거리다 눈을 부릅 뜨고 있는 하도광과 시선을 마주
치고는 놀라 게거품을 물고 기절해 버리고 말았다.

하도광은 한숨에 이십여 리를 달려 눈에 띄는 한 주점으로 들어가서
는 마구잡이로 술을 시켜 그중 한 동아리를 단숨에 들이켰다.

"주인장, 술을 가져와! 누가 식초를 달랬나!"

주인은 그 무시무시한 호통에 겁에 질려 벌벌 떨며 주방으로 들어갔
다. 하도광은 그새를 못 참아 자신이 식초라고 했던 술 단지를 그냥 벌
컥벌컥 들이켰다.

왈칵 목구멍을 따라 치솟는 화기(火氣)에 하도광은 탁자를 내려치며
소리쳤다.

"제기랄! 자식새낀 키워봤자 헛거야, 헛거!"

계속해서 횟술을 들이키는 그의 눈앞에 그간 사이비(似而非), 돌팔이

신농산장 장주의 호언장담에 속아 고생해 왔던 지난날들이 생생하게
떠올랐다가 허무하게 사라져 갔다.

하도광은 십칠 년 전, 지금처럼 무더위가 한창 기승을 부리던 어느
여름날 만삭이 된 부인과 함께 신농산장을 방문했었다.

부인에게는 새로 태어날 아기의 건강을 염려해 진맥(診脈)을 받아보
고 보약을 짓기 위해서라고 둘러대었지만 그에게는 또 다른 속셈이 있
었다.

본래 하도광의 집안은 손이 귀했다. 그런데다 하도광은 무공에 미쳐
후세를 등한시하다 보니 세월 가는 줄을 몰랐다. 뒤늦게야 선대 조상
님 뵐 면목이 없어 지금의 부인을 얻어 결혼을 하였다.

신혼 때에도 여전히 무공에 미쳐 지냈지만 부인이 임신을 했다는 것
을 아는 순간 그는 형언하기 힘든 감정을 맛보았다.

자신의 핏줄을 이어받은 후세라니!

순간 그는 결심했다.

'좋다! 이 아이에게 모든 것을 걸어보자! 이 녀석을 천하제일인으로
만들어보자!'

하도광은 자신이 아무리 노력해도 천하에서 으뜸 가는 인물이 될 수
없다는 것을 은연중에 느끼고 있었기에 그와 같은 생각이 든 것은 당
연한 흐름이었다. 그의 부모님이 그런 기대를 가졌던 것처럼 그 역시
새로 태어날 자식에게 모든 것을 물려줄 생각을 가졌던 것이다.

그로부터 그는 만사를 제쳐놓고 새로 태어날 아기를 위해 모든 정성
과 시간을 투자했다. 명의를 불러 진맥을 받아보기도 했다. 그때 임신
되어 있는 태아가 여아라는 사실을 알게 되었다.

하도광은 후회했다.

'애당초 임신되기 전에 아들 낳게 하는 약을 먹었다면!'

여아라면 아무래도 천하제일인이 되기는 힘들지 않겠는가?

그래도 그는 임신 삼 개월 전이라면 남아로 바뀔 수도 있다는 의원의 말에 한 가닥 희망을 가지고 갖은 방법을 다 동원해서 최대한 노력했다.

부인이 자는 베갯머리에 도끼를 놓아보기도 하고 금해야 될 음식 일천팔십여 가지를 적어 일일이 따져 먹였으며 천하의 명의를 찾아 아들로 바뀌게 만드는 약을 수십 제 이상 먹었다. 심지어 용한 점쟁이를 찾아다니며 부적까지 수십 장 이상 사서 방 안 구석구석 붙이지 않은 곳이 없었다.

하지만 한 사람이 태어나는 것은 하늘에서 정해진 이치인 것, 인위적으로 쉽사리 바뀔 바는 아니었다. 중간중간 진맥을 받아봐도 여전히 성별은 여아였다.

하도광은 생각을 바꾸었다.

'여아면 어떤가? 남자 아이로 키우면 그뿐이다. 무공에 남녀의 구분이 있을 수 없다!'

그는 새로 태어날 아기를 위해 영약을 구하러 다녔다.

장백산(長白山)의 산삼(山蔘)에서부터 남만(南蠻)의 오골초(烏骨草)라는 이상한 약까지 구해보지 않은 것이 없었다.

아직 겨울이 지나지 않아 천 년 묵은 산삼이 나타났다는 소리에 다시 장백산을 찾던 중 대설(大雪)을 만나 하도광은 잠시 근처의 동굴로 피했다.

눈이 그칠 생각을 하지 않자 그곳에서 어쩔 수 없이 며칠을 보내게 되었는데 우연히… 그야말로 우연히 하나의 비밀 석실을 발견하게 되었다.

그 석실 안에서 하도광은 옛 기인의 유골(遺骨)을 보았다. 그 옆에는 조그만 상자가 하나 있었는데 그 안에는 무슨 재질인지 모를 묵빛의 구슬과 거의 다 삭아 금방이라도 부서져 버릴 듯한 양피지(羊皮紙)로 된 두루마리가 있었다.

양피지의 내용을 읽어보다 하도광은 흥분했다.

믿기지 않게도 그 유골은 삼백 년 전 천하에서 으뜸 가는 내공(內功)으로 뭇 강호인들이 외경하던, 그리고 그 누구와도 싸우지 않는 것으로 유명했던 장룡노인(藏龍老人)의 것이었다. 무공으로서는 몰라도 내공의 심후함으로 따지자면 동서고금을 통해 세 손가락 안에는 반드시 들 것이라는 기인이 바로 그였다.

양피지를 자세히 읽어보다 하도광은 더욱 흥분했다. 남겨진 묵빛 구슬은 장룡노인이 도가의 신선이 되는 법을 연구하여 우화등선하려다 실패하고는 죽기 전에 한평생 쌓아둔 내공을 단(丹)으로 만들어 남겨둔 것이었다.

'이것만 제대로 몸 안에 흡수시킬 수 있다면?'

무공의 강약이 내공으로 결정되는 것은 아니지만 분명 막대한 공력이 생긴다면 무공의 성취가 일취월장할 것은 불을 보듯 뻔한 사실이 아닌가.

하지만 양피지를 읽어보다 하도광은 실망을 금할 수밖에 없었다. 내공을 전혀 익히지 않고 환골탈태가 미리 이루어져 있어야만이 자신의 단을 흡수할 수 있을 것이라 적혀 있었던 것이다. 장룡노인이 한평생 쌓아온 공력은 선천의 기를 이용해서 삼화취정(三花聚頂)의 경지를 넘은 것, 자신이 공부해 왔던 공력과 그 길이 전혀 딴판이었기에 흡수할 방법이 없었다.

하지만 그는 실망하지 않았다. 또 다른 희망에 흥분했다. 새로 태어날 아기에게 그 단을 흡수시킨다면? 그 내공을 고스란히 이어받을 수만 있다면 그야말로 약관(弱冠)의 나이에 천하를 굽어보는 것도 어렵지 않으리라. 아니, 더 더욱 무공 수련에 전념한다면, 나이 들어 그 경지가 나날이 높아져 간다면 고금에서 으뜸 가는 인물이 될 수도 있지 않을까?

비록 태중의 자식이 여아이기는 하나 동시대에 여인의 몸으로 천하제일인이었던 한천검도 있지 않은가? 아니, 애당초 결심한 바대로 무공에 남녀의 구별이 웬 말인가?

눈이 그치는 대로 하도광은 장룡노인의 유품을 가지고 곧장 집으로 되돌아왔다. 그리고 천하를 뒤져 곧 태어날 자식을 환골탈태시킬 수 있는 방법을 찾았다.

하지만 갓 태어난 아기를, 장부(臟腑)조차 완전히 형성되어 있지 않은 아이를 환골탈태시킨다는 것은 말처럼 쉬운 일이 아니었다. 무학의 이치상으로도, 의학상으로도 쉽지 않았다. 게다가 대놓고 장룡노인이 남긴 단을 흡수시키기 위해서라는 것을 밝힐 수 없기에 그 어려움은 더했다.

그러다 부인이 만삭에 가까워질 무렵 마지막 희망을 안고 신농산장을 찾았던 것이다.

하도광은 조심스레 새로 태어날 아기를 환골탈태시킬 수 있는가 물어보았다. 그리고 신농산장 장주는 틀림없이……

"이 개자식! 분명히 장담해 놓고서는!"

신분에 걸맞지 않는 욕설을 내뱉고는 하도광은 생각할수록 분통이 터지는지 탁자 위에 수북히 쌓아둔 술 단지만 비울 뿐이었다.

장룡노인의 내단 대신 천년설삼을 우연히 구해 복용시키려 한다고 핑계를 대고 환골탈태를 문의했었다.

장주는 분명히 자신했다. 분명 환골탈태시킬 수 있는 대법(大法)이 있다고. 그리고 한 번에 약력을 바로 흡수시키면 아이의 체력이 견디지를 못하기 때문에 일단 약을 복용한 후에 서서히 몸속으로 녹아 들어가게 해야 한다고.

참으로 그럴듯했다.

그리고 그는 여아의 나이가 십사 세에 이르러 천계(天癸)가 지(至)하고, 즉 월경(月經)이 시작되면서 그때부터 이 년 간에 걸쳐 모든 약력(藥力)이 온몸으로 퍼져 흡수될 것이라고 분명히 장담했었다.

다만 주의할 점은 반드시 그때까지 음양교합(陰陽交合)이 있어서는 안 된다고 했다. 즉 순결을 지키기만 하면 되는 것이다.

그래서 아예 화를 남자 아이로 키웠고 고생고생해 가며 혹시나 엉뚱한 놈팽이와 눈이 맞는 건 아닌지 항상 주의, 감시하며 오늘에 이르렀다.

그리고 오늘이 바로 그 이 년을 다 채운 날이었다.

십육 세에 이른 오늘까지 분명 순결을 지켰다. 얼마 전 부인에게 부탁하여 순결 여부의 확인까지 했었다.

그런데도…….

"제기랄, 되긴 뭐가 돼! 지금은 그냥 약간의 손발 재간을 익힌 계집아이밖에 더 되냔 말이다!"

홧김에 다시 술 단지를 기울이는데 한 청의(靑衣) 인영이 주점 내로 들어서고 있었다.

"아버님, 제가 대작(對酌)해 드려도 괜찮을는지요?"

정중히 포권하며 낭랑한 목소리로 그리 말한 청의 인영은 이십여 세가량 되어 보이는 청년이었는데 반듯한 이마, 오뚝 선 콧날, 붉은 입술, 분을 칠한 듯 하얀 얼굴, 날카로운 검미(劍眉), 밤하늘의 별처럼 초롱초롱 빛나는 두 눈, 그야말로 이야기 속에서나 나올 법한 미장부(美丈夫)였다.

그의 모습을 보는 순간 하도광의 얼굴이 더욱 일그러졌다.

"누가 아버님이냐! 꺼져! 그렇지 않으면!"

말과 함께 등 뒤에 둘러멘 애도(愛刀)를 거칠게 거머쥐었다. 철컹거리며 위협적인 음향이 울려 퍼졌다.

주점의 주인은 드디어 한바탕 난리가 나겠구나 싶은 듯 사색이 되어 아예 뒷문으로 도망쳐 버렸다.

미장부는 하도광의 엄포에도 안색조차 흩뜨리지 않고 예의 낭랑한 음성으로 말을 이었다.

"흥분하시면 신(神)이 흐트러져 내공 연마에 손실이 큽니다. 아.버.님! 그리고 누차 부탁드리거니와 따님을 제게 주십시오!"

"내게 딸자식은 없다! 허튼 소리 말고 꺼져라!"

하도광은 말은 거칠게 내뱉었지만 그렇다고 애도를 뽑지는 못했다.

기생 오라버니같이 생긴 저 녀석은 그래도 무림 오대세가 중 제갈세가(諸葛世家)에서 기대를 한 몸에 받고 있는 후기지수(後起之秀)요 소가주(小家主)였다. 게다가 제갈가주와도 친분이 있는 처지라 적절한 핑곗거리없이 함부로 교훈을 내리기 어려웠던 것이다.

저놈 때문에 화에게 들끓는 여러 놈팽이들이 싸그리 사라진 것까지는 좋았지만 그 이후로 화를 달라며 죽자고 달라붙고 있는 것이다.

그래서 하도광은 궁리 끝에 한 가지 약속을 했다.

그것은······.

"잊지 않으셨으리라 믿습니다. 화가 십육 세 되던 날 비무초친(比武招親)하신다 하신 약속을!"

담담한 어조로 하도광으로서는 떠올리기 싫은 그 약속을 꺼내는 미장부 제갈휘(諸葛輝)였다. 두 명의 무사가 다가와 하도광의 맞은편에 고풍스러워 보이는 나무로 만들어진 의자를 내려놓았다. 그 위로 비단천을 깔자 그제야 제갈휘는 조심스레 엉덩이를 걸쳐 앉았다.

그 모습에 하도광은 더욱 눈살을 찌푸렸다.

제갈휘가 꺼낸 약속은 당시 하도광으로서는 그럴듯한 핑계였다. 화가 십육 세가 되면 장룡노인이 남긴 내공을 모두 흡수했을 때이고, 그렇게 되면 저놈 정도야 문제도 아닐 것이라는 생각에 그리 약속했던 것이다. 하지만 일이 이상하게 꼬여 버렸으니······.

'때려죽일 장주 놈!'

대답하기 싫어 애꿎은 술만 벌컥벌컥 들이켰다.

"젠장, 주인장! 누가 식초를 달랬나? 술을 다오, 술을!"

하도광은 사라져 버린 주인을 향해 고래고래 고함 지를 뿐이었다.

그리고 내심 생각했다.

'화는 딸이 아니다. 단지 나의 자식이고 무인일 뿐, 그러니 비무라는 두 글자는 합당하되 초친이라니! 그것은 말이 안 되지. 안 돼! 암, 그렇고말고!'

여느 보통의 아버지들이 그러하듯 하도광 역시 이런저런 이유를 대고는 있지만 어쩌면 단순히 딸을 시집보내기 싫어하는 것뿐일지도 몰랐다.

도대체
어떤 상황인 거지?

도대체 어떤 상황인 거지?

유검은 꿈속에서 누군가가 다투는 것을 구경하다 잠에서 깨어났다.

제법 긴 시간 잠을 잔 듯 해는 서산마루를 향하고 있었다. 그래도 아직까지 내리쬐는 햇살은 꽤나 따가웠다. 눈이 부실 지경이다. 이런 데서 잠이 들다니…….

천천히 몸을 일으키는데 눈앞이 어찔거렸다. 몸을 휘청거리다 다시 중심을 바로 세우고 주위를 둘러보니 사부의 모습이 보이지 않았다.

"……?"

다시 살펴보니 여인의 치맛자락처럼 휘어진 처마 위로 두 개의 신발이 걸쳐져 있었다. 신발 바닥이 위로 향한 채로.

"박쥐 흉내라도 내시는 건가?"

유검은 용두상에서 내려와 조심스레 가파른 지붕을 내려갔다. 기왓장들이 발에 밟히는 소리가 났다.

사부가 몸을 거꾸로 한 채 매달려 있는 처마에 이르렀다.

신발 바닥은 닳아서 구멍이 나 있었다. 엄지발가락이 꼼지락거리는 것이 분명히 사부의 신발이었다.

"휴……."

유검은 한숨을 길게 쉬었다.

두 발끝만 처마 자락에 걸친 채 거꾸로 매달려 있다니, 모르는 사람이 본다면 무당의 도사가 아니라 양상군자(梁上君子)로 오인받을 만한 행동 아닌가?

'그보단 아마 색마(色魔)로 낙인찍힐지도…….'

가만히 귀를 기울였다.

지붕 아래서 조그만 소리들이 들려왔다. 무슨 소리를 하고 있는지 자세히 들리지는 않았지만 분명히 여자들이 모여서 재잘거리고 있는 것 같았다.

자신의 짐작이 맞는가 싶어 재차 한숨을 내쉬는데.

스르르…….

처마에 걸쳐져 있는 신발이 미끄러지고 있었다. 사부의 무공으로 볼 때 분명히 의도적인 현상이었다.

유검은 놀라 미끄러지고 있는 발을 황급히 붙잡았다.

"사부, 참으세요! 그래선 안 됩니다! 나이를 생각… 읍!"

어디서 날아왔는지 도무지 짐작도 할 수 없는 무형의 지풍(指風)에 유검은 아혈(啞穴)이 제압당하고 말았다.

귓가로 사부의 전음이 들려왔다.

─소리 지르지 말거라. 도대체 무슨 오해를 하는 게냐?

연이어 허리춤이 뜨끔하더니 마혈(麻穴)까지 제압당해 버렸다.

사부의 전음이 들려왔다.

―역시 나의 짐작이 맞았다. 확실히 이곳은 수상하구나.

유검은 마혈과 아혈이 제압당했기에 아무 소리 못하고 그냥 사부의 전음을 들을 수밖에 없었다.

―두 여자가 서로 대화를 나누고 있는데 무척 중요한 이야긴 것 같다. 대략 정리해서 말하자면 장주가 아무도 몰래 이 전각을 드나든다는 소문이 있다는 거다. 하루에 한 번씩은 꼭 여기를 드나드는데 어떤 때는 낮에, 어떤 때는 사람들 모두 자고 있을 시간에 몰래 온다는군. 그런데 괴이하게도 안에 있던 사람들은 아무도 장주를 본 적이 없다는 거야. 확실히 수상하지? 아, 한 사람이 흥분해서 외치는군. 분명 이 건물 안에 비밀 방이 있을 거라고 자기가 아끼는 속옷을 걸고 장담하고 있구나.

'도대체 어떤 상황인 겁니까?'

―흠… 사람들 몰래 살짝 여기로 와서 무슨 짓을 하는지 모르겠지만 한 시진 정도 머물렀다가 나간다는군.

'쳇, 몰래 오는데 어떻게 그렇게 자세히 알 수 있죠?'

―그 비밀 방에 몰래 여자를 불러 이곳에서 운우지락(雲雨之樂)을 나눈다는 소문도 있고 여태껏 모아둔 재물을 몰래 감춰두고 홀로 감상한다는 소문도 있다는군. 혹은… 사람을 몰래 잡아와 인체 실험을 한다는 이야기까지 나오는구나.

그 이야기에 유검은 문득 떠오르는 것이 있었다. 낙양으로 오는 중 마차 안에서 하오문의 녀석에게 들었던 이야기. 신농산장에서 일부러 사람들을 산다고 하지 않았던가? 잡일꾼을 쓰려는데 굳이 사람을 몰래 살 필요까지야 없지 않은가. 어쩌면 정말로 몰래 사람을 사서는 인체 실험을 하고 있는 게 아닐까?

'하지만……'

잘난 체하는 데 이골이 나 있지만 유모에게는 꼼짝도 못하던 조행진의 건방진 얼굴과 하도광의 고함 소리에 어쩔 줄 몰라 하며 식은땀만 흘리던 조 장주의 모습을 떠올리니 그런 생각들이 왠지 허무하게 느껴졌다. 환한 태양빛 아래서 음침한 그늘을 찾는 듯 왠지 어색했던 것이다.

―이 사부의 생각으로도 분명 그 비밀 방은 있을 것이라 생각된다. 그곳에 분명 희귀한 기보(奇寶)를 숨겨두었을 것이다. 독심호리는 아마 우연히 그것을 눈치 채고 노리는 것이겠지.

유검은 기보보다 황금으로 만든 미녀상이 더 가능성 높다고 생각했다.

이런저런 생각을 하며 사부의 다음 전음을 기다리는데 한참 동안 말이 없었다.

'뭘 하고 계신 거지?'

돌연 아래서 와장창 하는 소리가 들려왔다. 동시에 날카로운 여인의 비명 소리도 함께 울렸다.

―호오 대단하구나.

'뭐가요?'

―대단해, 대단……

'그러니까 뭐가 대단하다는 겁니까?'

―흐음… 저런 수도 있었구먼. 과연!

감탄사만 울려대는 사부의 전음에 유검은 슬슬 열이 치솟았다.

"도대체……"

생각만이 아니라 소리까지 갑작스레 자기 입에서 튀어나오자 유검은 황급히 입을 닫았다. 몸까지 움직여지는 것으로 보아 이미 아혈과 마혈 모두 풀어져 있었다.

사부는 이미 창문을 통해 안으로 들어가 버리고 없었다.

조심스레 처마의 끝을 잡고 사부의 뒤를 따라 창문으로 들어가려는데 시녀복 차림의 한 여인이 고개를 들고 자신을 바라보고 있었다.

본래 여기는 사람들이 잘 왕래하지 않는 후원 쪽이었는데 조금 전 유검이 소리친 음성에 한 시녀가 지나가다 올려다본 모양이었다.

유검은 어색한 웃음을 씨익 웃어주고는 황급히 창문 안으로 들어섰다.

'설마 제법 거리가 되는데 내 얼굴을 기억하지는 못하겠지.'

창문 안으로 들어섰지만 사부의 모습은 보이지가 않았다. 대신 서로 머리채를 움켜쥐고 있던 두 소녀가 싸움을 멈추고 놀란 얼굴로 자신을 돌아보고 있었다. 싸우는 도중에 무슨 일이 있었는지 한 명은 가슴패기가 열려져 있고 다른 한 명은 치맛자락이 배꼽 위까지 올려져 있었다.

"아……."

치마가 올려져 드러난 허벅지로 시선이 돌려지는 것도 잠시, 뭐라고 변명하려고 입을 열려는데 더 앞서 두 소녀의 날카로운 비명 소리가 울려 퍼졌다.

방 안에서 말린 빨랫감들을 정리하다 싸움이 붙은 모양인지 자질구레한 옷가지들이 바닥에 온통 널브러져 있었다.

두 소녀의 눈빛이 경악에서 짙은 살기로 변해가는 것을 직감적으로 느끼고 유검은 '조용한 대화로서의 해결'을 포기했다. 본능적으로 손

에 쉽게 닿는 탁자 위의 옷가지를 집어 얼굴을 가리고 재빨리 방문 밖
으로 도망쳤다.

문을 열어 뛰쳐나가는 순간, 마침 차를 가지고 지나가던 시녀와 부
딪치고 말았다.

쨍그랑!

"끼아아악!"

찻잔이 바닥에 부딪쳐 깨지는 소리와 비명이 조화를 이뤄 울려 퍼지
며 주위는 순식간에 소란스러워졌다.

"실례!"

본래의 음성을 감춰야 한다는 사실조차 떠올리지 못하고 그렇게 양
해를 구하며 무조건 복도를 따라 달렸다.

'이 상태에서 발각되면…….'

한평생 자기에게 무슨 소리가 따라다닐지는 자명했다.

이럴 때 사부는 어디로 갔단 말인가? 이 모든 게 누구 탓인데…….

골목을 접어들어 사람들의 시선에서 피했다고 생각되자 재빨리 눈
앞에 보이는 문을 열고 들어갔다.

"……!"

갑작스럽게 문을 연 탓인지 팔다리 여기저기 부목을 대고 천을 감고
있던 일단의 무리들이 한껏 인상을 쓴 채로 돌아보았다. 우락부락하게
생긴 것이 한눈에 무림인들임을 알 수가 있었다. 그리고 그들의 부상
원인은…….

"저놈은!"

"저건 한천검!"

"저새끼 잡아!"

황급히 옷가지로 얼굴을 가렸지만 허리에 차고 있는 한천검을 알아본 모양이었다. 모두 저마다 병장기를 꺼내 들고 벌떡 일어섰다.

유검은 황급히 문을 닫고 다시 빠져나왔다.

"휴… 자꾸만 일이 커지네."

등골 사이로 식은땀이 흘러내렸다.

무조건 복도를 따라 달렸다. 여기저기서 비명 소리와 함께 욕설 등이 난무했다. 마치 몰이를 피해 달아나는 사냥감이 된 기분이었다.

사람들을 피해 정신없이 달리는데 누군가 뒤에서 목덜미를 잡아챘다. 중심이 무너지며 몸이 뒤로 휙 넘어갔다.

그 기세를 빌어 땅을 박차며 공중제비를 돌고, 동시에 허리춤의 한천검을 뽑아 휘두르려는데 벼락 같은 전음이 들려왔다.

―바보 녀석! 가만있거라!

사부의 전음인 것을 깨닫고 전신의 힘을 빼버리니 몸이 쑤욱 위로 빨려 들어갔다.

복도 위로 가로질러 놓여져 있는 천장의 대들보 위에서 현풍이 팔짱을 낀 채 한심하다는 눈빛으로 자신을 쳐다보고 있었다.

"휴… 사부, 도대체……."

말을 꺼내기도 전에 또다시 아혈이 제압당해 버렸다.

―조용히!

대들보 아래로 우르르 한 무리의 사람들이 지나갔다.

잠시 기다리니 주위가 조용해졌다. 유검을 찾지 못한 중인들은 혹시 밖으로 빠져나가 버렸나 싶어 몰려가는 모양이었다.

유검은 이제야 안도의 한숨을 내쉬며 이마 위로 흘러내리는 식은땀을 닦는데 사부가 기이한 시선으로 자신을 바라보았다. 사부의 시선은 아직까지 자신의 손에서 놓지 않고 있는 옷가지들을 향해 있었다.

‘……!’

여인네들의 옷가지였다. 겉옷이나 치마는 물론 속곳까지 다양했다.

현풍은 모두 이해한다는 듯 고개를 주억거렸다.

‘무슨 상상을 하시는 겁니까?’

아혈이 제압당했으니 말이 되어 나오지는 못했다.

유검은 잔뜩 불만 어린 표정으로 대신 항변했지만 현풍은 못 본 척 무시해 버렸다.

─비밀 방을 찾고 있는 중이니 넌 여기서 기다리거라. 또다시 소동을 일으키면 이제는 구해주지 않을 테다.

‘잠깐만, 아혈만이라도 풀어주고…….’

사부의 옷자락을 향해 손을 뻗었지만 빈 허공만 움켜쥐었다. 전음이 끝나는 순간 현풍의 모습은 잔영(殘影)만 남긴 채 허깨비처럼 사라져 버리고 없었던 것이다.

유검은 언제 오리라는 기약도 없이 가버린 사부의 빈자리를 멍하니 바라보다 꽝 하고 대들보 바닥을 쳤다.

‘내가 왜 여기 있어야 하는 겁니까? 대체 왜?’

대들보에서 우수수 먼지들이 떨어져 내렸다.

마침 바로 아래 있던 방에서 문을 열고 나오던 한 시녀가 떨어져 내리는 먼지가 이상한 듯 고개를 갸웃거리다 위를 올려다보았다.

유검은 아차 싶어 황급히 몸을 낮췄다.

대들보는 제법 넓어 그럭저럭 몸을 숨길 수 있었다. 몸을 일으키지만 않는다면 아래에서는 보이지 않을 듯싶었다. ‘아혈만 제압당하지 않았어도 쥐 흉내라도 내보는 건데’ 라며 내심 투덜거렸다. 그리고 혹시나 들켰나 싶어 마음을 졸이는데 아래 방 안에서 늙수그레한 목소리가 들려왔다.

"정아(貞阿)야, 무슨 일이 있는 게냐?"

"아, 아니에요. 구 노사(具老師)께서 말씀하신 약재(藥材)를 얼른 가지고 오겠습니다."

시녀는 먼지 떨어진 것에 그다지 큰 의혹은 없는 듯 그 말을 끝내고 서둘러 멀어져 갔다.

그 모습에 유검은 긴장을 풀었다.

'어쩔 수 없구나. 조용히 있자.'

조심스레 대들보 위에서 몸을 눕히고 그 상태로 사부가 돌아오길 기다렸다.

잠시 후, 약재를 찾으러 갔던 시녀도 다시 돌아와 방으로 들어가 버리고 가끔 시녀나 부상당한 무림인이 지나다니는 소리만 들려올 뿐 주위는 조용했다.

조금 더 시간이 무료하게 흐르자 유검은 좀이 쑤셨다.

'가만, 내가 사부님을 너무 믿는 게 아닐까?'

분명 비밀 방을 찾으면 오신다고 했다. 만약 찾지 못한다면?

본인의 말을 천금보다 더 무겁게 여기시는 당신께서 굳이 위신이 깎임을 각오하고 서둘러 사랑하는 애제자를 위해 달려올 리는 없을 것이라는 확신이 강하게 뇌리를 스쳐 지나갔다.

강호는 어차피 약육강식!

도대체 누구를 믿고 누구에게 의지한단 말인가?

어디까지나 결국 믿을 것은 자신의 두 주먹과 검뿐이지 않던가? 설사 사부가 많은 의지가 된다 하더라도 언제까지 어리광을 부린단 말인가?

그 생각에 이르자 유검은 더 이상 참을 수 없었다.

몸을 일으켜 주위를 훑어보았다.

대들보는 복도를 따라 죽 이어져 있었다. 각기 일 장 간격에 좌우로 교차되는 대들보는 방을 구분 짓는 벽에 의해 가로막혀 있었다.

일단 복도를 따라 앞으로나 뒤로만 나다닐 수밖에 없는 듯했다.

대들보를 따라 걸어가 볼까 하다 고개를 저었다.

내공이 흐트러져 있는 지금 먼지도 떨구지 않고 아무 흔적 없이 걸어간다는 것은 불가능했다. 그러다 만약 누군가에게라도 또 들키게 되면 야단나는 것이다.

'일단 밖으로 나가기만 하면 되는데…….'

곰곰이 궁리하는데 아직도 손에 붙잡혀 있는 옷가지들이 눈에 띄었다. 번쩍 하고 머리 속에 불이 들어오는 것 같았다.

'그렇다! 변장을 하자! 시녀로 변장해서 자연스럽게 걸어나가면 나를 어떻게 알아보겠는가?'

유검은 생각을 바로 실천에 옮겼다.

지나가는 사람이 없을 때 조심조심 옷을 갈아입었다.

여름옷이라 얇아서 겹쳐 입기 힘들었기에 이 참에 아예 완전히 갈아입었다. 허전하게 빈 가슴을 채우기 위해 옷가지를 가슴 부위에 넣고 길다란 천을 둘둘 감아 그 위에 상의를 입으니 제법 볼 만한 가슴이 되었다.

다행히 체격이 괜찮은 여인네의 것이었는지 옷이 많이 끼지는 않았다.

'됐다!'

다 갈아입고는 본래의 옷가지들로 한천검을 둘둘 말았다.

그리고 사람들 왕래가 없는지 조심스레 살피다 아래로 뛰어내렸다.

쿵!

최대한 사뿐히라고 생각했지만 몸무게로 인한 조그만 충격파가 생기는 것은 어쩔 수 없었다.

"게 누구냐?"

방 안에서 늙수그레한 음성이 들려오자 유검은 재빨리 그 자리를 종종걸음으로 벗어났다.

한 명의 시녀가 다가오기에 내심 긴장해서 얼굴을 푹 숙이고 지나쳤다. 알아보지 못했다. 유검은 회심의 미소를 띠었다.

계단을 따라 이층으로… 일층으로 무사히 내려갈 수 있었다.

출입구가 보이고 드디어 바깥의 광경이 보였다.

긴장 때문인지 더위 때문인지 전신이 땀으로 흠뻑 젖어 있었다. 나가면 어디 계곡으로 가든지 해서 물로 뛰어들겠노라 희망하며 종종걸음으로 탈출을 서두르는데 누군가 출입구를 통해 안으로 들어왔다.

느긋한 팔자걸음 속에서도 잘난 체하는 태도가 역력히 드러났다. 조행진이었다.

유검은 혹시나 자신을 알아볼까 싶어 걸어가다 말고 빙그르르 몸을 돌렸다.

조행진은 시녀들에게 농을 걸기도 하며 손장난도 하면서 걸어왔다. 벽에 붙어 빨리 그가 지나가길 기다리는데.

"호오, 상당한 가슴이군?"

말을 걸어오는 것이 아닌가?

못 들은 척 고개를 숙이고 지나가려는데 조행진이 어깨를 잡았다.

“이런이런……. 부끄럼이 꽤나 많군 그래!”

‘이 손 못 놔?’

“흐흐… 오늘 낮에 나의 화려한 활약을 보았겠지? 어떠냐? 보니까 오금이 저리지 않던? 솔직히 말해 봐. 내 품에 안기고 싶었지?”

목소리가 점차 귀 가까이 다가왔다. 전신에 소름이 돋았다.

‘고자로 만들어주랴? 떨어져!’

그놈의 한 손은 슬쩍 엉덩이를 더듬고 또 한 손은 곤란하게도 가슴 부위를 더듬어왔다.

절대 이 자리에서 정체를 들키면 안 된다.

옷가지로 둘둘 말고 있는 한천검을 꽉 쥐었다.

‘오늘 살계(殺戒)를 열어? 말어?’

갑자기 소림사의 땡중 굉무가 떠올랐다.

‘그 녀석이라면 이럴 때 어떻게 행동할까?’

이런저런 황당한 생각까지 드는데 조행진이 슬쩍 옷자락을 잡아끌었다.

반항하려다 문득 ‘이 녀석이 자신을 인적 없는 곳으로 끌고 가려는구나’ 라는 직감이 들었다.

‘좋아. 따라가 주지.’

조행진은 앙탈하며 꽤나 애먹일 것 같은 유검이 순순히 따라오자 희색이 만면하였다.

입가에는 음흉한 미소를 띤 채 으슥한 곳을 찾아갔다.

너저분하기 짝이 없는 약재 창고 앞에 이르자 조행진은 주위를 희번덕거리며 살펴보았다. 아마도 유모를 경계하는 듯했다.

그렇지 않아도 인적이 드문 곳이었는데 마침 저녁 식사 때까지 겹치

자 왕래하는 사람들은 하나도 없었다.

조행진은 히죽 웃으며 중얼거렸다.

"흐흐… 이곳이라면 괜찮겠군."

유검도 내심 고개를 끄덕였다.

'과연 이곳이라면 괜찮겠군.'

둘은 동상이몽을 꿈꾸며 약재 창고 문을 열고 들어갔다.

당귀(當歸), 천궁(川芎) 등 한약재 냄새가 코를 찔렀다. 빛이 별로 들어오지 않아 어스름한데 각종 약재들이 부대에 넣어진 채 여기저기 쌓여져 있었다. 아직 정리가 되지 않은 약재들인 모양이었다.

조행진은 유검을 구석진 곳으로 데리고 갔다. 그리고 성급하게도 벌써 입을 맞추며 가슴을 더듬으려 했고, 유검은 한천검의 손잡이로 그의 명치를 찔러 기절시키려 했다.

그때 마침 인기척이 들려왔다.

둘의 행동이 멈춰졌다.

삐이꺽!

문이 열리는 소리에 조행진은 황급히 유검을 끌어안고 약재 더미 뒤로 몸을 숨겼다.

누가 들어오나 싶어 둘은 긴장된 가운데 지켜보았다. 어스름한 실내, 검은 인영이 도둑고양이처럼 살짝 들어왔다.

안력을 집중해 자세히 살펴보다 유검은 허탈해졌다. 청소를 하던 중이었는지 싸리 빗자루를 든 채로 두건을 푹 둘러쓴 하녀였던 것이다.

그녀는 주위를 두리번거리더니 약재 부대가 쌓여진 곳을 뒤적거렸다. 약재 부대들은 보기보다 가벼운 것들로 채워졌는지 아주 쉽게 움직여졌다. 두더지가 땅속에 숨듯 그렇게 그녀의 모습은 사라져 버렸다.

조행진은 고개를 갸웃거리며 중얼거렸다.

"유모는 아닌데… 왠지 뒷모습이 눈에 익은걸?"

유검은 옷가지로 둘둘 만 한천검을 단단히 움켜쥐었다.

'어쨌거나 이제야말로 한숨 자두거라.'

벌떡 일어나 그의 뒤통수를 때려 기절시키려는데 왜소한 인영이 쑥하고 문 안으로 들어왔다.

'화?'

복면으로 얼굴을 가렸지만 가냘픈 체격이라든가 눈에 익은 옷차림 등을 보아 그녀임을 바로 알 수가 있었다.

조행진은 어리둥절해하며 소리쳐 물었다.

"누구냐?"

순순히 답해줄 것이라 믿고 물은 것일까?

화는 두 사람을 발견하고 깜짝 놀란 듯 흠칫거렸다. 어리석은 조행진의 물음은 당연히 무시하고 곧바로 달려들었다. 품속에서 하나 남은 만자탈명인까지 꺼내 들고 있었다.

조행진은 당황해하며 외쳤다.

"자, 잠깐만! 너 내가 누군 줄 모르……."

땡!

유검이 먼저 조행진의 머리를 내려쳐서 기절시켜 버렸다. 더 이상 시끄러워지면 곤란하니까.

'여긴 웬일이냐?'

유검은 화에게 그렇게 묻고 싶었지만 당연히 아혈이 제압당해 있어 말은 나오지 않았다.

예상 밖의 일에 잠시 멈칫거렸던 화는 다시 달려들었다. 유검의 행동이 무엇을 의미하는지 몰라 잠시 망설였지만 일단은 제압해 두는 것이 좋겠다고 판단 내린 모양이었다.

화는 경신술로 단숨에 거리를 축약시키며 달려와 유검의 얼굴을 향해 만자탈명인 대신 주먹을 날렸다.

'잠깐!'

유검은 속으로 그렇게 외치며 오른손을 번쩍 치켜들었다. 골무가 끼어져 있는 검지를 꼿꼿이 세우고였다.

"그건!"

화는 흠칫거렸다.

유검은 자신을 알아보나 싶어 내심 다행이라고 생각하는데.

"뭐야?"

별 이상한 사람 다 본다는 듯이 화는 거침없이 공격해 들어왔다.

현재 유검은 여장 차림이었다. 골무를 끼고 있다 한들 별로 이상해 보이지 않았다. 그러니 지금과 같은 기묘한 상황에서 골무만 보고 바로 유검을 떠올리라고 요구하는 것은 무리였다.

유검은 당황해서 검지를 계속 치켜세워 보였지만 화는 본체만체 여전히 공격해 왔다.

일단 날아오는 주먹을 피하기 위해 몸을 뒤로 젖히고 연이어 좌측으로 보법(步法)을 밟으며 신형을 이동시키려는데 치맛자락이 발에 밟혔다.

'이런!'

연이어 그녀의 발차기가 날아오고 있으니 이 상태에서 중심을 잡아 피하기는 너무 시간이 촉박했다.

데구루루 몸을 굴리며 재빨리 검지의 골무를 뽑았다. 동시에 한천검을 꽉 쥐었다.

화르륵!

검 주위로 파란 불길이 감도는 듯하더니 감싸고 있던 옷가지들은 순식간에 재가 되어 허공으로 흐트러졌다.

우우웅!

몸 전체가 진동되는 듯한 느낌의 검명(劍鳴)이 울려 퍼졌다.

자세를 바로잡고 천천히 몸을 일으켰다.

"그대는… 유 소협이신가요?"

화의 물음에 유검은 멋쩍은 듯 머리를 긁적거리며 고개를 끄덕였다. 그리고 다시 골무를 주워 검지에 끼웠다. 검명이 계속 울리면 누군가 그 소리를 듣고 찾아올 수도 있으니까.

화는 멍청히 유검을 바라보다 도저히 못 참겠다는 듯 쪼그리고 앉아 얼굴을 밑으로 처박고 킥킥거렸다.

'상당히 예의가 없군.'

검으로 바닥을 몇 번 두들기자 그제야 화는 간신히 웃음을 멈추고 일어섰다.

그녀는 복면을 벗으며 물었다.

"저는 장주의 뒤를 쫓아왔는데… 혹시 보지 못했나요?"

아직도 실컷 웃지 못했는지 얼굴에는 여전히 웃음을 참는 기색이 역력했다.

어쨌든 왜 여장을 했는지에 대해 물어오지 않아 다행이었지만 갑자기 장주라니?

유검의 어리둥절한 표정에 화는 아차 싶었는지 설명을 했다.

"아버님은 갑자기 백화십이매라는 여자들이 몰려와 싸움을 거는 바

람에 버럭 화를 내다 나가 버리셨고, 저는 사람들 시선을 피해 잠시 숨
어 있었어요. 그러면서 계속 장주를 주시하고 있었는데 그는 이런저런
일을 다 마치고 나서는 사람들 눈을 피해 이 건물로 들어오더군요. 밖
에서 기다릴까 하다가 왠지 수상쩍게 생각되어 뒤를 쫓아왔죠."

유검은 한 가지 의문이 떠올랐다.

'근데 왜 장주의 뒤를 쫓는 거지?

화는 계속해서 설명했다.

"이 건물로 들어서자마자 으슥한 곳으로 가더니 잡일을 하는 하녀로
변장을 하더라구요. 그리고는 여기까지 왔는데… 갑자기 사라져 버렸
어요."

그 말에 유검은 문득 깨달았다.

싸리 빗자루를 들고 왔던 그 하녀가 그럼 신농산장의 장주였단 말인
가?

유검은 조금 전 그 하녀가 뒤적거렸던 약재 부대들 쪽으로 갔다. 약
재 부대들은 안에 솜을 넣었는지 가벼워서 쉽게 옮겨졌다. 그 안을 파
고들어 가보니 동으로 만든 원통의 입구가 나타났다. 산더미처럼 쌓여
진 약재 부대들 속에 동으로 만든 원통을 놓아 통로를 마련해 놓은 것
이었다.

선 채 걸어가기는 힘들었지만 기어서 가기에는 충분한 높이였다.

유검은 손짓으로 화에게 뒤따라오라는 표시를 하고는 원통 안으로
기어 들어갔다.

대략 십여 장(丈:30여미터) 정도 기어 들어가니 통로는 끝이 났다. 빠
져나와 보니 사방 이 장여 정도의 밀폐된 공간이었다.

거의 사용하지 않는 곳이었는지 바닥에는 말라비틀어진 몇 가지 약

재들과 함께 자욱하게 먼지가 쌓여 있었다. 공기가 제대로 통하지 않는지 퀴퀴한 냄새가 코를 찔렀다.

벽은 아무런 장식도 없었고 한쪽 구석에 커다란 솥 두 개가 나란히 있었다. 약재를 한꺼번에 달이는 약솥이었다. 그 맞은편에는 사람 키의 두 배는 될 듯한 거대한 단로(丹爐)가 놓여져 있었다.

"여기서 뭔가 특별한 약을 만들려고 했나 보네요."

뒤따라온 화가 주위를 살피며 그렇게 중얼거렸다.

"지금은 사용하지 않는 것 같지만……."

그나저나 장주는 어디로 사라진 걸까?

어디로 갔는지 추측하는 것은 그다지 어렵지 않았다. 바닥에 먼지가 별로 쌓이지 않은 부분이 가마솥 쪽으로 죽 이어져 있었으니까.

가마솥의 크기는 상당했다. 뜨거운 물만 붓는다면 들어가서 목욕을 해도 될 정도였다.

가마솥 아래 불을 때는 곳은 어린아이나 들어갈 수 있을까, 어른 몸집의 장주가 들어갔다고 보기에는 조금 무리가 있어 보였다.

'가마솥을 들어 올려볼까?'

양손을 벌려 양 가장자리를 잡고 애써 힘을 써보았지만 미동조차 하지 않았다.

'안 열리면… 베어버리면 되지.'

골무를 벗고 한천검을 움켜쥐었다.

예의 용트림 같은 검명이 울려 퍼진다. 뜻한 바대로, 마음먹은 대로 얼마든지 날뛰어주겠다는 듯이.

날은 점차 어두워져 가고 있었기에 창문도 없는 이곳은 상당히 어두컴컴했다. 그 어둠 속에서 투명한 은빛의 검날이 빛을 발했다.

머리의 백회(百會)와 발바닥 용천(湧泉)을 통해 천지간(天地間)의 지극한 기운들이 몸속으로 몰려 들어와 한바탕 몸싸움을 하며 엉키더니 곧 급류가 되어 한천검으로 휘몰아쳐 갔다.

우우우웅!

여의주는 이미 얻었거니와 구름을 만나 노니는 용(龍)처럼 한천검 주위로 오색(五色) 빛들이 몰려와 율려(律呂)의 장단에 맞춰 춤을 춘다.

유검은 천천히 검을 치켜세웠다.

'그러고 보니 아직 이름을 못 정했군. 무상검은 사부님이 인정해 주질 않으시니……. 좋아, 그냥 간단히 참(斬)이라고 하자. 무엇인들 베지 못할까?'

그렇게 마음을 정하고 내려치려는 순간.

그르르릉!

가마솥은 반 바퀴 회전하더니 옆으로 밀려났다.

"여기 기관 장치가 되어 있나 본데요?"

힐끗 뒤돌아보니 단로 옆에서 화가 뭔가를 조작하며 그렇게 중얼거리고 있었다.

'조금 더 일찍 말해 줄 것이지.'

여전히 휘황한 오광(五光)을 뿌리고 있는 한천검이 썰렁해 보였다.

'미안하다.'

무안한 듯 내심 그렇게 중얼거리며 치켜세운 한천검을 슬며시 내릴 수밖에 없었다.

귓전에 킥킥거리며 억지로 웃음을 참는 소리가 들려왔다.

'고의로 늦게 말한 거군.'

이럴 때 한마디 쏘아붙여 줄 수 없다는 사실이 억울했다.

“쳇, 계집애가 성질머리 하고는……. 어라?”

생각했던 것이 바로 목소리가 되어 나와 버렸다.

조금 전 검을 펼치려 할 때 저절로 천지의 기운들이 체내를 운행하였고, 그때 아혈이 저절로 풀려 버린 모양이었다.

드디어 말할 수 있다는 기쁨도 잠시, 힐끔 뒤돌아보니 화의 표정은 굳어 있었고 눈빛은 싸늘하기 그지없었다.

유검은 당황해하며 변명했다.

“굳이 너를 두고 한 말이 아니야. 그러니까…….”

들은 척도 않고 무표정하게 지나치는 화에게서 지나칠 정도의 찬바람이 돌았다.

그녀는 가마솥 아래를 내려다보더니 멈칫거렸다. 계단으로 이어져 있었는데 컴컴한 것이 마치 지옥의 입구라도 되는 듯했다.

화가 망설이듯 돌아보자 유검은 싱긋 웃었.

‘흠, 역시 여잔가? 어두운 걸 무서워하다니!’

그렇게 생각하며 먼저 앞장서서 내려갔다.

계단으로 한 발을 내딛는 순간.

“윽!”

단말마의 비명과 함께 주르르 미끄러져 버렸다.

황급히 몸의 중심을 잡기는 했지만 이미 허둥지둥거리는 꼴불견을 보이고 말았다.

바닥을 자세히 살펴보니 어디서 새어 나오는지는 몰라도 물기가 있었다. 오래전부터 계속 흐르고 있었던 모양인지 이끼까지 끼어 있었다.

화를 뒤돌아보니 그녀는 싱긋 웃고 있다가 황급히 표정을 굳혔다.

“…….”

방심해서는 안 되겠다고 느꼈다.

만일을 대비해 언제라도 한천검을 뽑을 수 있도록 왼손으로 움켜쥐고 계단을 내려갔다. 한 치 앞도 보이지 않는 짙은 어둠 속이라 벽을 더듬거리며 조심조심 내려갔다.

대략 오십여 계단을 헤아렸을 즈음 바닥에 도착했다. 후닥닥거리며 뭔가가 바닥을 뛰어갔다. 찍찍거리는 소리를 보아 쥐인 듯싶었다.

“조심…….”

“아!”

미처 조심하라는 말을 끝맺기도 전에 화는 놀라 중심을 잃어버렸는지 신음성과 함께 넘어졌다.

유검은 황급히 그녀를 받아 안았다.

품속에 들어온 가냘픈 체구는 생각보다 여리고 부드러웠다. 길 잃은 작은 새가 우연히 품속으로 들어온 듯한 착각마저 들었다. 뭐가 추운지 몸까지 떨고 있었다.

코끝을 스치는 싱그러운 머리칼 내음 속에 유검은 자기도 모르게 그녀를 안고 있는 팔에 힘이 들어갔다.

어둠 속에서 둘은 시간이 정지되어 버린 듯 그렇게 있었다.

그때 그르릉거리며 석실 문이 움직이는 소리가 났다.

유검은 조심스레 안고 있던 그녀를 풀어주며 멋쩍게 중얼거렸다.

“넘어지지 않아서 다행이다.”

“그렇네요.”

유검은 소리가 난 곳을 향해 조심스레 전진했고 화는 떨어질까 두려운 듯 옷자락을 잡고 뒤따라왔다.

손으로 허공을 더듬어 조금 더 가보니 석벽이 만져졌다. 석벽을 따라 소리 난 방향을 향해 계속 걸어갔다.

철커덩!

마침 석벽을 더듬던 손에 쇠로 된 손잡이가 부딪쳤는지 소리를 내고 말았다.

둘은 긴장해서 꼼짝도 않고 가만히 동정을 살폈다. 별다른 상황이 벌어지지 않아 내심 안도의 한숨을 내쉬는데.

"휴우……."

안에서 길게 장탄식하는 소리가 들려왔다.

"하도광이… 하도광이 왔구려."

장주의 목소리였다. 그런데 누구에게 말하는 것일까? 유검은 귀를 쫑긋 세우고 상대편의 기척을 살폈지만 알 수가 없었다.

◆第九章

조묘이가지계
(調猫移家之計)와 호랑이

조묘이가지계(調猫移家之計)와 호랑이

“으드득!”

이빨 가는 소리와 함께 도저히 분을 참지 못하겠다는 듯 화가 벌떡 일어섰다.

“더 이상 듣지 말아요! 들으면… 들으면 평생 안 볼 거예요!”

화는 유검에게 그렇게 소리치고는 석문을 왈칵 열어젖혔다. 아니, 열어젖히려 했지만 열리지가 않았다.

유검은 어리둥절해서 문을 열려고 낑낑대는 화에게 물었다.

“왜 그래? 뭘 듣지 말라는 거야?”

이 소란을 석실 안의 장주도 들은 모양이었다.

“어떤 분이 이 누추한 곳에 왕림하셨소이까?”

화는 소리쳤다.

“저는 철혈문의 소문주 하소화, 십칠 년 전 당신에 의해 대법을 받았던……."

그르릉거리며 갑자기 석문이 열리는 바람에 화는 넘어지듯 안으로 들어서 버렸다.

유검도 재빨리 같이 들어갔다.

석실 안은 대낮처럼 밝은 것은 아니었지만 어둠 속에서 갑작스럽게 나왔기에 굉장히 환해 보였다.

석실 중앙에 수정으로 만든 듯한 커다란 유리관이 놓여져 있었다. 하나 벽 군데군데 설치되어 있는 등잔불 빛에 반사되어 안을 살펴볼 수는 없었다. 그리고 그 옆에 장주가 서 있었다.

화는 격동을 참을 수 없는 듯 어깨를 부르르 떨고 있었다.

"나를… 나를 본래의 몸으로 되돌려 줘요!"

만자탈명인을 꺼내 들고 살기(殺氣)까지 내뿜으며 그렇게 소리쳤다.

조 장주는 뜻밖의 인물이 나타난 데 대해 놀라는 것이 아니라 오히려 '어떻게 된 거지?' 라는 듯 어리둥절한 표정이었다.

화는 바람처럼 달려가 장주의 목에 만자탈명인을 가져다 대었다. 무공도 모르는 조 장주로서는 꼼짝없이 당할 수밖에 없었다. 하지만 생명의 위협을 당하는데도 불구하고 조 장주의 얼굴에 떠오른 것은 공포가 아니라 당혹이었다.

"이, 이건……."

조 장주는 식은땀을 흘리며 마치 누군가를 찾는 듯 주위를 돌아보았다.

"말해 줘요! 저를 본래의 몸으로 되돌릴 수 있나요?"

유검은 화가 조금 심하다 싶어 다가가 말했다.

"진정해. 무슨 일인지는 몰라도 일단 대화부터 나눠봐야……."

그때 매서운 파공성과 함께 뭔가가 날아와 조 장주의 목을 겨누고 있던 만자탈명인을 때렸다. '쨍!' 하는 소리와 함께 만자탈명인은 뒤로 퉁겨 석벽에 부딪쳤다 떨어졌다.

그 충격을 이기지 못한 화의 찢어진 손아귀에서 피가 흘러내렸다.

"큭큭큭!"

억지로 웃음을 참는 듯 느끼한 웃음소리와 함께 어디서 나타났는지 허깨비처럼 유생 차림의 한 인영이 천천히 걸어오고 있었다.

등잔 불빛에 비친 그의 얼굴을 알아보고 조 장주는 놀라 소리쳤다.

"문 집사?"

"조금 더 지켜볼까 했지만… 꽤나 지루해서 더 이상 참을 수가 없더군."

"이, 이럴 수가! 그대가, 그대가!"

"큭큭! 연극은 끝났소, 장주! 새삼스레 놀라는 표정을 짓다니…….."

조 장주는 그 말에 표정을 굳히더니 무표정하게 웃었다.

"좋소, 좋아. 하지만 문 집사 그대일 줄은 미처 몰랐소이다. 마교(魔敎)의 간세(間細)가 그대일 줄이야……. 하지만 그것도 오늘로써 끝이군!"

덜컹! 쿵!

요란한 소리와 함께 세 방향의 석벽들이 동시에 무너져 내렸다. 그 뒤로 장승처럼 서 있는 인영들…….

하나같이 눈빛은 매서웠고 기도는 엄중했다.

그들은 똑같은 동작으로 석벽에서 한 걸음 걸어나오며 등 뒤에 메고 있던 검을 뽑아 들었다.

창!

마치 한 사람이 뽑은 듯했다.

그들의 검이 향하는 곳은 문 집사, 옭매어오는 살기에 보통 사람이라면 숨이 막혀 죽을 듯싶었다.

매대선생이 천천히 걸어나오며 말했다.

"뜻밖이군. 조묘이가지계(調猫移家之計)에 이렇게 쉽게 속을 줄이야……."

그 옆에는 고맹이 아직도 뭐가 뭔지 모르겠다는 듯 어리둥절한 표정으로 뒤따르고 있었다.

"큭큭큭!"

문 집사는 뭐가 우스운지 계속 키득거렸다.

"집에 꼭꼭 숨어 있는 고양이를 밖으로 유인해서 죽인다라……. 큭큭큭! 꽤나 매서운 입이구려. 크크크! 크하하하하하하하!"

종내 참을 수 없다는 듯 앙천광소(仰天狂笑)를 터뜨렸다.

매대선생은 자신의 작품을 감상하듯 주위를 느긋하게 둘러보며 입을 열었다.

"아마도 누구라도 쉽게 짐작할 것이오. 삼십 년 전 마교는 환혼단으로 인해 많은 피해를 입었소. 만약 그들의 잔존 세력이 남아 있다면 틀림없이 이곳을 노릴 것이란 것을 짐작하기는 어렵지 않는 일, 하지만 워낙 잘 숨어 있으니 도통 알아낼 방법이 있어야지……."

"크크… 그래서 오늘처럼 무림맹과 결별되는 모습을 보여줬다 이거군."

"여러 가지 계책을 준비해 뒀지만 이렇게 쉽게 걸려들 줄은 미처 짐작 못했……."

"크하하하하하!"

또다시 터져 나온 앙천광소.

막대한 내공이 실려 있어 내장이 진동할 지경이었다.

"크하하하하하! 역시 무림맹은 천하를 속이고 있었군! 가증스런 진면목을 감추고! 하지만 상관없다!"

매대선생의 안색이 침중해졌다. 예상보다 그의 무공이 훨씬 높은 듯해서였다.

'그래도 바뀌는 것은 없다. 본 경천십이대(驚天十二隊)는 본 맹(本盟)에서 세상의 이목을 숨기고 특별히 키워온 고수들이 아닌가.'

밤이 길면 꿈도 길고 말이 많으면 실수도 많은 법, 더 이상의 대화는 불필요했다.

매대선생이 슬쩍 손을 치켜세우자 열두 명의 무사들은 기합성조차 없이 일제히 신형을 날렸다. 대단히 많은 훈련과 수련을 쌓은 모양이었다.

뽑아든 모두의 검에서는 푸르스름한 검기가 어린 채 하나의 진형을 이루고 있었다.

열두 가닥의 푸른 검기가 문 집사를 향해 소용돌이쳐 갔다.

문 집사의 몸에서 변화가 일어나고 있었다.

우드득!

뼈마디 부딪치는 소리와 함께 그의 몸이 커져 갔다. 울퉁불퉁 튀어나온 근육에 헐렁한 유삼이 팽팽해지더니 감당 못하고 찢겨져 버렸다. 그러자 전신을 뱀처럼 튀어나온 혈관들이 뒤덮고 있는 모습이 드러났다.

그의 입이 하늘을 향해 벌어졌다.

돌연 터져 나오는 기합성.

무슨 단어인지, 무슨 소리를 내질렀는지 알 수가 없었다. 다만 거대한 충격파가 몰려와 모든 것을 삼켜 버리는 듯했다.

검기를 뿌리며 달려들었던 열두 명의 무사들이 허무하게 뒤로 튕겨 나 버렸다. 검이 부러진 자, 팔다리가 부러졌는지 괴이하게 꺾여진 자, 모습들은 각양각색이었으나 한결같이 그들은 눈과 귀, 입에서 피를 토해내고 있었다.

그 여파에 직접적으로 닿지 않은 유검조차 한 모금 피를 토하며 물러섰다.

매대선생의 경악성이 터져 나왔다.

"처, 천마소(天魔笑)!"

외공을 극한까지 익힌 듯한 거한으로 변해 버린 문 집사는 오만하게 팔짱을 끼고 매대선생을 내려보며 말했다.

"본좌는 본 교(本敎)의 사대호법(四大護法) 중 거령철탑(巨靈鐵塔) 호패천(胡覇天)! 내가 그 따위 복수를 위해 이곳에서 그 오랜 세월을 참았는 줄 아느냐?"

천마소의 여력에 뒤로 물러나 있던 매대선생의 이빨이 딱딱 부딪쳤다.

'가, 간세 따위가 아니다. 도대체 무슨 목적으로?'

고양이인 줄 알았는데 불러내고 보니 호랑이였던 것이다.

당시 사대호법 중 살아남은 이는 두 명, 거령철탑 호패천은 그중 하나였다.

교주가 죽은 이상 그는 마교 부활을 위해 은밀한 곳에 숨어 세력을 키워야 마땅했다. 그런데 도대체 무엇을 위해 위험을 무릅쓰고 이곳에 숨어 있었단 말인가?

호패천은 사방으로 널브러져 있는 무사들의 생사 따윈 전혀 관심도 없는 듯 뚜벅뚜벅 장주에게로 걸어갔다. 유리관 뒤에 숨어 있던 장주는 화들짝 놀라 뒤로 물러섰지만 석벽에 가로막혀 더 이상 도망칠 수가 없었다.

"으……."

공포에 질려 아무런 소리도 못 내고 식은땀만 흘렸다.

호패천은 힐끔 장주를 쏘아보다 수정으로 만든 유리관을 내려다보았다.

유리관 안에는 삼십 대 초반으로 보이는 미부인이 잠들어 있었다. 창백한 안색에 혈색은 없었지만 가슴이 조금씩 기복(起伏)하는 것으로 보아 분명 살아 있는 것은 틀림없어 보였다.

호패천은 유리관의 뚜껑을 잡아당겼다.

우지끈 하고 뭔가가 부스러지는 소리와 함께 뚜껑은 옆으로 밀려나 버렸고 우악스런 손은 미부인을 향했다.

"안 돼!"

조 장주는 공포를 떨쳐 버리고 그를 향해 달려들었다.

호패천은 미부인의 허리춤을 잡더니 쓰레기를 버리듯 아무 감흥 없이 뒤로 던져 버렸다.

"영매(令妹)!"

조 장주는 훨훨 날아가는 그녀를 보며 절규하듯 부르짖었다. 석벽에 부딪쳐 박살나는 모습이 눈앞에 아른거렸다.

그때 한 인영이 그녀를 향해 신형을 날렸다. 고맹이었다.

다행히 그녀의 몸을 낚아챘나 싶었지만 안도의 한숨을 쉬기는 일렀다. 고맹은 호패천이 가볍게 던진 그녀의 몸에 담긴 여력을 이기지 못하고 같이 뒤로 날아가 버렸다.

"큭!"

석벽에 부딪치기 직전 몸을 돌려 두 다리로 석벽을 디뎠다.

일순간 많은 힘을 쏟아넣었기에 그의 전신 근육이 불끈 튀어나왔다. 그의 얼굴이 험악하게 일그러졌다. 그럼에도 불구하고 그의 무릎이 꺾여갔다.

빠지직!

석벽에 금이 가더니 부서져 버렸고 고맹은 다행히 그녀를 구할 수 있게 되었다. 조 장주는 감격에 찬 눈으로 그에게 감사를 올렸다.

호패천은 유리관 안에서 조심스레 한 권의 책자를 들어 올리고 있었다.

조 장주는 그 모습을 보고 부르짖었다.

"그 책은 안 된다! 선대로부터 내려오는 본 장의 보물!"

하지만 겁이 나서 그에게 덤벼들지는 못했다.

매대선생은 눈 한 번 깜박이지 않고 호패천의 모습을 지켜보고 있었다.

'설마 저 책자 때문에?'

마른침을 꿀꺽 삼키며 매대선생은 냉정하게 생각해 보아야겠다고 내심 중얼거렸다.

책자의 소재를 몰라 여태껏 기다렸다고 보기에는 어려웠다. 어느 정도 무림맹의 이목을 신경 썼을 테지만 그보다는 분명 다른 목적이 있을 것이다.

게다가 지금의 행동거지는 마음대로 하는 것 같지만 뭔가 거리끼는 것이 있어 조심하고 있는 것 같았다.

장주나 자신의 목숨은 물론이고 자신에게 덤벼들었던 경천십이대조차 부상만 입힐 뿐 생명까지는 빼앗지 않았다.

도대체 무엇 때문일까?

그리고 좀 전에 유리관 속의 미부인을 던져 버린 것도 아무렇게나 행동한 것이 아니라 뭔가 이목(耳目)을 분산시키려는 의도는 아니었을까?

'누구를? 누구의?'

누구를 꺼리고 누구의 이목을 신경 쓴단 말인가?

생각의 가닥을 잡지 못해 초조해하던 매대선생의 시선이 자연적으로 유검에게로 향했다.

'설마?'

유검은 자신이 나서야 될지 어떨지 고민하고 있었다.

무림맹의 일에 함부로 나서다가는 또 오지랖 넓다는 소릴 들을 것이고, 게다가 상대는 자신과 몇 배분이나 차이나는 전대의 대마두이니 확실히 격에 어울리지 않았다.

게다가 자신을 안중에도 두지 않는데 괜히 달려들어 목숨을 잃을 필요는 없지 않을까? 상대도 원하는 물건만 손에 넣으면 순순히 물러설 것 같기도 한데…….

그렇게 생각하면서도 유검은 한천검을 꽉 움켜쥐었다.

우우우우웅!

친구의 결심을 환영한다는 듯 한천검은 힘차게 울었다.

"유 소협…….."

자신을 부르는 소리에 돌아보니 화가 뭔가 말하고 싶은 듯 입술을 달싹이고 있었다. 그녀의 눈빛은 나서지 말라는 듯했다.

"날 걱정하는 거냐?"

유검은 웃으며 물었다.

화는 입술을 깨물더니 퉁명스레 대꾸했다.

"바보, 그 옷차림으로 싸울 거예요?"

자신의 옷차림을 살펴보니 아직도 여장 차림이다. 이런 모습으로 싸우기에는…….

어지간히 위세가 나지 않는 모습이었다.

유검은 머리를 긁적이다 어쩔 수 없다는 듯 어깨를 으쓱이고는 호패천을 향해 걸어갔다.

호패천도 유검을 예의 주시하고 있었던 모양인지 즉시 반응했다.

"애송이 녀석! 감히 본 교의 행사에 끼어들 생각이냐?"

말과 함께 주먹을 앞으로 쭉 뻗었다.

무시무시한 경력(勁力)이 소용돌이치며 유검의 곁을 지나갔다.

쾅!

경력에 부딪친 석벽이 요란한 소리를 내며 돌 조각이 되어 사방으로 비산했다.

위협에 아랑곳 않고 유검은 그에게 포권하며 말했다.

"무림말학 유검, 한 수 가르침을 청합니다."

호패천은 광폭(狂暴)한 표정으로 소리쳤다.

"젠장, 이건 분명히 내가 먼저 싸움을 건 것이 아니다. 어쩔 수 없는 경우인 것! 게다가 하필……."

유검은 더 이상 말없이 검을 치켜세웠다.

우우웅!

신난다는 듯 울려 퍼지는 검명, 은빛 투명한 검신을 둘러싸며 춤추는 오광(五光)의 빛무리들……

무슨 이유로, 무엇을 위해 검을 드는지는 아무래도 좋았다.

검을 펼치다 보면 알 수가 있을 것이다.

과연 어떤 세계가 눈앞에 펼쳐질 것인가?

검을 둘러싼 빛은 석실 안을 환하게 비추고 있었다.

유검의 의지에 따라 빛의 용들은 크게 너울지며 용트림을 하더니 저마다 이빨을 드러내고 호패천을 향해 달려들었다.

호패천의 안색이 굳어졌다.

"검기(劍氣)가 마치 살아 있는 듯하군. 과연 그분께서 눈여겨보실 만해. 하지만… 어리군."

그는 한 모금 진기를 들이마시더니 왼발을 내디뎌 힘차게 땅을 차듯 밟았다. 왼발은 상극(相剋)을 향해 회전하고 연이어 돌아가는 허리를 향해 내부의 진기는 소용돌이치며 솟아올랐다.

당장에라도 분출하고픈 용암처럼 나갈 곳을 몰라 야생마처럼 날뛰던 진기는 때맞추어 내뻗는 그의 오른 주먹을 향해 맹렬히 돌진해 갔다.

그러다 돌연 경력의 흐름이 막혀 버리더니 엉뚱하게도 왼쪽이 열렸다. 신나게 가던 길이 방해받아 잔뜩 화가 나 있는데 엉뚱한 곳에서 길이 열리자 반발력까지 얻어 그곳을 향해 달렸다.

진기는 무엇이든 삼켜 버릴 듯한 해일이 되어 왼 주먹을 향해 덮쳤다.

경맥(經脈)의 끝에서 더 이상 전진할 수 없다는 경고 따윈 아랑곳 않고 그대로 뛰쳐나가 버렸다.

순간 석실 안의 공기는 뭐라 형언하기 힘든 떨림에 젖어버렸다. 마치 광폭한 사자를 양의 우리에 풀어놓은 것처럼 온순한 공기들은 저마다 도망가기 바빴다.

분명 뛰쳐나온 경력들은 저마다 포효성을 질렀지만 아무도 그것을 들을 수는 없었다.

사람들은 다만 고막이 찢어지는 듯한 고통에 저마다 손바닥으로 귀를 막고 있을 뿐이었다.

유검은 두 눈을 크게 떴다.

밀려오는 경력의 대단함에 기가 질릴 정도였다. 이 정도라면 초식 따윈 필요없다. 결코 빠르지는 않지만 해일이 밀려오는데 어디로 도망칠 것이며 어떻게 대항한단 말인가?

유검은 왠지 미소가 지어졌다.

'가볼까? 참(斬)!'

한천검을 불끈 쥐고 천군만마와 같은 경력 속을 향해 조자룡처럼 뛰어 들어가는데 호패천의 중얼거림이 들려왔다.

"이 상태로 부딪치면 주위 사람들은 모두 죽겠군."

그제야 유검은 주위 사람들에게 신경이 미쳤다. 아직 부상당한 사람들이 주위에 널브러져 있어 자신의 검기와 그의 경력이 부딪치게 되면 절대 무사하지 못할 것이다.

그렇다고 몸을 날려 피하자니 뒤에 있는 화가 이 무시무시한 경력을 그대로 맞게 될 것이다.

"이… 비겁한! 선배로서 부끄럽지도 않습니까?"

일부러 의도한 공력임을 깨닫고 화가 나서 외쳤지만 손을 멈출 수는 없었다. 일단 달려드는 경력들을 검기로 일일이 헤쳐 풀었다. 조각조각 가닥 내어 사방으로 흐트러 버리는 수밖에 없었던 것이다.

퍼퍼펑!

사방으로 퍼진 경력들은 석벽에 부딪치며 콩 볶듯 요란한 소리를 내었다.

호패천은 냉소를 터뜨렸다.

"흥, 목숨 걸고 싸우는데 그런 게 어딨나?"

그리고 재차 한바탕 경력을 쏟아내고는 그와 함께 신형을 날렸다. 자신의 경력을 타고 흐르는 물살에 몸을 맡긴 나뭇잎처럼 그의 거구가 가볍게 날았다.

최대한 진기를 아꼈다가 유검의 대응에 즉각 반응할 생각인 듯싶었다.

교활하리만치 계산된 공격에 유검은 진퇴양난이었다. 계속해서 밀려드는 경력을 조각조각내며 간신히 버티고 있을 뿐이었다.

"역시 어리군."

경력을 타고 날아오던 호패천은 품속에서 뭔가를 꺼내 유검을 향해 던졌다.

'암기까지?'

절대적으로 유리한 이 상황에서 설마 하니 암기까지 던질 줄은 몰랐기에 유검은 더 더욱 당혹스러웠다.

유검은 갈등했다.

절벽이 무너져 사람들이 다친다 한들 그것은 사고에 불과할 뿐이다. 지금 상황도 마찬가지가 아닌가?

아니라 한들 왜 멋대로 부상당해 쓰러져 있는 사람들을 위해 자신이 희생되어야만 하는가? 그가 먼저 손을 쓰기 전에 일검을 날려야만

한다!

마음 한 켠에서 들려오는 소리와 상관없이 유검은 계속해서 경력을 쪼개어 사방으로 퍼뜨리고만 있었다.

암기가 코앞까지 다가와 있었다. 입을 벌려 그것을 꽉 깨물었다. 그로 인해 어쩔 수 없이 호패천의 모습이 잠시 시야에서 벗어나 버렸다.

'끝인가?'

호패천의 다음 수를 전혀 예측하지도 못한 상황, 게다가 손을 쓰는 모습조차 놓치고 말았다.

이대로 죽는다 하더라도 그것이 두려운 것은 아니다. 다만 자신이 아무것도 해보지 못했다는 것이 무엇보다 억울했다.

자신의 검이, 검이 사라져 버렸다. 자신이 얻은 그 일검은 어디로 가 버렸는가? 이렇게나 아무것도 할 수 없는 쓸모없는 것이었던가?

아득한 절망이 밀려왔다.

습관적으로 마지막 순간까지 밀어닥치는 경력만을 쪼개고 난 뒤 유검은 무엇을 해야 할지를 모르는 어린아이처럼 멍하니 있었다.

호패천은 더 이상 유검에게 손을 쓰지 않았다. 유검이 암기를 이빨로 낚아채는 순간 바로 그를 뛰어넘어 화에게로 향했다.

유검과 호패천의 대결에 감히 끼어들지 못하고 지켜만 보고 있던 매대선생은 그 모습에 의혹이 떠올랐다.

'그의 진짜 목적이 설마 저 소녀?'

가슴 졸이며 지켜보던 화는 호패천이 갑자기 자신에게 향하자 감히 대항할 엄두도 내지 못했다. 반사적으로 만자탈명인을 휘둘렀지만 그의 손아귀에 잡혀 버렸다. 화는 비명 소리 한 번 내지 못하고 제압당해 버렸다.

"하도광의 딸이라니……. 전혀 예상도 못했었군."

호패천은 엷은 미소를 띠며 두 손으로 조심스레 그녀의 몸을 안았다.

"너무 성급하시군요."

그 말과 함께 등 뒤에서 뭔가 날아오는 듯 파공성이 울렸다.

호패천은 호신강기(護身剛氣)로 막을까 하다 유검의 목소리임을 깨닫고 몸을 돌렸다.

날아오는 암기를 낚아채는데 확 고린내가 풍겨 나왔다. 유검이 신고 있던 한쪽 신발이었다.

신발을 내팽개치고 유검을 향해 또다시 한바탕 경력을 퍼부어주려는데 돌연 그의 모습이 보이지 않았다. 잠시 한눈판 사이에 유검의 기척을 잃어버린 것이다.

동시에 화를 안고 있던 손이 허전했다.

다시 몸을 돌려보니 유검은 화를 안고서 쥐새끼처럼 석실 밖으로 도망치고 있는 게 아닌가?

"속았단 말인가?"

분명 유검의 몸놀림을 보건데 검은 몰라도 경신술은 보잘것없어 보였다. 그런데 어떻게 자신의 예측을 뛰어넘는 속도와 행동을 보일 수 있다는 말인가?

호패천은 분노하며 유검의 뒤를 쫓으려다 멈칫했다.

"음, 이대로는 너무 남들의 눈에 띄겠군."

몸의 골격이 커지고 근육이 부풀어 오른 그의 몸은 거의 벌거벗다시피 한 상태였다.

호패천은 쓰러져 있던 한 무사의 겉 장포를 벗겨 몸에 걸쳤다. 헐렁한 장포를 입었는데도 불구하고 그의 몸에 꽉 끼어버렸다. 역시 남들 눈에 띄지 않기란 쉽지 않은 모습이었다.

불만스러운 듯 호패천은 입맛을 다셨지만 더 이상 미련을 두지 않고 유검이 사라진 방향을 향해 신형을 날렸다.

한바탕 소란이 끝나고 남겨진 사람들은 무엇을 어찌해야 할지 모르고 멍하니 있었다.

쓰러져 있던 무사 중의 하나가 천천히 몸을 일으켰다.

"휴… 내 옷을 벗기려 했다면……."

상상하기도 끔찍하다는 듯 진저리치며 몸을 일으켜 세운 이는 유검이었다.

유검은 호패천이 사라진 방향으로 시선을 돌리며 걱정스러운 듯 중얼거렸다.

"사부는 잘 도망쳤는지 모르겠구나. 권력(拳力) 하나는 정말 무시무시하던데……."

그러다 중인들의 시선이 자기에게로 향해 있음을 깨닫고 황급히 포권했다.

"일단은… 제가 호패천과 끝까지 싸운 것으로 해주십시오. 사부님과 약속이 있어서 이만……."

그리고는 서둘러 석실을 빠져나가려다 멈칫거렸다.

자신의 옷차림을 둘러보니 위에는 쓰러진 무사의 윗 장포를 벗겨 입고 있었지만 아래쪽은 여인네의 치마를 입고 있어 영 어울리지 않았다. 그는 호패천에게 겉 장포를 빼앗긴 무사의 하의를 서둘러 벗겨내어 입었다.

유검은 중인들을 향해 포권하며 당당하게 말했다.

"반드시… 보상해 드리겠습니다."

그리고는 석실 밖으로 서둘러 빠져나갔다.

"누구지?"

고맹은 멍하니 있다 혼잣말로 중얼거렸고 매대선생은 이제야 생각난 듯 손뼉을 쳤다.

"그렇군! 어디서 봤나 했더니… 무당파의 그 말썽꾸러기였구먼!"

"예?"

"유명하지. 보통 사람들에게는 몰라도 명문 세가의 장문인들은 얼마나 그의 기지를 탐냈는지 모른다네. 소림사의 굉무 이상 가는 기재일지 모른다고 한때 떠들썩했으니까."

"아, 저도 들은 기억이 납니다. 그런데 주화입마라고……."

"주화입마? 아, 그랬지 참……."

매대선생은 고개를 갸웃거렸다.

"내가 사람을 잘못 본 건가?"

고맹은 멍하니 대꾸했다.

"호패천하고 싸우기 전 직접 자기 이름을 유검이라 밝혔습니다만……."

할 말이 없어진 매대선생은 묵묵히 있다가 갑자기 소리쳤다.

"아, 이러고 있을 때가 아니다. 서두르세! 현 상황을 상세히 적어 전서구(傳書鳩)로 본 맹에도 알리고 가까운 지부에 사람을 보내 지원을 요청하게. 서두르게, 서둘러!"

그리고는 자신의 부인을 다시 유리관에 눕혀놓고 멍하니 있는 고 장주에게 다친 이들의 치료를 부탁했다.

곧 석실 안은 왕래하는 사람들로 부산스러워졌다.

유검이 단숨에 건물 밖까지 뛰쳐나와 보니 어느새 날은 저물어 있었다. 유검은 처음 사부와 갔었던 가산으로 향했다. 폭포수가 보이자 재빨리 그 안으로 들어갔다.

동굴 안에는 화가 정신을 잃은 채 누워 있었다. 역시 폭포수를 거쳐 온 듯 자신처럼 물에 흠뻑 젖어 있었다.

"휴… 다행이다. 그의 눈을 피해 무사히……."

문득 사부의 모습이 보이지 않는다는 것을 깨달았다. 하지만 걱정되지는 않았다. 사부님이라면 아무리 어려운 상황에 닥쳤다 하더라도 곤란을 겪는다는 것은 전혀 상상되지 않았다.

유검은 화 옆에 털썩 주저앉았다.

조금 전의 상황을 곰곰이 돌이켜 생각해 보았다.

사부라면 호패천과 겨루어 이기지는 못한다 할지라도 결코 질 것 같은 느낌은 들지 않았다. 그런데 왜 굳이 그를 유인해서 도망친 것일까?

그러다 자신이 겪었던 낭패를 떠올리며 그 진의를 깨달았다.

'아, 석실 안의 사람들을 지키기 위해서였구나. 그가 목적으로 삼는 것이 화임을 깨닫고……. 근데 왜 굳이 나로 변장한 것일까?'

답은 금방 나왔다.

'귀찮은 일에 말려들긴 싫다는 것이군.'

어쨌든 '지금은 안전하구나' 하는 생각이 들자 온몸이 물먹은 솜처럼 축 늘어지는 것 같았다. 한평생 아껴 써야 할 기운을 한꺼번에 모조리 발산해 버린 듯한 느낌이었다.

멍하니 어둠에 잠긴 빈 허공을 바라보던 유검의 시선이 화에게로 옮겨졌다.

'그런데 왜 노리는 걸까? 그것도 마교의 대마왕에게서라니……. 참, 운도 나쁜 녀석이구나.'

화의 얼굴은 창백했다.

아무리 여름이라지만 해가 지고 난 지금 이렇게 젖은 옷을 입고 있다가는 병에 걸릴 것 같았다. 어딘가 호패천에게 제압당한 모양인데 사부조차 여유가 없어 해혈(解穴)해 주지 못한 모양이었다.

'옷이라도 갈아입어야 할 텐데…….'

하지만 밖으로 나갈 수는 없었다. 마교의 조력자가 또 있을지도 모른다는 사부의 말은 확실히 일리가 있으니까.

유검은 곰곰이 궁리해 보다 오른손으로 한천검을 쥐었다.

우우웅!

검명이 울려 퍼지자 검을 쥔 손아귀를 느슨하게 풀었다. 확실히 검이 울리는 소리가 작아졌지만 그래도 소리를 내는 것은 위험했다.

유검은 다시 검지에 골무를 끼웠다.

검을 쥔 상태라면 확실히 운기의 흐름이 생기니 그것을 제어해서 화의 막힌 혈을 풀어줘 볼까 생각해 봤던 것이다.

유검의 시선은 애써 어두운 빈 허공을 향했다.

물에 젖어 전신의 굴곡이 은연중에 드러나는 그녀의 모습을 그대로 보고 있기에는 어쩐지 어색했다.

'기다리자. 사부는 곧 오실 거야. 아마도…….'

그렇게 멍하니 시간을 보내다가 문득 떨어지는 폭포수를 바라보니 환한 빛이 새겨져 있었다. 달빛이 폭포수를 통과하며 희미하지만 확실한 빛의 잔치를 벌이고 있었다.

"아……."

유검은 자신도 모르게 감탄성을 냈는데 화답이라도 하듯 화의 신음 소리가 들려왔다.

"으음……."

혈이 제압당해 꼼짝도 못하고 있는 모습이 아니었다.

"추, 추워……."

온기(溫氣)를 찾아 유검을 향해 몸을 쪼그리는 모습이 무척이나 가련해 보였다. 그리고…….

"본래 잠들어 있었던 건가?"

괜한 걱정을 했다며 내심 투덜거렸다.

그리고 춥다는 말에 그제야 정신이 든 듯 자신이 입고 있는 겉 장포를 벗어 그녀에게 덮어주었다. 그리고는 자신의 머리를 쥐어박았다.

'왜 그렇게 간단한 것도 생각하지 못했을까?'

유검은 그녀의 이마에 손등을 대어보았다. 혹시나 열이 있을까 해서였다.

약간 미열이 있는 것 같아 조금 걱정이 되었다.

'태생에 무슨 비밀이 있는 것일까?'

측은한 마음이 들어 손등으로 그녀의 뺨을 어루만졌다. 부드럽기 이를 데 없었다.

'자세히 보니… 꽤나 예쁜 얼굴이구나.'

『무상검』 제2권으로…